क्या कहूँ
जो
अब तक
नहीं कही

वाणी प्रकाशन

4695, 21-ए, दरियागंज, नयी दिल्ली 110 002

फ़ोन : +91 11 23273167 फ़ैक्स : +91 11 23275710

शाखाएँ

अशोक राजपथ, पटना 800 004, बिहार

कॉफ़ी हाउस कैम्पस, महात्मा गांधी मार्ग, इलाहाबाद 211 001, उत्तर प्रदेश

महात्मा गांधी अन्तरराष्ट्रीय हिन्दी विश्वविद्यालय, वर्धा 442 001, महाराष्ट्र

www.vaniprakashan.com
marketing@vaniprakashan.in
sales@vaniprakashan.in

Kya Kahoon Jo Ab Tak Nahin Kahi
by Sujata

ISBN : 978-93-5518-807-6
Novel

प्रथम संस्करण 2023

मूल्य : ₹ 425

आर. टेक ऑफ़सेट प्रिंटर्स, दिल्ली-110 032 में मुद्रित

वाणी प्रकाशन का लोगो मक़बूल फ़िदा हुसेन की कूची से

क्या कहूँ जो अब तक नहीं कही

सुजाता

वाणी प्रकाशन

इस ब्रह्माण्ड की समस्त संघर्षशील महिलाओं

को समर्पित

उपन्यास के बारे में

इस उपन्यास को लिखना, वेदना की उस अगनभट्ठी से गुज़रना है जिनसे हृदय, प्राण और मन फफोलों से भर जाते हैं। स्त्रियों के संघर्षों की गाथा न जाने कब से गायी जा रही हैं पर हर संघर्ष में एक नयापन है, एक जीवन्तता है, एक सजीवता है और सबसे बढ़कर वह समरूप होते हुए भी कितना विलग है।

हमारे देश की संस्कृति से ओतप्रोत हमारे पहले महाकाव्य 'रामायण' के लेखक की स्वीकारोक्ति है, 'रामायण सीता की वेदना की कहानी है न कि राम की।' पाठको! कल्पना करें रामायण से सीता के संघर्ष को निकाल दें तो उसमें शेष क्या रह जायेगा?

मेरे इस उपन्यास की नायिका से जब मुझे मिलने का मौक़ा मिला, मैं उन्हें देखकर हतप्रभ रह गयी। अस्सी साल की उम्र में उनका सौन्दर्य अक्षुण्ण था। बस एक बात जो उनके सौन्दर्य को ग्रहण लगा रही थी, वह थी उनके मुखमण्डल पर विराजती कठोरता। जैसे उन्होंने ताउम्र कभी मुस्कुराया ही न हो।

मुझसे रहा नहीं गया, न मुस्कुराने की वजह पूछ ही बैठी। ऐसा लगा मानो जीवन में पहली बार उन्होंने मुस्कुराने की कोशिश करते हुए कहा—"कैसे मुस्कुराती? बचपन में ही मन-मस्तिष्क में भर दिया गया, विधवा के हँसने का अर्थ है भ्रष्ट हो जाना।" वैसे तो लड़कियों के हँसने पर ही पाबन्दी है, उनके हँसने का मतलब ही फँस जाना होता है।

यह क्रूर समाज, स्त्रियों से ख़ुद की सबसे बड़ी रहमत, 'मुस्कुराहट' छीन लेना चाहता है, उससे वंचित कर उसे ज़िन्दा लाश बना देने के प्रयास में रत रहता है। इस उपन्यास की नायिका जीवन में लाख दुखों के बावजूद इस बीभत्स समाज के हर प्रहार को झेलती है पर अपनी जिजीविषा को मरने नहीं देती।

सावित्री के पीहर के घर-आँगन का कोना, पतिगृह का कमरा या वृन्दावन के आश्रम, कहीं भी वह महफ़ूज़ नहीं थी।

कभी-कभी मन शंकित हो उठता, किसी के जीवन में दुखों के इतने बड़े पहाड़ के टूट जाने के बाद उसका जीवित रह जाना कैसे सम्भव हो सकता है? अगले क्षण उत्तर भी मिल जाता। इसी से सम्भव है क्योंकि वह एक स्त्री है कोई सुकुमार पुरुष नहीं।

मेरे इस उपन्यास की नायिका से जब मैंने अपने बारे में कुछ बताने की ज़िद की तो उन्होंने धीरे-से कहा, "क्या कहूँ जो अब तक नहीं कही।"

–सुजाता

छोटी-सी आशा

आज फिर देर हो गयी थी। आजकल हर काम में घण्टों लग जाते हैं, उन कार्यों में भी जिन्हें मिनटों में निपटा देती थी। कितनी भी तेज़ी से हाथ-पैर चलाये किन्तु अब कितने तेज़ चलेंगे। प्रकृति की मार से कौन बच सकता है, जो मैं बच जाती। उम्र समांग किसी की धरी रहती है जो मेरी धरी रहेगी! आकाश की ओर देखा तो आँखें चौंधिया गयीं। सूरज तप रहा था। मई का महीना और वृन्दावन की गर्मी। रास्ते में कहीं एक पेड़ भी नहीं जो थोड़ा सुस्ता लेती।

वृन्दावन में अब वन कहाँ रहा, पेड़-पौधे कटते गये और विशाल अट्टालिकाओं वाले आश्रम, मन्दिर और एपार्टमेंट बन गये। कंक्रीटों का वन हो गया है वृन्दावन।

पैर घसीटती जा रही थी किन्तु हिम्मत जवाब दे रही थी। आँखों के सामने अँधेरा छा रहा था किन्तु चलना तो होगा ही, देर होने पर हाज़िरी जो कट जायेगी, ऊपर से मुंशी अलग चख-चख करेगा। वैसे ही बूढ़ियों पर उसकी कर्कश आवाज़ और भी कर्कश हो जाती है।

मैं प्रभु से गुहार लगा रही थी—प्रभो! तुम्हारा भजन करती हूँ और बदले में एक पाव चावल और दो रुपये पर ध्यान लगा रहता है, मुझे माफ़ करना। आख़िर क्या करूँ? पेट है न, मानता ही नहीं। मैं मानती हूँ तुम अन्तर्यामी हो, घट-घट के वासी, मेरे मन को तुम्हीं तो हो जो अच्छी तरह समझते हो।

प्रारम्भ में भिक्षा माँगने में कितनी शरम हो रही थी, कितनी लज्जा! कितना संकोच! पैरों में बेड़ियाँ जकड़ जाती थीं, जीभ तालू में चिपक जाते थे।

गुरुदेव ने कहा था—अहं को समाप्त करना ही तो जीवन का उद्देश्य है।

किन्तु गुरुदेव! मुझसे भिक्षा माँगना? भीख माँगकर मैं अपनी ज़िन्दगी का गुजर वसर करूँ, यह सोचकर ही काँप जाती हूँ मैं।

भीख और भिक्षा में फ़र्क़ है सावित्री—भीख का मतलब है अपने उदरपूर्ति और अन्य वासनाओं के लिए जगह-जगह से चीज़ो को इकट्ठा करना। मज़दूरी का मतलब है जितनी मेहनत की उसके बदले मज़दूरी और भिक्षा का मतलब है समाज और पूरी मानवता के लिए बहुत ज़्यादा करना और बदले में बहुत थोड़ा लेना।

तुम्हारी ज़िन्दगी यही तो होगी। तुम दिन-रात भजन करना और दीन-दुखियों की सेवा करना। ऐसा करके तुम सारी प्रकृति पर कृपा करोगी, पूरे वातावरण में उसका असर होगा। उस समय गुरुदेव के मुखमण्डल पर तेज़ चमक रहा था।

और एक मैं? कैसा भजन कर रही हूँ! भजनाश्रम में बैठी अन्य माइयों के साथ, जहाँ सबकी दृष्टि हर हमेशा टिक-टिक करती घड़ी पर होती है।

विचारों की तन्द्रा टूटी तो सामने भजनाश्रम का बोर्ड नज़र आया। पैर जल्दी-जल्दी बढ़ाने लगी, किन्तु कहाँ बढ़ा पायी। पैरों ने जवाब दे दिया और आँखें पथरा कर बन्द हो गयीं।

आँखें खुलीं तो अस्पताल में थी, रामकृष्ण मिशन में। सामने कुर्सी पर कुन्ती बैठी थी।

अब कैसी हैं सावित्री माँ, उस समय मैं वहीं से गुज़र रही थी। जल्दी से आपको लेकर यहाँ आयी। घबड़ा गयी थी मैं किन्तु डॉक्टर ने कहा, घबड़ाने की कोई बात नहीं है। थोड़ी कमज़ोर है, इसी से स्लाइन चढ़ रहा है।

नज़र सामने गयी तब ध्यान आया, देखा बोतल से पानी बूँद-बूँद टपक रहा था।

मुझे कुछ नहीं होगा कुन्ती। मेरे प्रारब्ध अभी कहाँ समाप्त हुए हैं? किन्तु तुमने मुझे पेइंग वार्ड में क्यों रखा है, जनरल वार्ड में रखना था।

बस सौ रुपये तो लग रहे हैं। कुन्ती ने धीमे स्वर में कहा।

नहीं, यह ठीक नहीं है, तुम्हारे लिए सौ रुपये कुछ मायने नहीं रखते, किन्तु ग़रीबों के लिए? मेरे गुरुदेव कहते थे जो समाज को ज़्यादा-से-ज़्यादा दें और सुविधाएँ कम-से-कम लें वही साधु हैं, और मैंने क्या दिया है समाज को? कुछ भी नहीं और इतनी अधिक सुविधा...

तभी स्कर्ट और कैप पहने मुस्कराती नर्स ने प्रवेश किया।

अम्मा अभी तो तुम बच गयीं। ये तुम्हारा पाँचवाँ चांस है, जब तुम टँगा कर आयी हो। क्यों नहीं ठीक से खातीं-पीतीं? पैसे जमाकर क्या करोगी? मरने पर भंडारा! उसने फिर से इंजेक्शन लगा दिया।

कुन्ती, इन दवाओं के पैसे भी तुम्हें ही देने पड़ रहे हैं न, जेनरल वार्ड में होती तो दवाओं के पैसे भी बचते और कितने अहसान करोगी?

इसमें अहसान की क्या बात है? इन बातों को छोड़ो! थोड़ा मौसम्मी का जूस पी लें।

चुपचाप जूस पी लिया। वैसे एकदम कड़वा हो गया था, कुन्ती घर से लेकर आयी थी, इतनी देरी में तिक्तता बढ़ ही जाती है, बर्बाद होगा इसी डर से गटक गयी। आँखें न चाहने पर भी फिर बन्द हो रही थीं, शायद नर्स ने नींद की सूई दी थी। किन्तु यह क्या, फिर ऐसा क्यों हो रहा था? फिर वही चेहरा आँखों के सामने आ रहा था। पूरे जीवन की कमाई क्या यों ही नष्ट हो जायेगी?

उस समय भी जब भजनाश्रम के पास बेहोश हुई थी, उसका ही चेहरा आँखों के सामने गडमड कर रहा था। मैं तो अन्तिम समय सोचकर ज़बरन श्रीकृष्ण के मुखमण्डल का ध्यान करना चाहती भी किन्तु ऐसा क्यों हो रहा था? बार-बार उसका चेहरा आँखों के सामने क्यों आ रहा था?

साठ साल! हाँ जिसको देखे साठ साल हो गये थे, जिसे कभी याद करने की कोशिश नहीं की, जब कभी याद आया, उसे ज़बर्दस्ती भुलाने की कोशिश की। क्या वह मेरे अतर्मन में इस क़दर बैठा है कि मरते वक़्त भी उसका चेहरा मेरी आँखों के सामने आ रहा है? नहीं श्यामसुन्दर! ऐसा गड़बड़ क्यों हो रहा है, उसी चेहरे के कारण तो मेरी पूरी ज़िन्दगी सिर्फ़ दुख की कथा बन कर रह गयी और फिर क्या चाहते हो? गोविन्द! क्या अब भी मुक्ति नहीं दोगे, क्या अगले जन्म में फिर यही व्यापार चलता रहेगा? नहीं, गोविन्द! अब बस करो; इस दुखिया के जितने भी प्रारब्ध हैं, सब इसी जीवन में भुगता लो, किन्तु अब और नहीं, फिर नहीं भेजना इस मृत्युलोक में।

और आँखें बन्द हो गयीं। जब खुलीं तो सामने स्वामी विवेकानन्द की बड़ी सी तस्वीर लगी दिखाई पड़ी । गैरिक वस्त्रों में बड़ी सी पगड़ी, स्वप्निल आँखें जिसमें मानव जाति की उन्नति के ढेरों सपने सिमटे हुए थे। चेहरे पर मृदु मुस्कान, किन्तु छवि एक वीर पुरुष की।

स्वामी जी भी एक संन्यासी हैं, जो कहते हैं संन्यासी सुमेरु पर्वत हैं तो सारी दुनिया राई। हाँ, स्वामी जी के लिए ये बातें सत्य हैं। उन्होंने दुनिया को कितना कुछ दिया, किन्तु लिया क्या? और मैं भी एक संन्यासिनी हूँ, क्या किया जीवन में, बस एक जिजीविषा के कारण जीवित रही और ज़िन्दगी काट रही हूँ।

तभी सामने से शक्ति महाराज आते दिख पड़े, पूरे अस्पताल के संचालक। आज यदि वृन्दावन में यह रामकृष्ण मिशन नहीं होता तो क्या होता? साधुओं का, ख़ासकर इन साधुओं का जिन्होंने फ़क़ीरी में जीवन काटा है। जेनरल वार्ड में सारी सुविधाएँ उपलब्ध हैं, उनकी देख-रेख भी उतनी ही अच्छी तरह होती है, जितनी पेइंग वार्ड वालों की। कोई भी दाता यहाँ कुछ भी दान करता है उसे उनके पैसों का पूरा हिसाब दिया जाता है—पूरी पारदर्शिता रखी जाती है ।

शक्ति महाराज अन्दर नहीं आये। वैसे ये रामकृष्ण संघ वाले भी हम 'माया' से थोड़ी दूर ही रहते हैं, माया चाहे युवती हो या वृद्धा, पता नहीं कब ग्रास बना ले। एक स्वामी जी को छोड़कर मिशन में और कहाँ कोई नज़र आता है जो औरतों को भी मानव समझे।

एक बार मैंने मिशन में ही किसी साधु से कहा था, आपलोग औरतों को माया क्यों समझते हैं? स्वामी जी तो नहीं समझते थे। उन्होंने उत्तर दिया—स्वामी जी तो आग हैं—उसमें सब कुछ जलकर नष्ट हो जायेगा।

क्या सब कुछ? मेरी आँखों के सामने आग में भस्म होती दिखने लगी— सब कुछ, प्रकृति, माया यानि औरतें, रोम-रोम सिहर उठा। शास्त्रों ने औरतों को कामुकता में लिप्त बताया है, जबकि होता है ठीक इसमें विपरीत? क्या किसी भी पुरुष रचयिता ने ईमानदारीपूर्वक नहीं सोचा और नहीं लिखा? इसी से तो गाँधी कहते हैं, जिस नियम को बनाने में इन औरतों का कोई हाथ नहीं है वो इसे मानने को क्यों विवश हों? लेकिन जिस दिन क़लम औरतों के हाथों में होगा उस दिन वे हम पुरुषों को क्या लिखेंगी—सिर्फ़ एक पशु!

नहीं-नहीं, बापू! जिस पुरुष जाति में आप जैसे लोग हैं उसे पशु कैसे कहा जा सकता? किन्तु हाँ यह ज़रूर चाहती हूँ कि जिसके अन्दर आग हो वही धर्मगुरु हों, वो नहीं, जिसका ब्रह्मचर्य इतना कमज़ोर हो कि स्त्रियों को देखते ही नष्ट हो जाता हो ।

कुन्ती घर से स्वादिष्ट भोजन ले आयी थी। कढ़ी, रायता, मेथी का पराँठा, पनीर की सब्ज़ी।

क्या अन्तिम भोजन समझकर इतना ले आयी? अरे, मैंने रूखी—सूखी खाकर पूरी ज़िन्दगी काट ली है और अब मन भी नहीं भटकता है।

मन भटकेगा कहाँ से माई? आपने तो मार-मार कर मन को मार ही दिया है।

कहाँ मरा है कुन्ती, बहुत मुश्किल है उसे मारना।

शरमा गयी सावित्री। मन यदि मर गया होता तो वो कैसे याद आता? बेहोशी में भी ठीक वही चेहरा, जब वह पहली और अन्तिम बार मेरे पीहर आया था। राँची जा रहा था, डॉक्टर ने पहाड़ पर जाने को कहा था। पिताजी बहुत बड़े पण्डित थे, महामृत्युंजय की पूजा करायी थी। सफ़ेद रंग का कुर्ता और धोती। माथे पर लाल रोली का तिलक और हाथ में बँधा रक्षा सूत्र, बिल्कुल भोला-भाला निश्छल। जाते वक़्त कितने निरीह भाव से देख रहा था।

दो दिन मेरे घर रहा किन्तु एकान्त में कहाँ मिल पायी थी? मुझे मिलने की इच्छा भी नहीं हुई। क्या इच्छा होती, ग्यारह-बारह साल की लड़की को? उसकी भी कितनी उम्र थी, बस यही चौदह-पन्द्रह साल, किन्तु वो मुझे बहुता ग़ौर से निहारता, जिधर-जिधर मैं जाती उसकी आँखें उधर ही घूरती रहतीं, बाद में महसूस किया उन घूरती आँखों में याचना नज़र आती थी––क्षमा की याचना।

दादी ने माँ से कहा, "ओझा जी को क्षयरोग है, छोटी को उसके पास जाने न देना, स्त्री का संग पाकर रोग भयंकर रूप में आ जाता है।"

बस इतना ही संग था। सारी बातें तो भूल चुकी थी किन्तु जाते वक़्त जब उसने पीछे मुड़कर देखा तो वो आँखें मानो हमेशा की विदाई माँग रही थीं। उस समय तो नहीं समझी थी किन्तु बाद में वही विदाई माँगती आँखें मुझे न जीने देतीं और न मरने, और आजतक भी वही आँखें मुझे परेशान कर रही हैं।

आँखें भर आयीं सावित्री माई की ।

माई, क्यों रो रही हैं? अब बिल्कुल ठीक हो। कल हास्पिटल से छुट्टी मिल जायेगी। नर्स ने बेड के पास आकर मुस्कुराते हुए कहा तब जाकर तन्द्रा टूटी। अच्छा ही हुआ, ऐसे तो न जाने मैं बिछावन पर लेटी-लेटी भूत की दुनिया में कब तक परेशान होती रहती ।

"अम्मा! अब तुम ठीक हो, थोड़ा टहलो तो मन अच्छा लगेगा", नर्स ने उठने में मदद की।

किन्तु नहीं खड़ी हो पायी सावित्री माँ। ज़मीन पर पैर रखते ही जान जाने लगी।

"लगता है फ्रेक्चर है।" नर्स ने डॉक्टर को आवाज़ दी।

"जाँघ की हड्डी टूटी है, यहाँ तो प्लास्टर भी नहीं हो सकता। वैसे फ्रेक्चर तो, हल्का है किन्तु बुढ़ापे का शरीर, मुश्किल है। कमप्लीट बेड रेस्ट में रहना होगा, कौन है इनके साथ? डॉक्टर ने पूछा।

"मैं हूँ डॉक्टर साहब!" तब तक कुन्ती घर से आ चुकी थी।

"आप बेटी हैं या बहू?"

"ये तो साधु हैं, डॉक्टर साहब! इनका कोई नहीं है।"

साधु तो सभी का होता है और साधु के सभी होते हैं, फिर मेरा कोई क्यों नहीं है, मैं चुपचाप सुनती हुई सोच रही थी।

"फैमिली मेम्बर तो होगा घर प ?"

"नहीं डॉक्टर साहब! ये बहुत दिनों से अनाथ हैं।"

कैसी विडम्बना है जब मैं जगन्नाथ के साथ हूँ, तो अनाथ कैसे हो गयी? क्यों जगन्नाथ तेरे शरणापन्न यदि अनाथ हैं तो तेरे जगन्नाथ नाम का क्या औचित्य? मैं बुदबुदायी।

आज सावित्री माई को हास्पिटल से छुट्टी मिलने वाली है। डॉक्टर ने कल ही कुन्ती से कह दिया था - "कल आप इन्हें यहाँ से ले जाइए, जहाँ तक हड्डी जुड़ सकती था जुड़ गयी है; लेकिन बुढ़ापे की हड्डी है, पूरी तरह सीधी नहीं हो पायी। घर के बाहर तो नहीं जा पायेंगी, अपना दैनिक क्रिया कर्म कर लेंगी!, वैसे अम्मा के दर्द सहन करने की सीमा असीम है आजतक किसी पेशेन्ट को मैंने इतना दर्द सहन करते नहीं देखा है।"

डॉक्टर साहब जीवन भर इन्होंने दर्द ही तो सहन किया है? कुन्ती ने जब कहा, तब मैं सोच रही थी।

क्या जानती है कुन्ती मेरे दर्द के बारे में? एक ईश्वर को छोड़कर कौन है मेरे दर्द का साक्षी। जो जितना जानता है वही उसके लिए सम्पूर्ण पीड़ा है और सम्पूर्ण दर्द!—सच्चाई तो यही है मेरा दर्द न जाने कोई।

रात भर सो नहीं सकी। बस प्रभु से गुहार करती रही—चलते फिरते इस शरीर का चोला परिवर्तित हो जाये। किन्तु प्रारब्ध जबतक नहीं समाप्त हो जाता चोला कैसे बदल सकता है। लेकिन अब कहाँ जाऊँगी? कमरे का किराया कौन देगा? रसोई कौन बनायेगा? बाज़ार से सामान कैसे जायेगा? भजनाश्रम भी नहीं जा पाऊँगी, मुट्ठीभर चावल और दो रुपये भी अब कहाँ से आयेंगे?

क्या अबला घर में रहना पड़ेगा? अहल्या अन्तिम समय में वहीं तो रही थी, फिर मैं क्यों नहीं रह सकती? मेरा भी तो अन्तिम समय आ ही गया है। सारे शरीर में झुरझुरी छूट गयी।

अबला घर में लगभग दो सौ महिलाएँ रहती हैं—मकान तो बड़ा सा है, आगे के चार कमरे में तो सफ़ाई रहती है किन्तु अन्दर मलमूत्र की दुर्गन्ध से नाक

फट जाती है। सामने के कमरों में स्वस्थ महिलाएँ रहती हैं जो अबला घर के लिए उपयोगी हैं।

हाँ, उस दिन पूरे मकान की अच्छी सफ़ाई होती है जब कोई सेठ वहाँ दान देने आता है। ये सेठ लोग भी अजीब होते हैं? बहुत कारणों से और बहुत तरीक़े से दान करते हैं। यदि किसी को डाइबिटीज हो गयी तो उन्हें लगता है शायद मीठा दान नहीं किया, चूक हो गयी। फिर डॉक्टर के डाइट चार्ट में जिन-जिन वस्तुओं को खाने से निषेध कर दिया गया है उन्हें अबला घर भिजवा देते हैं।

अब सेठ जी का वज़न कोई सौ-डेढ़ सौ किलो से कम होता नहीं है, तराजू के एक पल्ले पर सेठ दूसरे पल्ले पर लड्डू, बर्फ़ी और जलेबी। कभी-कभी कोई सेठानी गुड़ पर बैठकर स्नान भी कर लेती है। अब वह बेचारी भी क्या करे ज्योतिषी ही बता देता है—गुड की सिल्ली पर बैठकर स्नान कर किसी को दान कर दो। अब ऐसे दान को अबला घर की माई के अलावा कौन ले सकता है?

वृद्धाएँ दूर से निहारती अपने ओठों पर जीभ फेरती रहतीं । अपने पास सेठ जी के आने का इन्तज़ार करते रह जातीं। कर्मचारी दो-चार के हाथ में लड्डू रखने के बाद ही कह देता—आप रहने दें मैं बँटवा दूँगा। बेचारा सेठ भी इतने में थक जाता और वृद्धाओं को देखने-सुनने और मिलने में भला क्या आकर्षण? सहर्ष बाँटना छोड़ देता।

हाँ सेठानियाँ जल्दी नहीं छोड़तीं, वे आपस में बतियाती भी—पता नहीं पीठ पीछे इन माइयों कुछ मिलेगा भी या नहीं? वे पतियों से अधिक व्यहारकुशल भी होती हैं फिर अपने हाथ से बाँटने में पुण्य की भी तो महिमा है।

पता नहीं इस तरह के पुण्य के वर्णन सत्य हैं या नहीं, सकाम दान से भले ही उस व्यक्ति को कोई लाभ होता हो या नहीं, किन्तु इन वृद्धाओं की भूखी निगाहों से बेघती भोज्य पदार्थ को इन तक पहुँचाने से उनकी आँखों में तृप्ति के भाव देखना हज़ार पुण्यों से कम नहीं है।

अहल्या से मिलने जब अबलाघर गयी थी, तो वो अपने कमरे में नहीं थी। बहुत देर तक बैठी रही, तब अमला ने कहा था—"माई, अहल्यामाई बहुत बीमार है। शायद अब यहाँ इस कमरे में कभी नहीं आ पायेंगी।"

"क्यों! अस्पताल में हैं, हालत अधिक गम्भीर है?"

"अस्पताल में नहीं, यातना गृह में है। आपको यमदूत द्वार के बारे में नहीं पता? इसी दूत से तो यहाँ रहने वाली सभी महिलाओं की रूह काँपती है। भगवान चलते-फिरते जिसके चोले का उद्धार कर देता है उसे तो इससे छुट्टी मिल जाती है

किन्तु जो पकड़ा गया—बस! जीवनभर के सारे दर्द एक तरफ़ और कुछ पलों के इसके दर्द बराबर हो जाते हैं।"

कुछ दिनों से अहल्या बीमार चल रही थी। कभी-कभी बेहोश भी हो जाती है। भोजन भी नहीं कर पा रही थी। अभी परसों की ही तो बात है, मैनेजर ने कहा, "अब ये बचेगी नहीं, अस्पताल भेजना भी बेकार है। उसे उस कमरे में पहुँचा दो शान्ति से मर जायेगी। यह कमरा अब दूसरी माई के नाम एलाट भी हो गया है, अब तो वह आती भी होगी कब से वह इस कमरे पर निगाह गड़ाये बैठी थी।"

"और अहल्या?"

"चलो, चलकर देख लो।" अमला ने निर्विकार भाव से कहा।

कमरे में आगे से साँकल लगा था। जैसे ही अमला ने साँकल पर हाथ रखा मैनेजर की कर्कश आवाज़ गूँजी "कमरा कौन खोल रहा है? उसे पानी, वानी कुछ नहीं देना, अब अन्तिम समय है ईश्वर का ध्यान करने दो।"

"पानी नहीं दे रही बाबू, उसके देश की है, मिलने आयी है, अन्तिम समय में देख ले।"

दरवाज़ा खुला, घुप्प अन्धकार, दुर्गन्ध से नाक भर गयी। पास में गयी तो अहल्या अचेत पड़ी थी। पानी भी नहीं था कि छींटे मारती और अब छीटे मारने से क्या होता, वह आखिरी साँसें गिन रही थी।

चिल्ला उठी मैं, अहल्या, तुम ऐसे नहीं मर सकती। ये वृन्दावन धाम है, यहाँ इतने असंवेदनशील लोग रहते हैं? हे गोविन्द, तुम्हारी नगरी में इतनी हृदयहीनता? इसका क्या कसूर है जो इसे यहीं नरक भुगतना पड़ रहा है और यह सब क्या हो रहा है ? सब यमदूत हैं । नरक के यमदूत!

इन विधवाओं के नाम पर लाखों रुपये चन्दा लेने वाले? सरकारी सहायता से मिली बड़ी-बड़ी राशियाँ डकार लेने वाले! क्या इन लोगों को एक दिन इस यातना गृह में नहीं आना होगा?

इन लोगों का तो घर-परिवार है। लाखों रुपये लूट कर यहाँ से ले जाते हैं इन्हें इस घर में तो नहीं आना होगा किन्तु जहाँ भी रहेंगे कीड़े पड़ेंगे, अमला ने धीरे-से कहा।

दो-चार वैसी लाचार वृद्धाएँ आ गयीं जिनके चेहरे अपने नम्बर आने के दहशत से उड़े हुए थे किन्तु जो अभी लाचार नहीं हुई थीं वे अपने में मगन थीं।

मेरी चिल्लाहट से भीड़ तो इकट्ठी हो गयी, किन्तु अहल्या शान्त हो गयी, सदा के लिए परम शान्त।

“चलो मुक्ति मिली—वृन्दावन धाम में प्राण छूटे, नसीब वालों के भाग्य से प्राण छूटते हैं यहाँ''—खीसें निपोरते मैनेजर ने कहा।

मुझे नहीं पता एड़ियाँ रगड़कर मरने वाली अहल्या को क्या मिला होगा। धाम में मरने की मेरी भी लालसा है। किन्तु चिन्मय वृन्दावन में, जहाँ सबकुछ चिन्मय ही है। जहाँ सिर्फ़ खुशिया हैं जहाँ सिर्फ़ उल्लास है।

इस अबलाघर में चारों तरफ़ मुझे, लाशें ही लाशें दिख रही थीं, चलती-फिरती लाशें। नहीं मैं लाशों के बीच नहीं रहना चाहती। मैं इतनी तफ़लीफ़ों के बावजूद जीना चाहती हूँ। ताज़ी ज़िन्दगी की तरह। दुखों ने, कष्टों से मेरे मन और तन को जलाया है किन्तु मेरी जिजीविषा का अन्त नहीं कर सका। इस दुनिया में ढेर सारी कुरूपताएँ हैं फिर भी यह बहुत ख़ूबसूरत है।

मैं मरना नहीं चाहती, इस सुन्दर संसार में
जीना चाहती हूँ, मनुष्यों के बीच
जीवित हृदय के बीच
यदि पा सकूँ स्थान
तो मैं अभी जीना चाहूँगी
इन सूर्य किरणों, इस पुष्पित कानन में।

आँचल में है दूध और आँखों में पानी

थोड़ी देर के लिए आँखें लग गयी थीं, सपनों में, पुष्पों से आच्छादित वृन्दावन में अब कभी नहीं चलने वाले पैरों से दौड़ रही थी, एक युवती की तरह। आँखें खुलीं तो मन शान्त था। अब जो कुछ करना है गोविन्द करेगा, मुझे क्या चिन्ता?

सामने कुन्ती आती दिखी। एकदम प्रसन्न, शायद अभी कुछ दिन अपने घर ले जाये। उसकी बेटी-बहू भी अच्छी हैं।

सावित्री माँ भगवान ने आपके रहने के लिए बहुत अच्छा इन्तज़ाम कर दिया है। कुन्ती बोलते वक़्त बहुत प्रसन्न थी। वह भार मुक्त लग रही थी।

—कहाँ ?

—बस, परिक्रमा मार्ग पर, एक नया मकान बना है दो मंज़िला छोटा-सा ही है, किन्तु है बहुत सुन्दर। एक महिला ने बनवाया है। पाँच-छह माई रहती हैं—दो संन्यासिनी हैं वे भी देख-रेख करती हैं।

—लेकिन वे लोग हैं कौन? उनका पैसा कैसा है? उनकी आमदनी का ज़रिया पापपूर्ण तो नहीं है न ?

—अब तुम भी सावित्री माँ, पापपूर्ण कमाई करने वाले ऐसा काम करते हैं क्या?

—क्यों नहीं करते? अन्तिम वक़्त में दान के सहारे ज़िन्दगी काटनी ही है तो कम-से-कम सतोगुणी व्यक्ति का अन्न खाऊँ।

—बस! अब ज़्यादा मत सोचें, ईश्वर ने सबकुछ सोच समझ कर आपका इन्तज़ाम वहाँ किया है। मेरे साथ उनकी पुत्री इन्दिरा भी आयी है आपको ले जाने।

इन्दिरा के पैर पर हाथ रखते ही मैंने उसे गले से लगा लिया, जैसे अपनी ही पौत्री हो और उसके संग चली आयी 'गुरु कृपा निवास'।

सच, गुरु-कृपा निवास ही था बीच में घर चारों तरफ़ गुलमोहर के पेड़। तपती गर्मी में जब चारों तरफ सभी पेड़ मुरझा से रहे थे, वो लालमुकुट पहने विहँस रहा था। कोने में एक बड़ा-सा पीपल का पेड़, उस तपती गर्मी में ठण्डक का अहसास दिला रहा था। गेट के खम्भे के दोनों ओर गुलाबी और पीले रंग से सुसज्जित था। जैसे ही मैं गेट के अन्दर प्रवेश की एक तेज़ हवा का झोंका आया और ढेर से गुलमोहर के फूल मेरे ऊपर बिखर गये।

—देखिए माई, यहाँ के पेड़ भी आपका स्वागत कर रहे हैं, कुन्ती ने हँसते हुए कहा।

किन्तु अन्दर आते ही पता चला कि आश्रम की देखभाल करने वाली दोनों संन्यासिनी बहनें आज ही चली गयी हैं। अचानक बिना किसी पूर्व सूचना के सारी व्यवस्था अस्त-व्यस्त हो गयी । अब क्या होगा? सावित्री माँ की सेवा कैसे होगी? कुन्ती बुदबुदाई।

ऐसा ही मेरा भाग्य है—"जेहि गिरि चरण धरेउ हनुमन्ता सो चल जाय पाताल तुरन्ता।"

कहीं भी जाऊँ मेरा अभाग्य मेरा पीछा नहीं छोड़ता। बचपन से लेकर आजतक मेरा दुर्भाग्य सिर्फ़ मुझे ही परेशान नहीं करता रहा है, जो भी मुझे आश्रय देते हैं उनकी भी परेशानी बढ़ जाती है।

"वैसी कोई बात नहीं है, आपका आना भी पहले से तय था और उनका जाना भी पहले से तय था, हाँ भले ही हम या आप नहीं जानते हैं।" कहते हुए साठ वर्षीया सौम्य महिला और इस घर की मालकिन शीला जी ने प्रवेश किया।

—यह आपका ही घर है। मैं तो साल में चार महीने ही वृन्दावन रहती हूँ। जिसके भाग्य हैं वही वृन्दावन में ये रह पायेगा। बस वृन्दावन की बास की आस है। मैं तो नहीं रह पाती, आप लोग रहेंगी तो सोचूँगी कि मुझ पर भी गोविन्द की कृपा है। आपको यहाँ कोई कठिनाई नहीं होगी। समय पर आपको भोग लगा हुआ भोजन मिल जायेगा। आपके कपड़े 'धुल जायेंगे'। चाय-नाश्ता सभी समयानुसार मिल जायेगा। मेरे गुरुदेव ने आपको यहाँ भेजकर मुझपर कृपा की है।

मेरी आँखों से अश्रुपात होने लगे। जितना सोचा भी नहीं था उससे अधिक अच्छी व्यवस्था ईश्वर ने करके रखी है। मनुष्य उतनी ही दूर देख सकता है, जहाँ तक उसकी दृष्टि जाती है, किन्तु परमात्मा जो असीमित, अपार, अगोचर है वह कब क्या करेगा कौन जानता है।

दूसरी मंज़िल पर पाँच-छह वृद्धा महिलाएँ रह रही थीं। कोई मेरी तरह शारीरिक रूप से लाचार नहीं थी। लेकिन सब की सब वृद्धाएँ थीं, किन्तु हँसमुख और प्रसन्न।

"दादी! माँ अब यहीं रहेंगी?" शबरी ने मुँह बनाते हुए पूछा। क्योंकि सेवा का भार उसी पर पड़ने वाला था।

"वाह! बहुत अच्छा है, माँ आप बहुत अच्छी जगह में आयी हैं, यहाँ खूब भजन होता है। दिनभर परिक्रमा मार्ग पर परिक्रमा करते हुए भक्तों को देखिए। समय पर गरमा-गरम भोजन।" उसमें से एक महिला ने चहकते हुए कहा।

"कुन्ती अब तू आराम से निश्चिन्त होकर जा। ईश्वर ने तुम्हारे माध्यम से बहुत अच्छी जगह पहुँचा दिया। तुमने मेरी बहुत सेवा की है। कितने पैसे ख़र्च किये? तुम ये पैसे मेरी जमा पूँजी से काट लेना।"

"माई! क्यों चिन्ता करती है? बस अब आप सुखपूर्वक रहिए।"

"सुख-दुख तो ईश्वर के हाथ में है। हाँ, अब मैं बहुत अच्छी जगह आ गयी हूँ, साफ़-सुथरा माहौल है। तू जा, किन्तु कभी-कभी मिलते आती रहना।" विदा लेते वक़्त कुन्ती के चेहरे पर सन्तुष्टि का भाव था।

सुबह नींद टूटी तो चिड़ियों की चहचहाहट से वातावरण गुंजायमान हो रहा था। हालाँकि हमेशा चिड़ियों के जगने से पहले जगा करती थी किन्तु आजकल सबकुछ गड़बड़ चल रहा है। बहुत अच्छा लगा जब मोर की पिउ-पिउ की आवाज़ कानों में पड़ी। कोयल अलग कूक रही थी। आज बहुत दिनों बाद इन सबकी आवाज़ सुन पायी थी । पहले दिनभर इनकी आवाज़ से पूरा वृन्दावन गुंजायमान होता रहता था।

मन में कितना सुकून लग रहा था। पास के गाँधीवादी बाबूजी के आश्रम से आवाज़ आ रही थी—"वैष्णव जन तो तेने कहिए पीर पराई जाने री" किन्तु लगता है आजकल वैष्णव और कुछ तो समझते हों तो समझते हों पर दूसरे की पीड़ा को नहीं समझते और औरतों की पीड़ा को तो बिल्कुल नहीं, आँखें भर आयीं।

दोपहर में इन्दिरा नारंगी लेकर आयी। एक-एक करके सभी के बिछावन के पास गयी। सभी से मुस्कुरा कर बातें करती रही। वह मुस्कुराती हुई मेरी ओर आ रही थी। पता नहीं क्यों उसे देखकर मेरी ममता हिलोरें मार रही थी। वह मेरे पास आ गयी, हँसकर मेरी हथेलियों को अपने हाथों में लेकर कहा—"आपके आने से यहाँ की श्री बढ़ गयी है। आज भी आप कितनी सुन्दर हैं, जैसे किसी राजघराने की राजमाता।"

मैं खिलखिलाकर हँस पड़ी—"मैं और राजमाता?" इन्दिरा देखती रह गयी—"हँसती हुई तो आप और भी ख़ूबसूरत लगती हैं।"

मैं शरमा गयी । उसने इन्दिरा का हाथ पकड़ लिया—"बेटा! भगवान तुम्हें जीवन में सारी ख़ुशियाँ दें, जो दूसरों को सुख पहुँचाना चाहता है भगवान उसे कभी दुख नहीं देता। मैं तुमसे एक बात पूछूँ?"

"पूछिए न अम्मा क्या पूछना चाहती हैं?" इन्दिरा ने हँसकर कहा।

"यही कि तुम्हें हम लोगों की सेवा करने की प्रेरणा कहाँ से मिली?"

सेवा तो कुछ नहीं कर पाती। चार-पाँच साल पहले की बात है, मैं और बाबूजी यहीं वृन्दावन में ही ब्रह्मकुण्ड से कात्यायनी मन्दिर की ओर आ रहे थे। चिलचिलाती धूप थी, सूरज तप रहा था। हम लोगों का चेहरा लाल से काला पड़ता जा रहा था। रिक्शा भी नहीं मिला, पाँव पैदल ही जल्दी-जल्दी घर लौट रही थी। सड़क पर इक्के-दुक्के लोग ही नज़र आ रहे थे, तभी सड़क के उस किनारे गढ़े में एक हिलती हुई परछाईं दिखी। उत्सुकता वश आगे बढ़कर झाँका, तो दंग रह गयी। एक वृद्धा निर्वस्त्र होकर बैठी थी। मुझे देखते ही अपने गुप्तांगों को हथेलियों से ढक कर सकपका कर बैठ गयी, सामने उसकी फटी धोती सूख रही थी।

उसकी आँखों और थरथराते ओठों ने सबकुछ बयां कर दिया। मैंने कुछ भी नहीं पूछा। उसने शीघ्रतापूर्वक अपनी धोती से शरीर को ढकते हुए कहा—"बस यही एक धोती है, बहुत मैली हो गयी थी, कितने दिनों से इसे धो नहीं पायी थी। बार-बार धोने से जल्दी फट जाती है न। आज एक रुपये का सर्फ़ ख़रीदकर धोती धोयी हूँ ।"

मैं कुछ नहीं बोल पायी। आँखें ज़रूर भर आयीं और सारे रोंगटे खड़े हो गये।

चिन्मय वृन्दावन धाम की अनुभूति में आनन्दित और प्रफुल्लित बाबूजी की आँखों से आँसू प्रवाहित होने लगे। चिन्मय वृन्दावन की चिन्मयता, उसकी दिव्यता के भाव की जगह दर्द और आह ने ले लीया।

मैं दौड़कर घर पहुँची और उसी कड़कड़ाती धूप में बाबूजी की एक धोती उस वृद्धा को देकर अपनी पीड़ा को कुछ कम करने की कोशिश की।

वे धोती लेकर चली गयीं। जाते वक़्त अपने बगल में धोती रखते समय उसका चेहरा कृतज्ञता के भाव से भर गया था जिसे देखकर मैं लज्जित हो रही थी। मुझे अपनी साड़ियों से भरी अलमारी से वितृष्णा हो रही थी। मेरी आँखों के सामने पड़ी वो रंग-बिरंगी जड़ी और कामदार साड़ियाँ मानो मुझे चिढ़ा रही थीं। ढेर सारी क़ीमती साड़ियाँ और इधर सिर्फ़ एक धोती, मुझे अपनी ही नज़रों में गिरा रही थी।

"सिर्फ़ दुखी होने से कर्त्तव्य पूरा नहीं होता इन्दु, जीवन में कुछ इन लोगों के लिए कर सको तो ज़रूर करना और जल्दी करना क्योंकि व्यक्ति प्लान बनाता रह

जाता है और जीवन की सन्ध्या कब आ जाती है पता ही नहीं चलता। मैं नहीं चाहता आज जैसा अफ़सोस मुझे हो रहा है तुम्हें भी करना पड़े।"

मैं बाबूजी के चेहरे पर पीड़ा की स्पष्ट झलक देख रही थी। इन लोगों के लिए कुछ नहीं कर पाने की पीड़ा, एक कशमकश।

—मैं पूरी कोशिश करूँगी बाबूजी, इच्छा तो है।

—नहीं बेटा, सिर्फ़ इच्छा और कोशिश काफ़ी नहीं है, पूरी ईमानदार कोशिश। ईमानदार कोशिश कभी बेकार नहीं जाती। अपना पेट तो सभी भरते हैं, असली जीवन तो वही है जिसमें दूसरे के लिए कुछ किया जाय, फिर दूसरे कौन हैं?

तीन साल हो गये बाबूजी को गुज़रे हुए किन्तु ये वाक्य मेरे कानों में गूँजते रहे। आँखों के आगे वो निर्वस्त्र वृद्धा घूमती रही और कानों में बाबूजी की आवाज़ कि, कुछ करो, फिर दूसरा कौन है?

बस और कुछ नहीं अम्मा जीवन में बस थोड़ा-सा प्रयास कर रही हूँ, कहती हुई इन्दु चली गयी।

अगली सुबह गोपाल मन्त्र जप कर उठी तो सबसे पहले, प्रणाम करने आयी श्रीमती पॉल।

—माँ, आप तो साधु हैं हम लोग तो घोर गृहस्थी, नारकीय जीव। नौ बच्चे पैदा करते-करते शूकर-कूकर ही बन बैठी।

—ऐसी बात नहीं, न कोई ज़्यादा है और न कम। समाज में सभी वर्गों की आवश्यकता है, गृहस्थ की भी और संन्यासी की भी। लेकिन तुम नौ-नौ बच्चों को छोड़ यहाँ क्या कर रही हो?

—मैंने कहाँ छोड़ा माँ? इन बच्चों ने मुझे छोड़ दिया। छोटे बेटे के साथ रहती थी कलकत्ता में। दो मंज़िला मकान था। एक दिन बहू की चर्चा पड़ोसिन से कर रही थी, बहू ने सुन लिया। उसने बेटे से कह दिया, बेटा आवेश में आ गया। उसने मुझे पकड़ कर अपने मुक्के से मेरे मुख पर मारा—इसी मुख से तू, बहू की शिकायत करती फिरती है न। मैं भाग कर पलँग के नीचे छुप गयी, ठीक अपने बेटे की तरह जैसे वह बचपन में घुस जाता था। किन्तु उस समय तो मैं उसे प्यार से पलंग के नीचे से निकालकर अपने सीने में चिपका लेती थी। किन्तु मुझे उसी हालत में छोड़कर दोनों पति-पत्नी शादी में चले गये और मैं किरायेदार को घर की चाभी देकर वृन्दावन आ गयी। जो गठरी लेकर घर से निकली थी उसपर भी किसी ने अपने हाथ की सफ़ाई कर दी। बस किसी तरह यहाँ पहुँच गयी। कहते-कहते श्रीमती पॉल की आँखों से आँसू का सैलाव फूट पड़ा।

—सब समय का खेल है, कौन अपना कौन पराया। समय अनुकूल तो सब ठीक, प्रतिकूल हो तो सब बेकार, लेकिन अब तो आप गिरिधारी की शरण में आ गयी हैं, पुरानी बातों को भुलाने की कोशिश कीजिए। मैं और क्या कहती?

—किसकी शरण आयी, नहीं जानती किन्तु इतना कह सकती हूँ कि पहली बार जीवन में स्वतन्त्रता का सुख चखा है। ज़िन्दगी भर अपने ही बनाये जेल में घुटती रही, तड़पती रही और कभी झूठी ख़ुशी में इतराती रही।

प्रत्येक दूसरे साल एक बच्चा। नौ बच्चे के बाद जब पति सोने आया तो पास में पड़ी हँसिया उठा लिया—"अब पास में आयेगा तो इसी से खबर लुँगी।" गालियाँ देता चला गया किन्तु उस दिन से मुझे थोड़ी राहत मिली। नौ बच्चे कैसे सँभालती थी मैं ही जानती हूँ, पति सिर्फ़ बच्चे पैदा करना जानता था, उन्हें कभी हाथ भी नहीं लगाता। बच्चे रोते-विसूरते या टट्टी करते, वह निर्विकार भाव से देखता रहता, जैसे अनासक्त योग का ज्ञाता हो।

और एक दिन ज़हरीली शराब पीने से उसकी मृत्यु हो गयी। जो भी आय का स्रोत था वो भी बन्द हो गया।

मैं क्या रोती गाती, मुझे फुर्सत कहाँ थी, फिर मैं झूठे नाटक क्यों करती? न मुझे सुख हो रहा था न दुख। बस, यही चिन्ता सता रही थी, कल इन नवों को क्या खिलाऊँगी? पहले से सूई देना, स्लाइन चढ़ाना आदि सीखा था। माँ के घर में पड़ोस में एक लेडी डॉक्टर रहती थी, वे अक्सर मुझसे कहती यह सब सीख ले ज़िन्दगी में काम आयेगा।

और इसी आधार पर एक प्राइवेट अस्पताल में नौकरी भी मिल गयी। नौ बच्चे जनते-जनते मैं बच्चे पैदा करवाने में भी एक्सपर्ट बन गयी। डिलीवरी करवाने में सब मुझे ही रखना चाहते। डिलीवरी के बाद उपहार भी मिलता।

घर में अपने बच्चे, अस्पताल में जन्मते बच्चे, मैं इन दोनों पाटों के बीच पिसती हुई साल दर साल खपती रही। ग़रीबी की ही हालत में चारों बेटियों की शादी ग़रीब घर में ही कर दी और बेटों को पढ़ाने और अमीर बनाने का सपना बुनती रही। सोचती थी एक बेटे को पढ़ाकर डॉक्टर बनाऊँगी, डॉक्टर तो नहीं बना हाँ क्लर्क अवश्य बन गया। यदि बेटी को डॉक्टर बनाने की कोशिश की होती तो आज मेरी यह हालत नहीं होती, लेकिन चिड़िया चुग गयी खेत, तो क्या होत पछताय।

आज भी बेटियाँ कहती हैं– नमक रोटी खाऊँगी तो वही खाना तुम्हें भी खिलाऊँगी, मेरे पास आ जाओ लेकिन किस मुँह से उनके पास जाऊँ जो कुछ भी तिनका-तिनका जोड़ा, हमेशा बेटों के लिए सोचा।

—अब, आप किसी के लिए मत सोचिए, बस गिरिधारी के बारे में सोचिए। ज़िन्दगी भर क्या किया अब उन बातों की जुगाली करने से क्या लाभ। अपना चिन्तन, अपनी विचारधारा सभी को ईश्वर की ओर मोड़ दीजिए।

—कोशिश करूँगी माँ किन्तु सफल होऊँगी नहीं जानती। वैसे आजकल केवल पुरानी बातें याद आती रहती हैं, लगता है जल्दी ही ऊपर से बुलावा आने वाला है। श्रीमती पॉल ने कहा।

—तो कहाँ जाने का मन है पतिलोक, पति के पास? हँसते हुए मैंने पूछा।

—बाबा रे बाबा, नहीं माँ ये श्राप मत दो उससे मिलने की इच्छा सपने में भी नहीं है। एक बार मैं अपनी माँ और भाई के साथ सुचित्रासेन की फ़िल्म देखने चली गयी थी, क्या बताऊँ कितना मारा और सगे भाई के साथ सम्बन्ध जोड़कर कितनी गन्दी-गन्दी गालियाँ दी थी, क्या बताऊँ। उससे अच्छा जेल का जेलर। उसके साथ रहने से अच्छा है ओलिपुर जेल में रहना।

थोड़ी-सी हल्की होकर श्रीमती पॉल चली गयीं, किन्तु मैं बिल्कुल भारी नहीं हुई। दुख-सुख सभी उन्हें समर्पित। किसी का दुख हरण करने की शक्ति तो किसी में नहीं है, किन्तु कहने-सुनने से दुख की तीव्रता में कमी आ जाती है। वैसे तो स्त्रियों का सम्पूर्ण जीवन ही दुख की कहानी है।

यहाँ श्रीमती पॉल के अलावा और पाँच महिलाएँ हैं। वे सारी स्त्रियाँ इनसे भी अधिक दुखी दिखती हैं। श्रीमती पाल तो हँसती-मुस्कुराती और खिलखिलाती भी हैं किन्तु अन्य पाँचों ?... रहते-रहते सब के बारे में जान ही जाऊँगी और जानना भी क्या, जैसे एक ही आत्मा सभी शरीरों में निवास करती है, वैसे ही सभी औरतों में एक ही प्रकार का दुख विराजमान है—परतन्त्रता और अस्तित्व खोने का दुख।

दूसरी योगमाया डे, गोरी, चिट्टी, साफ़-सुथरे कपड़ों में, कभी-कभी मुस्कुराती थी। पहले किसी मन्दिर में रहती थी। वहाँ काम भी करती थी किन्तु अब हाथ टूट गया और बूढ़ी भी हो गयी, इसी से वहाँ के लिए अनुपयोगी हो गयी थी। पति की कलकत्ते में अपनी दुकान थी। अच्छा पैसा कमाता था किन्तु साथ ही शराबी भी था। शराब पीकर इसे मारता, छोटी-छोटी बातों का बहाना बनाकर। कभी सब्ज़ी में नमक ज़्यादा है तो कभी-कभी खाने में बाल मिल गया तो कभी शर्ट के बटन टूट गये हैं। योगमाया डे कितनी भी कुशलता से कार्य क्यों न करती, पति के आक्रोश से नहीं बच पाती। वह अपने मन की कुन्ठा को तरह-तरह से निकालता। वह सन्तान चाहता था और डॉक्टर ने उसे अयोग्य बता दिया था। पति की अयोग्यता को योगमाया ने ईश्वर की मर्ज़ी समझकर अपनी माँ बनने की लालसा को हमेशा के लिए दबा दिया।

किन्तु पुरुषोचित अहं, जो कभी-कभी व्यक्ति को हिंसक पशु की श्रेणी में पहुँचा देता है और यदि उसके अन्दर मानसिक कुण्ठा भी हो तो दोनों मिलकर एक विकृत व्यक्तित्व का निर्माण करती है, और इसी का शिकार योगमाया का पति था। एक दिन काफ़ी आक्रोशित और आवेशित हो उठा, उसने योगमाया को किसी पुरुष से बातें करते देखा और उससे भी बड़ा अपराध यह कि वह बीच-बीच में हँसती भी थी। फिर क्या था, वह जान लेने पर उतारू हो गया। किसी तरह जान बचाकर योगमाया वृन्दावन आ गयी। बाद में पति ने वृन्दावन में इसे खोज भी लिया था किन्तु इसे मन्दिर में आधार मिल गया था। इसने जाने से इनकार कर दिया। दो साल पहले पति की मृत्यु हो गयी, उसके क्रियाकर्म में गयी थी।

किसी से कुछ पूछना कहाँ पड़ा। मानों सभी के ओठ अपनी कहानी कहने के लिए बुदबुदाते रहते थे सिर्फ़ टुम्पा चौधरी को छोड़कर, वह कुछ नहीं कहती, जैसे दोनों ओठ सिले हुए हों, देखने से ही किसी सम्भ्रान्त घराने की महिला लगती। ऐसा लगता था मानो अन्दर ही अन्दर दु:ख पी रही हो, ठीक इसके विपरीत ममता घोष। बस बोलती ही रहती थी, किन्तु चेहरा अत्यन्त कठोर था। अविवाहित थी, इसी से चार कमरे में से एक कमरा पिता ने इसके नाम पर दिया। किन्तु कहाँ बर्दाश्त कर पाते हैं भाई और भावज, बहन को हिस्सेदार के रूप में। एक ही कोख से जन्म लेकर, एक ही माता-पिता की सन्तान होकर भी उन्हें बराबर मानना स्वीकार्य नहीं था। सिर्फ़ लिंग भेद की इतनी बड़ी सज़ा!

तीनों भाई-भावज इस मुद्दे पर एकमत और सहमत थे। आम सहमति बन गयी कि जिस ग़लती को पिताजी ने किया उसे तुरन्त सुधारा जाना चाहिए। तीनों उसकी जान के दुश्मन बन गये।

"शरम नहीं आती मानुष से ठसक-ठसक कर बातें करने में, यदि पुरुषों से बातें करने का इतना ही शौक़ था तो शादी क्यों नहीं की? बहुत आयी है मीराबाई बनने, उन्होंने भी तो शादी की थी, यह नहीं कि भाई-भावज की छाती पर बैठकर मूँग दलती रही।" ममता की मँझली भाभी ने हाथ नचाते हुए कहा था।

ममता घोष अड़ोस-पड़ोस के कपड़े सिलकर अपना ख़र्च जुटाती थी। स्बवालम्बी थी, उन लोगों पर आश्रित नहीं थी। केवल पिता के बनाये गृह के एक कमरे में रहती थी। क्या इसी दिन को देखने के लिए लड़कियाँ भगवान से भाई माँगती हैं। तभी तो कुन्ती की एकलौती छोटी-सी पौत्री जब भगवान से भाई माँग रही थी तो मैं सोच रही थी कहूँ—"भगवान से ऐसे व्यक्ति को क्यों माँग रही हो जो आते ही तुम्हें इस घर से विस्थापित कर देगा। समाज, हाँ पितृसत्तात्मक समाज उसी

के साथ खड़ा होगा और मुन्नी तू इस भरे समाज में एकदम अकेली और असहाय नज़र आयेगी।"

हाँ, तो ममता ने आगे बताया कि भाभी के आरोप लगाने के बाद उसने अपने सभी ग्राहकों को कह दिया कि तुम लोग अपने भाई, पति, बेटे, पिता यहाँ तक कि बूढ़े दादा और नाना को भी मेरे पास सिले कपड़े लेने या पैसे देने मत भेजा करो और उस दिन से उसने पुरुषों से बातचीत करना एकदम बन्द कर दी। अपने को एक कठोर आवरण के बीच क़ैद कर लिया, किन्तु मन अवसाद और कुण्ठा से ग्रसित हो गया। इतनी असामान्य बातों के बाद प्रश्न कहाँ उठता है सामान्य रहने का। अब इसे हिस्टीरिया के दौरे पड़ने लगे, चक्कर आने लगे । कलेजे की धड़कन बढ़ गयी। आँखें घण्टों शून्य को निहारती रहतीं।

भाई और भावजों ने इस दुर्भाग्यपूर्ण स्थिति को अपना सौभाग्य माना और एक दिन इसे रजिस्ट्री ऑफ़िस ले जाकर कमरे को तीनों भाइयों के नाम करवा लिया।

कमरा तीनों के नाम चढ़ते ही इसे पागल करार कर वृन्दावन भेज दिया। ममता घोष के आने बाद भी भाइयों के बीच अशान्ति का कारण वह कमरा बना ही रहा। पहले कमरे के कारण तीनों एक होकर अशान्ति फैलाते थे अब कमरे पर किसका अधिपत्य होगा, इसी बात में तीनों में सिर फुटोव्वल चल रहा है।

इन सबके बीच ममता घोष को लगता है वह चैन में आ गयी है । पिछले बीस सालों से भजनाश्रम में भजन गाती है। किसी मन्दिर में भगवान के कपड़े सिलकर कुछ पैसे भी कमा लेती है। बैंक में कुछ हज़ार रुपये भी जमा कर लिए हैं। यहाँ आकर भी स्वाबलम्बी बनी रही किन्तु पिछले छह महीने से जब से नि:शुल्क नेत्र शिविर में मोतियाबिन्द का ऑपरेशन कराया तब से सीने-पिरोने का काम बन्द करना पड़ा। अब किराये का कमरा लेकर रहना महँगा लगने लगा। इसी से यहाँ चली आयी।

जाती हूँ अम्मा, मेरी कहानी सुनकर दुखी मत होना। बचपन से वृन्दावन में वास करना चाहती थी। उन रिश्तेदारों ने सहयोग ही किया है सिर्फ़ वृन्दावन का वास ही नहीं दिया, त्याग और वैराग्य भी सिखाया, इसी से मैं उन्हें अपना गुरु ही मानती हूँ, ममता घोष हँसती हुई चली गयी।

—आप सब की कहानी तो सुन रही हैं माँ किन्तु अपने बारे में भी तो कुछ बताइए, टुम्पा चौधरी ने मुस्कुराते हुए कहा।

—मैं क्या बताऊँ अपने बारे में किसे धैर्य है जो मेरी कहानी सुने। बस यही समझ लो पिछले पचास सालों से इसी वृन्दावन धाम में पड़ी हूँ अपने गिरिधारी के शरण में। मैके से विदा होकर ससुराल आ गयी, यहीं से अब अर्थी उठेगी।

यमुनाजी में यह मिट्टी विलीन हो जाये बस यही चाहना बची है। अब तो साथ ही रहना है सब लोग एक-दूसरे के बारे में सबकुछ जानेंगे, सुनेंगे और अपना दुख-दर्द बाँटेंगे। आप तो यशोदा मैया सी दिखती हैं कहाँ है आपका गोपाल? मैंने टुम्पा चौधरी से कहा।

—बस, अब उसी गोपाल का आसरा है, उसी को खोजने की कोशिश कर रही हूँ। कोई कहता है तेरे अन्तर्मन में है तो कोई कहता है सर्वत्र है। कोई कहता है मन्दिरों के मोटे-मोटे चाँदी के दरवाज़ो के अन्दर बन्द है। मुझे पता नहीं कभी मिलेगा भी या नहीं? किसी को मिलता भी है या नहीं? टुम्पा चौधरी ने कहा।

किसी को क्यों नहीं मिला? इतने सन्त-महात्माओं को वो नहीं मिला? उसी को पाने के लिए कितनों ने अपना घर-परिवार, धन-दौलत, पद-प्रतिष्ठा सब कुछ छोड़ दिया। बस, उस पर विश्वास रखें, श्रद्धा रखें, ज़रूर मिलेंगे।

मुझे! मुझे गोपाल मिलेंगे! अखिल ब्रह्माण्ड का नायक, स्वयं ब्रह्म! अम्मा मैं तो वो अभागन हूँ जिसे अपने बेटे ने ही कूड़ा समझकर वृन्दावन में लाकर पटक दिया।

इससे क्या? परमात्मा की तुलना अपने पुत्रों से क्यों करती हैं ? उसे क्या गरज है इन बातों से? तुमने सुना नहीं दुनिया से ठुकराए लोग यहाँ गले लगाये जाते हैं। लेकिन तुम्हारी जैसी माँ, देखने से ही ममतामयी लगती है। तुम्हारे बेटे ने...क्यों ?

—क्या कहूँ मैं? क्या करेंगी सुनकर? मेरे दुख सिर्फ़ मेरे हैं किसी को सुनाकर क्यों किसी और को भी दुखी करूँ, और कहने से लाभ भी क्या? कौन मेरे दुख को कम कर सकता है? एक ईश्वर है उसी पर भरोसा है, किन्तु उसे भी दुख दूर करने के लिए नहीं, कहती हूँ, हाँ! कष्ट सहन करने की शक्ति ज़रूर माँगती हूँ। आँखें भर आयी टुम्पा की।

शान्त हो जा टुम्पा। तेरा मन जैसे अच्छा लगता है तू वैसे ही कर। मैंने सोचा, हम लोग सब एक ही राह के पथिक हैं, थोड़ी सुनकर और थोड़ी कहकर तू हल्की हो जायेगी। ठीक ही है, तू नहीं याद करना चाहती पूर्व की स्मृतियों को।

—इसी बात की तो तकलीफ़ है, एक मिनट भी नहीं भूल पाती उन्हें। उनका एक-एक व्यवहार जिसे मैं प्रेम समझकर मूर्ख बनती रहती थी, अब बस वह सब छलावा लगता है। क्यों पड़ी रही उस भूल-भुलैया में, पहले क्यों नहीं समझी मैं? क्या हो गया था मुझे सब लोग मुझे समझदार कहते थे किन्तु क्या यही मेरी समझदारी थी और आज भी उन्हें क्यों याद कर रही हूँ! उन्हें याद करना और पूर्व के किये

गये कृत्यों को याद करके पछताना, यह भी तो बेवक़ूफ़ी ही है अम्मा, लेकिन मैं क्या करूँ, मन में कभी-कभी बदले की भावना भी आती है किन्तु क्या बदला लूँगी और किससे?

—आप कुछ नहीं सोचिए, सब कुछ ईश्वर पर समर्पित कर दीजिए। मैंने भी अपने पति को मन से निकाल दिया। 'बस मन से दियो उतार' आपको शान्ति मिल जायेगी, योगमाया डे ने आगे बढ़कर कहा।

—चित्त से तो उतार दिया है किन्तु अन्तर्मन के किसी कोने में ऐसा टेढ़ा होकर गड़ा है कि नहीं निकलता। टीस सी उठती रहती है। मैं पूर्व के सुखों को भी नहीं याद करती क्योंकि जानती हूँ अब यही मेरी नियति है।

वृन्दावन तो मैं यात्रा करने आयी थी, कितनी ख़ुश थी मैं। छोटा बेटा अमूल्य ने स्वयं कहा था—"चलो माँ वृन्दावन धाम की यात्रा करा लेता हूँ कितने दिनों से कहीं नहीं गयी हो।" मुझे क्या पता था मेरा श्रवणकुमार मुझे हमेशा के लिए तीर्थधाम में छोड़कर चला जायेगा। कितनी परेशान हो गयी थी मैं जब बस खुल गयी और मैं रंगजी के मन्दिर में ही रह गयी। मैं पागलों की तरह जाकर एक-एक बस में पागलों की तरह उसे खोज रही थी। सभी बस तो एक ही तरह के थे न, मुझे बस का न नम्बर पता था न कुछ और। मैं अपनी आँखों का इस्तेमाल कहाँ कर रही थी मेरी आँखें तो मेरा श्रवणकुमार था।

उसी समय राघवदास महाराज मिल गये—"उन्होंने कहा घबड़ाओ मत, थोड़ी देर में तुम्हारे साथी तुम्हें ढूँढ़ते हुए यहीं आयेंगे तुम यहीं बैठी रहो। वे लोग ख़ुद भी परेशान हो रहे होंगे। यहाँ से कहीं मत जाना। यदि वे आपको नहीं ढूँढ़ पायें तो आप अपना पता दीजिएगा, मैं आपको वहाँ पहुँचवा दूँगा।"

अब तक मैं समझ चुकी थी अमूल्य मुझे छोड़कर जा चुका है हमेशा के लिए, मैंने राघवदास जी से कहा—नहीं महाराज, किसी व्यक्ति को लेकर शिलांग पहुँचाने का कष्ट आपको नहीं दूंगी। मुझे शिलांग नहीं जाना है कृपया मुझे यहाँ कहीं भी आश्रय दिलवा दें।"

—आप छोटी-सी ग़लती से इतनी अधिक विचलित क्यों हो रही हैं? आप परेशान हैं सही है। किन्तु आप सोचिए, क्या आपके बेटे को आपसे कम परेशानी हो रही होगी?

—नहीं महाराज वह बिल्कुल परेशान नहीं हो रहा होगा। बल्कि इतमीनान से जा रहा होगा कि घर के कूड़े-कचरे को वृन्दावन में आकर फेंकने में सफल हो गया है,

शिलांग से बहुत दूर जो उड़कर उसके घर तक कभी नहीं पहुँच पायेंगे। माई, उस सच का सामना करना बहुत मुश्किल था, लेकिन मैंने कलेजे पर पत्थर रख लिया।

राघवदास महाराज ने मुझे यहाँ पहुँचा दिया। तब से यहीं पर पूर्व स्मृतियों का चिन्तन-मनन ध्यान करती हूँ, जैसे कल की बात हो। पति रिटायर होते ही चल बसे। जो भी जमापूँजी थी दोनों बेटों में बाँट दिया। मुझे लगा अब मुझे पैसों की क्या ज़रूरत? क्या करूँगी पैसों को रखकर, उनके नहीं रहने से ऐसे भी जीवन में वैराग्य तो आ ही गया था। पति के वियोग ने मुझे सभी ओर से उदासीन बना दिया था।

बड़ा बेटा अपूर्व जो बैंक में मैनेजर था, ने कहा—"माँ ये पैसे हमेशा तुम्हारे ही रहेंगे, तुम्हें जब भी ज़रूरत हो ले लेना। मैं इसे बैंक में इस तरह रखूँगा कि तुम्हें ज़्यादा सूद मिल सके और इन्कम टैक्स भी नहीं कटे। उसने कुछ काग़ज़ातों पर मुझसे हस्ताक्षर भी करवाये। मेरा और अपना दोनों का नाम दिया।"

अमूल्य फैक्ट्री लगा रहा था। उसने पैसे उसमें लगा दिये। उसने भी कहा—"माँ तुम्हारे पैसे फैक्ट्री में लगे हैं। तुम चाहो तो फैक्ट्री का लाभांश लो या मैं इसे क़र्ज़ मानूँ। तुम्हें बैंक से ज़्यादा ही इंटेरेस्ट दूँगा।"

मैं निहाल हो गयी। सब कुछ देकर भी मैंने बहुत ज़्यादा पा लिया था। दोनों बेटों के व्यवहार से मैं अपने पति के ग़म को भी भूल रही थी। मुझे लगा ईश्वर ने मेरे आँचल में दो लाल दे दिये हैं। मुझे ऐसा लग रहा था मेरे पैसे से इन्हें कोई मतलब नहीं, शायद वे इसका स्पर्श भी नहीं करते, सिर्फ़ सँभालने के ख़याल से रख लिया। किन्तु ये ख़ुशियाँ अधिक दिनों तक नहीं रह पायी। काश इसी भ्रम में मैं मर जाती। पहले बड़े बेटे का रंग बदला। एक दिन उसने कहा—माँ बाबू को डॉक्टर ने सामिष भोजन करने कहा है इसी से मुझे तो अलग रसोई बनानी पड़ेगी। दो रसोई हो गयीं। मैं छोटे बेटे के हिस्से में पड़ी। बड़े बेटे बहू को जैसे अब मुझसे कोई मतलब ही नहीं रह गया।

एक दिन काफ़ी तबीयत ख़राब लग रही थी, मैंने कहा—बेटा सोचती हूँ किसी डॉक्टर से दिखवा लूँ", "तुम्हें कुछ नहीं हो रहा माँ! बस तुम्हारा वहम है। बुढ़ापा अपने आप में एक बीमारी है।" कहकर अपूर्व चला गया।

उसी शाम मेरे हृदय की धड़कन बन्द हो गयी, बेहोश हो गयी। बेहोशी में ही हॉस्पिटल पहुँची। हृदय में पेसमेकर लगाया उसमें हुए ख़र्च को अपूर्व ने ही दिया। ठीक होकर घर लौट आयी। बड़े बेटे के प्रति कृतज्ञता का अनुभव कर रही थी। बड़े होने का फ़र्ज़ अदा किया। अभी छोटे के पास पैसे नहीं थे बिज़नेस बढ़ा रहा था।

मैंने उससे कहा—मैं शारीरिक रूप से तो कमज़ोर हुई हूँ किन्तु मानसिक रूप से सबल हुई हूँ। तुमने सन्तान होने का फ़र्ज़ निर्वाह किया है।

—मैंने कहाँ कुछ किया...

—नहीं बेटे मैं जानती हूँ... छोटे ने मुझे सबकुछ बताया कि उसके पास पैसे नहीं थे तुमने अपनाण...

—अपना, अपना कहाँ से आता माँ, वो तो तुम्हारे पैसे ही थे जो जमा करवाया था, अब तुम्हारे एक पैसे भी मेरे पास नहीं बचे।

मेरा मुँह खुला का खुला रह गया। मैं आसमान में थी, उसके बाद धरती पर नहीं गिरकर रसातल पहुँच गयी। जब धरती पर आयी तब सोचा कुल एक लाख ख़र्च हुए होंगे और सात लाख का हिसाब समाप्त। वो मुझसे ऐसा नहीं कहता तब भी सारे पैसे उसी के पास रहते। कुछ दिन पहले ही तो मैं अपने बेटे के उदारतापूर्ण व्यवहार से आसमान में थी और आज? मैंने उनसे कहा—"अपूर्व, मैंने तुमसे कभी पैसे या हिसाब माँगे?"

—तुम माँगो या नहीं बताना मेरा फ़र्ज़ है। सच्चाई सबको जाननी चाहिए। ऐसे भी तुम्हारे पैसे का मैंने कभी उपयोग किया ही नहीं। तुम्हारे ही नाम जमा थे तुम्हारी बीमारी में ख़र्च हो गये। मैंने उससे कभी कोई लाभ नहीं उठाया, हाँ छोटे तुम्हारे पैसे को बिज़नेस में लगाकर काफ़ी मुनाफ़ा कमा रहा है। माँ, मैं तो सेल्फ मेड हूँ, जो कुछ भी बना हूँ, अपनी बदौलत और आगे भी बनूँगा।

मेरे सीने में भयंकर दर्द उठा, तुरन्त हॉस्पिटलाइज कराया गया। उस समय छोटी बहू ने बड़े बेटे को बहुत सुनाया—"एक लाख रुपये भी ख़र्च नहीं हुए और सात लाख डकार गया, भला नहीं होगा।"

माँ का मोह जाग उठा। छोटी बहू का श्राप कानों में गर्म पिघले शीशे के समान लगा। मुझसे नहीं रहा गया, उस हालत में भी टोका—"चुप हो जाओ बहू।"

—माँजी अभी भी आप उनकी तरफ़दारी करती हैं।

—बहू मैं माँ हूँ...

—माँ होने का मतलब...

—तुम भी माँ हो बहू तुम्हारे बेटे...

—माँजी आप तो मुझे ही श्राप देने लगीं। एक तो आपकी बिना कोई सेवा किये सारे पैसे हड़प लिए और एक हम लोग हैं, सालों से आपको रख रहे हैं, खिला-पिला रहे हैं, क्या उसमें पैसे ख़र्च नहीं हो रहे हैं?

और उस दिन से अपूर्व ने सपरिवार मुझसे सारे सम्बन्ध तोड़ लिए। अमूल्य मुँह से कुछ नहीं बोलता किन्तु अपनी पत्नी के बढ़ते कलह से परेशान होकर कभी-कभी झिड़क देता। छोटी बहू बार-बार कहती—"मैं ही क्यों ढोती रहूँगी"

आख़िरकार उसके पति ने उसके बोझ को कम कर दिया। इस कचरे को घर से लाकर बहुत दूर फेंक दिया। किन्तु एक सन्तोष है, सन्तान होने के एक कर्तव्य का तो निर्वाह किया ही, कि माँ को अन्तिम समय में वृन्दावन धाम पहुँचा दिया।

"वैसे भी तो मरने के बाद सारे रिश्ते नाते टूट ही जाते हैं, जीते जी टूट गये, ये भी अच्छा ही हुआ। मरते वक़्त किसी का ध्यान नहीं आ पायेगा।" श्रीमती पॉल ने अपनी आँखें पोंछते हुए कहा।

"नहीं ध्यान तो जायेगा। यदि किसी के ध्यान से मुक्त होना है तो सबसे पहले राग और द्वेष से ऊपर उठना होगा। सिर्फ़ शरीर से दूर होने से नहीं होगा। अपने राग और द्वेष सभी गोविन्द को समर्पित कर दें, तभी जाकर जीते जी मुक्त हो पायेंगी हम।" मैंने धीमे स्वर में कहा।

"माँ, मैं तो मुक्त होना चाहती हूँ किन्तु नहीं हो पाती। कैसे हो जाऊँ मुक्त। मैं कितना चाहती हूँ किसी से न दुश्मनी करूँ और न कोई मुझसे करे, फिर भी मेरी भाभी मुझे परेशान करती रहती हैं।" अभी तक चुपचाप खड़ी हेमलता सरकार ने कहा।

—कहाँ हैं तुम्हारी भाभी जो परेशान करती हैं? मैंने आश्चर्यचकित होकर पूछा।

—जयपुर में, मेरे बेटे पर भी जादू करके अपना ग़ुलाम बना लिया है और वहीं से वाण फेंककर मुझे बीमार करती रहती है। तुम्हीं बोलो, माँ मैं क्या करूँ?

—तुम्हें कुछ करने की ज़रूरत नहीं है। जो करेंगे ईश्वर करेंगे, बस तुम उनका नाम दिन-रात रटते रहो। वे सभी कष्टों से तुम्हारी रक्षा करेंगे। मैंने कहा।

—रक्षा कर रहे हैं तभी तो जीवित हूँ, लेकिन एक इच्छा है, भगवान मेरे बेटे को उसके चुंगल से मुक्त करे। मेरा पति भी उसी स्त्री के चंगुल में था। मेरे पति ने मुझे कभी मनुष्य नहीं माना। मैं थोड़ा कम सुनती थी, उसने मेरा नाम ही बहरी रख दिया। जब वह मुझे बहरी-बहरी पुकारता, तो वह मेरी ओर तिरछी आँखों से देखकर मुस्कुराती रहती। अच्छा था, मैं देश में थी। उसने हम लोगों को यहाँ बुला लिया। पहले पति मुझे नहीं देखना चाहता था अब बेटा नहीं देखना चाहता है।

—"तुम्हें भगवान देखेंगे। हेमलता! मत दुखी हो। उन बातों के बारे में मत सोचो, इतना सोचेगी तो पागल हो जायेगी। मैंने समझाने की कोशिश की।

—पागल तो हो गयी हूँ अब क्या होऊँगी। लेकिन भगवान भी कहाँ देखता है माँ? कमज़ोर ग़रीब अबला को कोई नहीं देखता। पिछली बार वृन्दावन से जब जयपुर गयी थी और लौटकर आयी तो 'अबला घर' संस्था से मुझे निकाल दिया। कहा—तुम्हारी जगह समाप्त, तुम्हारी सीट पर दूसरी माई आ गयी। तुम्हीं बोलो माँ, भगवान ने क्यों नहीं मदद की। उस दुष्टा के सामने मुझे क्यों जलील होने दिया?

—वह दुष्टा कहाँ तुझे देख रही है? भगवान ने आपको कितनी अच्छी जगह पहुँचा दिया। 'अबला घर' तो नरक है, नरक। गोविन्द आप पर प्रसन्न है किन्तु उसकी एक शर्त है वह उसी पर प्रसन्न रहता जो स्वयं प्रसन्न रहता है। योगमाया डे ने हँसते हुए कहा।

—माँ आप कैसे इतनी प्रसन्न रहती हैं? पचास साल से वृन्दावन में हैं, आपके घर में कौन है? कैसे आयी यहाँ? योगमाया डे अब सावित्री माई की ओर मुख़ातिब थी।

—सब बताऊँगी। अब शाम हो गयी। बहुत लम्बी कहानी है, मेरी सुनकर क्या करेगी? मेरी कहानी सुनकर मन और दुखी हो जायेगा।

—नहीं, हम लोग दुखी नहीं होंगे। जब आपने उस ज़िन्दगी को जीकर अपनी प्रसन्नता कायम रखी है तो हम लोग भी आपकी ज़िन्दगी से प्रेरणा लेकर प्रसन्न रहेंगे। टुम्पा चौधरी ने कहा।

कल बताऊँगी भोजन के बाद अब थोड़ा भजन कर लें... सावित्री माँ ने कहा। हरे कृष्ण का संकीर्तन शुरू हो गया—हरे कृष्ण, हरे कृष्ण, कृष्ण कृष्ण हरे हरे—हरे राम, हरे राम, राम राम हरे हरे। सभी मस्ती में संकीर्तन करने लगीं, लग ही नहीं रहा था थोड़ी देर पहले सब दर्द की हरिया में डूब रही थीं।

अब गप्प की जगह ले ली थी संकीर्तन ने, सभी ताली बजा-बजाकर संकीर्तन की मस्ती में डूब गयीं।

यह संसार कागद की पुड़िया बूँद पड़े घुल जाना है

क्या बताऊँ अपने बारे में? अपना नाम भी तो भूल चुकी थी मैं। सावित्री नाम को तो गुरुदेव ने दिया। बस मुझे तो एक ही नाम याद है "राँड़"। जबसे होश सँभाला बस एक यही नाम। कोई सहानुमूति से कहता तो बेचारी राँड़, ग़ुस्से में पुकारता तो राँड़ी...

मैं कब बच्ची थी, कब शादी हुई, कब सधवा बनी, कब और कैसे राँड़ बन गयी मुझे कुछ पता नहीं चला।

विवाह के नाम पर यही याद है कि एक दिन लाल-पीले कपड़े पहनी थी। रात काफ़ी बीत गयी थी। मुझे ज़ोरों से नींद आ रही थी। मैं सोना चाहती थी किन्तु माँ मुझे जगाने की कोशिश कर रही थी—बस अब बारात आने ही वाली है। रात काफ़ी हो गयी थी, बारात नहीं आयी, मैं सो गयी। मैं माँ की गोद में सोयी रही। सवेरे उठी तो घर की औरतें गीत गा-गाकर मुझे आशीर्वाद दे रही थीं और मैं बार-बार भागकर उस सफ़ेद बिल्ली के पास चली जाती जिसे बचपन से पाला था। औरतें मुझे बिल्ली के पास से बहला-फुसलाकर ले आतीं।

मुझे उस लड़के की शक्ल की उस समय की तो बिल्कुल याद नहीं है। कहाँ से याद हो? मुझे कहाँ पता क्या हो रहा है? नींद में कभी-कभी ज़बर्दस्ती मुझे जगाती तो उस समय भी बिल्ली की शरारती आँखों पर ही नजरें टिकी थीं ।

और जब मैं ग्यारह-बारह साल की हुई, वही घर की औरतें जो दो साल पहले मुझे लाल-पीले कपड़े पहना रही थीं, रंग-बिरंगी लाख की चूड़ियाँ पहना रही थीं,

हँसी-ठिठोली कर रही थीं, आशीर्वादों की झड़ी लगा रही थीं अब सब कुछ उल्टा कर रही थीं। मैं विस्फारित नेत्रों से उन्हें निहार रही थी। वे मेरी रंग-बिरंगी चूड़ियों को तोड़ रही थीं। मेरी पीली फ्राक को खोलकर उसकी जगह एक सफ़ेद कफ़न सरीखे कपड़ों में मुझे लिपटा रही थीं। सब रोते-धोते मुझे श्रापों की झरी से नहला रही थीं।

मैं अपनी टूटती चूड़ियों को बचाना चाह रही थी। मैं उन्हें टूटने से बचाने के लिए इधर-उधर भागती रही। मैं जितना ही धमा-चौकड़ी मचाती उन औरतों का रोना और श्राप और भी अधिक बढ़ जाता। मैं चिल्लाती रही, रोती रही, सवाल पूछती रही—

—आखिर मेरी चूड़ियाँ क्यों तोड़ रही हो? मैने क्या ग़लती की?

—अरे अभागन तेरी ग़लती से चूड़ियाँ नहीं फोड़ी जा रहीं?

—तो...

—तुम्हारा पति मर गया, तुम विधवा हो गयी।

—कौन पति? कहाँ मर गया और वो मर गया तो मेरी चूड़ियों ने तुम्हारा क्या बिगाड़ा? मुझे तुरन्त चूड़ियाँ चाहिए, बस।

—अब तुम ये चूड़ियाँ जीवन में कभी नहीं पहनोगी। अब तुम्हें ऐसे ही कपड़े और बिना चूड़ियों के रहना होगा।

—नहीं, मैं ये कपड़ा नहीं पहनूँगी। ये तो मरने के बाद पहना जाता है। मैंने दादा जी को देखा था। मरने के बाद उन्हें ऐसा कपड़े से ढका गया था।

मैंने माँ से कहा—"माँ अभी तो मैं ज़िन्दा हूँ।"

माँ ने रोते-रोते कहा—"तू क्यों ज़िन्दा है? अभागन! इससे अच्छा था तू मर जाती।"

लेकिन कहने से क्या होता है, कहाँ मरी मैं? आजतक ज़िन्दा हूँ। मेरी उम्र का एक व्यक्ति भी अब नहीं मिलता। जिसकी मृत्यु की दुआ माँगी गयी, ईश्वर ने उसे अजर और अमर बना दिया।

जब दुख के सभी रंगों और रूपों से चित्रकार ने हमें सजाया और सँवारा है तो बुढ़ापे की विवशता, लाचारी, असमर्थता का दंश झेले बिना भला मैं कहाँ जाने वाली हूँ? कभी-कभी तो लगता है शायद मैं कभी मरूँगी ही नहीं।

अब सोचती हूँ, माँ ने जब मुझे मरने को कहा होगा तो स्वयं कितनी पीड़ा को सहन किया होगा। माँ अपनी बच्ची की मृत्यु की कामना कैसे कर सकती है? कितनी विवशता होगी उसके अन्दर। इस विष वाक्य को बोलने के पहले हलाहल विष की कितनी प्यालियाँ उसे स्वयं पीनी पड़ी होंगी।

लेकिन माँ के श्राप में भी आशीर्वाद छिपा था, तभी तो आजतक जीवित हूँ। माँ ऐसा कहकर फूट-फूट कर रोने लगी थी किन्तु उसी क्षण मानो मेरा बचपना मुझसे दूर, बहुत दूर चला गया। मैं एकदम स्थिर हो गयी। मैने अपनी सारी चूड़ियाँ फोड़वा लीं। जीते-जी उस कफ़न को अपने शरीर पर लपेट लिया।

किन्तु जब मेरे बाल को उस्तरे से छीलने के लिए नाई आया तो एक बार फिर मेरा मन अन्दर से विद्रोह कर उठा। मुझे अपने लम्बे बाल बहुत पसन्द थे। गाँव में मेरे जितने लम्बे बाल किसी के नहीं थे। घुटने से लम्बे बाल। कभी-कभी औरतें कहतीं—'बालों का इतना बढ़ना शुभ नहीं होता, किन्तु माँ बड़े जतन से इन लम्बे बालों को कई हिस्सों में बाँट-बाँट कर तेल लगाती, चोटी बनाती और चिकनी मिट्टी लगाकर बालों को ख़ूब साफ़ और मुलायम बना देती।

उस दिन उसी बाल को कटवाने के लिए मुझे नाई के पास बैठा दिया। माँ नहीं आयी, वो एक कोने में बैठकर आँसू बहा रही थी। और कर भी क्या सकती थी? वो मेरी माँ थी, कमज़ोर और लाचार औरत, वो दुर्गा नहीं थी जो परम्परा और संस्कार के नाम पर अत्याचार करने वालों का सिर कलम कर देती।

मेरा मन किया, मैं विद्रोह कर दूँ, किन्तु तभी मेरी नज़र दूर खड़ी अपनी रोती हुई माँ पर गयी, जो मेरी ओर देखकर गर्दन हिला रही थी और मैंने चुपचाप अपने बाल कटवा लिए। बाल कटवाते वक़्त मैंने अपनी भावनाओं को दबाने के लिए अपने दाँतों का सहारा लिया, उससे ओठों को इतनी ज़ोर से दबाया कि निचले ओठ से ख़ून की धार बह गयी। तबतक मेरे केश मुंडित हो चुके थे। मेरी माँ मुझे देखकर चीत्कार खाकर गिर गयी। वो चिल्लाने लगी—

"ये क्या हुआ? कहाँ गये तेरे बाल, जिसे मैंने वर्षों मेहनत करके बनाया था। तूने अपने बाल क्यों कटा लिए?"

मैं चुपचाप रही किन्तु वे बार-बार पूछती रहीं और रोती रहीं तूने अपने बाल क्यों कटा लिए? मैंने कहा—माँ आपने ही तो गर्दन हिलाकर इशारा किया था।

"अभागन हूँ न, मुझे तुम्हारा यह रूप देखना ही था, न जाने पूर्वजन्म में कितने पाप किये थे जो आज यह दिन देखना पड़ा।" मै तो कटाने से इनकार करने के लिए गर्दन हिला रही थी।

माँ ने मेरे मरने की बात कही किन्तु अन्दर ही अन्दर वह अपने मरने की तैयारी कर रही थी। उस दिन के बाद उन्होंने खटिया पकड़ लीया। उस समय उनकी उम्र ही क्या थी, मात्र उनतीस साल। बस मेरी ओर निहारती और रोती। रोते-रोते सिर्फ़ हड्डियों का अवशेष बच गया।

मेरे वैधव्य के बाद दो ही साल तो जीवित रही। उन दो सालों में वह सिकुड़ कर एक छोटी बच्ची बन गयी और मैं उस एक साल में बच्ची से अचानक पूर्ण स्त्री बन गयी। पूरा देह भर गया। गाल फूलकर लाल हो गये। छातियों में उभार, एकदम पूर्ण यौवना की भाँति आ गया। गाँव की औरतों की नज़र में मेरी चढ़ती जवानी मेरा एक बहुत बड़ा अपराध था।

—घोर कलिकाल आ गया। ईश्वर ने विधवा बना दिया किन्तु जवानी कहाँ से चढ़ रही है वो तो वही जाने!

—लगता है घर का सारा खाना यही खा जाती है, क्या होगा इस रूप और जवानी का? माँ-बाप लगते हैं अन्धे हो गये हैं। खाने-पीने का कुछ भी परहेज नहीं कराते होंगे। क्या करेगी? अपने तो भ्रष्ट होगी ही, गाँव के नाम पर भी कलंक का बट्टा लगायेगी।

मैं अब सबकुछ समझने लगी थी, वे लोग जो बोलती थीं वो भी और जो नहीं बोलती थीं वो भी।

मेरा खाना कहाँ से पौष्टिक होता? सिर्फ़ चावल और आलू, यही तो मुख्य भोजन था हमारा। घर के सभी लोग प्राय: यही भोजन करते। घर के पीछे वाले हिस्से में जिसे मेरे गाँव में 'बारी' कहा जाता है, थोड़ी हरी सब्ज़ी और साग हो जाती थी।

आलू को सालभर बचाकर रखने के लिए उसे बालू पर बिछाकर रखा जाता था । जब बारी में हरी सब्ज़ी या साग नहीं रहता तब आलू काम आता। जिस कमरे में मैं सोती, आलू उसी कमरे में बालू पर पसरा रहता। उसी कमरे के एक कोने में मेरी खटिया पड़ी रहती, जिस पर बैठे-बैठे मैं सड़े आलू को चुनती रहती ताकि अच्छे आलू सड़ न जायें, हालाँकि मेरी ज़िन्दगी ही सड़ाँध होती जा रही थी।

हाँ, पौष्टिक भोजन में दो चीज़ें थी, मछली और दूध। मछली की ओर तो मेरा देखना तक मना था, बचपन में मुझे मछली बहुत पसन्द थी। मेरे घर के ठीक सामने पोखर था। जिससे प्राय: रोज़ मछलियाँ पकड़ी जातीं और हमारे जितने हिस्सेदार थे सबों में बाँट दिया जाता।

विधवा होने के पहले जैसे ही मछली घर आती तो मैं ख़ूब ज़िद करती—मेरे हिस्से में बड़ी मछली दो। माँ बहुत स्वादिष्ट मछली बनाती थी।

दादी ख़ुद तो मछली नहीं खाती किन्तु मुझे हमेशा मछली का भेजा खाने को देती ताकि मेरा दिमाग़ तेज़ हो। मेरी काकी मज़ाक़ भी उड़ाती कि ऐसे ही इसका दिमाग़ बहुत तेज़ है, मछली का भेजा खिलाकर इसे क्या बना देगी? इसे रानी विक्टोरिया बनकर राज-काज थोड़े चलाना है?

विधवा होने के बाद मछली जीभ पर नहीं रखी। बहुत दिनों तक घर में मछली बनी ही नहीं। किन्तु मुफ़्त में आती मछलियाँ दूसरे हिस्सेदार समय का लाभ उठाकर खा रहे थे, तब पिताजी ने हिस्सा लेना शुरू कर दिया।

जब पहली बार मछली बनी और मेरी थाली में मछली नहीं दी गयी तो मैं समझी कि शायद ग़लती से छूट गयी। माँगने पर दादी ने मना कर दिया, किन्तु वे स्वयं फूट-फूटकर रोने लगी थीं ।

माँ ने अपना आक्रोश दादी पर निकाला—"अब क्या रोती हैं, प्यार-दुलारकर अपने जैसे ही बना दिया। अब तो सन्तोष हुआ। और ये अभागन! कितना मना करती थी, मत जा ज़्यादा दादी के पास किन्तु कहाँ मानती थी। सब पोते-पोतियों में दुलारी जो थी। अब नसीब जल गया।

दादी की आँखों से आँसुओं की धार बहती रही। इतनी सीधी-सी माँ दादी को मेरे पति के मरने का दोषी क्यों मान रही है, मेरी समझ में नहीं आता। दादी चुपचाप आँसू बहाती, जैसे उन्होंने ही मेरे पति को मारा हो। मैं माँ से पूछती—"माँ, दादी ने उसे मारा?"

—तुम चुप रहो अभी कुछ नहीं समझोगी बड़ी होगी तो सबकुछ समझने लगोगी।

दादी के पति मरे तो उनकी गोद में उनका छह महीने का एक बेटा था किन्तु मैं तो नि:सन्तान विधवा थी। दादी से भी अधिक अभागन, "बाल विधवा"। कितना विचित्र नाम है एक ही साथ बच्ची भी और विधवा भी। यदि विधवा है तो बच्ची कैसे? इससे ज़्यादा क्रूर नाम शायद पूरी दुनिया में कहीं नहीं होगा। बस इस महान देश को छोड़कर।

हाँ, मैं पूरे समाज में अभागन बन गयी, किन्तु दादी की मैं और दुलारी पोती हो गयी। माँ भी अब कुछ नहीं कहती। उनकी नज़रों में मेरा विनाश तो वे कर ही चुकी थीं, थोड़ा दुलार पा रही है तो तसल्ली सी मिलती। कभी-कभी दादी मुझे चुराकर दूध पिला देती। इधर-उधर मौक़ा देखकर मेरे हाथ में गिलास थमा देती और मैं एक शातिर चोर की तरह पलक झपकते ही गिलास ख़ाली कर देती।

एक दिन काकी की नज़र मुझ दूध पीती अपराधिन पर पड़ गयी। आख़िर बकरे की अम्मा कब तक ख़ैर मनाती? माँ तो काँप गयी वैसे भी बहुत कमज़ोर हो गयी थी। दादी ने थोड़ी देर तक मोर्चा सँभाला।

—क्या हो गया बेचारी ने थोड़ा-सा दूध पी लिया?

—मुझे क्या, पिला दूध, और खिला रबड़ी। वैसे ही तो देह में न जाने कहाँ से बाढ़ आ गयी है। ऊपर से इतना रूप? कैसे सँभालेगी कुछ सोचा है?

—अब रूप का बेचारी क्या करे? कैसे उसे समाप्त कर दे? भगवान ने रूप तो दे दिया और भाग्य जला दिया। तुम्हें दया नहीं आती, तुम भी तो एक औरत हो।

—सर्वनाश! मेरी तुलना एक विधवा से करती हो? मैंने इतना क्या बिगाड़ दिया तुम्हारा? तुम्हें अपने बेटे-भतीजे के लिए बुरा सोचने में शर्म नहीं आया। हे भगवान! मुझे भी अपनी पोती जैसा बनाना चाहती है। पोती को तो दुलार-दुलारकर अपने जैसा बना लिया और अब मुझे श्राप दे देकर अपने जैसा बनाना चाहती है।

दादी रोने लगी। माँ चुपचाप आँसू बहा रही थी। मेरे लिए दुखी होकर दादी की हाँ में हाँ मिलाते हुए कहने लगी—"औरत होकर भी औरत के दर्द को नहीं समझती हैं।" किन्तु जैसे ही काकी ने दादी को दोषी बनाया माँ की भाव भंगिया बदल गयी और उनकी मृकुटि भी दादी की ओर उठ गयी।

—"अब क्या दूध पिला रही है, जब उससे बचना चाहिए था तब तो बची नहीं।"

माँ भी एक औरत थी किन्तु कहाँ दादी के दुख को समझ रही थी। दादी का रोना और बढ़ गया। मैंने दादी को चुप कराया। "दादी अब मैं कभी दूध नहीं पीऊँगी। न पीऊँगी, न झगड़ा होगा और न आपको कुछ सुनना पड़ेगा।"

उस समय मुझे कहाँ पता था कि दूध क्यों नहीं पीना चाहिए। यह तो बाद में पता चला कि विधवा को पौष्टिक और गरिष्ठ आहार नहीं लेना चाहिए, क्योंकि गरिष्ठ भोजन करने से उसके मन में काम वासना जगेगी जो एक भयंकर अपराध है। और उस पाप से बचने के लिए मैंने दूध पीना छोड़ दिया।

"इसी से आप यहाँ आने के बाद भी दूध नहीं ले रही थीं कि पचासी साल की उम्र में पौष्टिक आहार लेने से कहीं मन में काम वासना न आ जाये।" टुम्पा चौधरी ने हँसते हुए कहा तो बोझिल वातावरण थोड़ा-सा हल्का हुआ।

—तुम्हारा कहना कुछ-कुछ सही भी है। अभी भी मैं दूध गिलास में रखकर नहीं पी सकती। गिलास में रखे दूध को मैं मुँह में लगा ही नहीं पाती। हाँ, जब दाँत टूट गये तो सूखी रोटी खा ही नहीं पाती थी। रात में भूखे पेट सो जाती, तो मेरी मकान मालकिन ने मुझे समझाया "कम-से-कम इतना दूध ले लो कि रोटी उसमें भीग कर मुलायम हो जाये।" बस तब से यही करती हूँ।

वैसे भी मन पर संयम तो रखना ही होगा। शास्त्र भी कहता है—"घोड़े से भी तेज़ दौड़ता है मन उस पर लगाम लगाना बहुत ज़रूरी है।"

—एक बात पूछूँ माँ, बुरा तो नहीं मानेगी? योगमाया डे ने डरते-डरते कहा।

—पूछ न बुरा क्या मानना?

--सच बताइएगा, आपने जब पौष्टिक आहार नहीं लिया तो क्या आपके मन में काम वासना कभी नहीं आयी?

आँखें भर आयीं, आँसू टपक पड़े।

"मन बहुत चंचल है, योगमाया देवी और देवता फिसल जाते हैं। बड़े-बड़े तपस्वी फिसल जाते हैं फिर मैं तो एक तुच्छ प्राणी हूँ, फिर भी भगवान और गुरुदेव ने मेरी रक्षा की है।"

उन्होंने स्पष्ट कुछ भी नहीं किया। क्योंकि वह अपने मन में आयी काम भावना को अपराध मान रही थी। वह प्राकृतिक बात को पाप समझ रही थी। जब विधवा को भूख, प्यास और नींद आती है तो काम की भावना आना पाप कैसे है? इस बात को वे नहीं समझ पा रही हैं, प्राकृतिक बात को ही अप्राकृतिक मान रही हैं। मनोचिकित्सक की पत्नी टुम्पा चौधरी सोच रही थी।

—फिर भीयह तो स्वाभाविक प्रक्रिया है, प्रकृतिजन्य ...टुम्पा चौधरी की बात समाप्त होने के पहले सावित्री माई बात काटते हुए बोल पड़ी—

—अरे! राम-राम, इधर-उधर कुछ हो जाता तो मेरे जैसी कलंकिनी कौन होती जो पीहर और ससुराल दोनों कुल का सर्वनाश कर देती, मेरे पिता तो जीते जी मर जाते। माँ को मेरी वैधाव्यग्नि ने जला कर राख में परिणत पहले ही कर दिया था।

—माँ के मरने के बाद दादी भी शिथिल पड़ गयी थी। घर का सारा काम-काज मैं सँभालने लगी थी। पिताजी का कितना भरोसा था मुझपर और मैं इधर-उधर करती? मेरे पिताजी ख़ुद एक कट्टर सनातनी ब्राह्मण थे। शास्त्रों की बातों से एक रत्ती इधर-उधर नहीं। पातिव्रत्य और सती के कट्टर समर्थक विधवा के कठोर जीवन-यापन के बहुत बड़े पक्षधर। किन्तु मेरे विधवा बनने के बाद उनकी कठोरता, में शिथिलता आ गयी थी।

"जबसे पण्डितजी की बेटी विधवा हुई, तबसे सतियों की महिमा का बखान कम करते हैं। पहले तो सभी औरतों को जीते जी सती बनाकर स्वर्ग भेजा करते थे। आजकल क्यों शिथिल हो गये हैं," कहकर गाँव वाले चुटकी लेते।

यह सच था कि पिताजी आजकल विधवाओं के कठोर जीवन की उतनी वकालत नहीं करते। ब्रह्मचर्य के पालन पर तो जोर देते, मांसाहारी भोजन का भी निषेध बताते किन्तु शाकाहारी भोजन और पौष्टिक भोजन लेने में हर्ज नहीं समझते। यही नहीं माँ के मरने के बाद उन्होंने मुझे पढ़ाना शुरू किया। इसी से उस उम्र में भी श्रीमद्भागवत और गीता के श्लोकों को पढ़कर या गुनगुनाकर समय गुज़ारती हूँ।

उस समय समाज में ऐसी मान्यता थी कि यदि लड़की कलम दवात को हाथ भी लगायेगी तो विधवा हो जायेगी।

इसी से पिता ने दादी से कहा—"सावित्री तो विधवा हो ही गयी है, अब दुबारा नहीं होगी, इसी से पढ़ेगी।"

पिताजी के इस क़दम से सब लोग आश्चर्यचकित थे, किन्तु पिताजी का दृढ़ संकल्प देखकर किसी ने बहुत अधिक विरोध नहीं किया और मैं अ-आ-ई करते-करते किताबें पढ़ने लगी।

पिताजी के अन्दर आये इस परिवर्तन से मैं, दादी और मेरा छोटा भाई पूनू जिसने माँ के मरते वक़्त मेरी अँगुली पकड़ी, सो हर वक़्त पकड़े ही रहता, बेहद ख़ुश थे।

हालाँकि पूनू मुझसे चार साल ही छोटा था, किन्तु अब मैंने उसके जीवन में माँ का स्थान ले लिया था। हम दोनों किताब पढ़ना सीख चुके थे। घर में पड़ी हुई पौराणिक कथाओं को पढ़कर दादी और पूनू को सुनाती।

आज भी याद है मुझे जब मैंने सावित्री और सत्यवान की कथा पढ़ी थी तो कितना रोयी थी। एक वो सावित्री थी जिसने यमलोक जाकर अपने मृत पति को पुनर्जीवित करवा लिया और एक मैं सावित्री! कितने शौक़ और अरमान से मेरा नाम मेरे माँ-बाप ने सावित्री रखा होगा? मैं तो ऐसी सावित्री थी जिसने अपने सत्यवान को ठीक से देखा तक नहीं था।

उन्हें सत्तर साल पूर्व अतीत के महादुख से निकालने के लिए इन्दिरा ने कहा—"इसी से तो आप अपने पति को नहीं बचा पायीं क्योंकि आप तो पत्नी बनी ही नहीं। जब आपने उसे ठीक से देखा भी नहीं तो कैसा पति और कैसी पत्नी? आप तो बाल-ब्रह्मचारिणी, कन्याकुमारी हैं। झूठ-मूठ का विधवा बनकर ज़िन्दगी काट लिया।"

हँसने लगी सावित्री माँ। अरे तुम कब से मेरी व्यथा की कथा सुन रही हो। बेटा, मेरा ऐसा कहाँ भाग्य कि मैं बाल ब्रह्मचारिणी बन पाती किन्तु मैंने एक ऐसी बाल ब्रह्मचारिणी को देखा है जिनका चेहरा ब्रह्मचर्य के तेज़ से चमकता था।

—यदि ब्रह्मचर्य से चेहरा चमकता है तो आपका भी चमक रहा है।

—मैं कहाँ ब्रह्मचारिणी, मैं तो अभागन विधवा हूँ ।

—क्यों आपने जीवन भर ब्रह्मचर्य का पालन नहीं किया?

—किया! लेकिन लाचारी में। पति मर गया, तब क्या करती? किन्तु उन्होंने तो शादी ही नहीं की।

—आपके पिताजी जब विधवाओं के प्रति थोड़े उदार हो गये तो कभी आपकी दूसरी शादी की बात सोची या नहीं?

—राम-राम! इतना पतित बन जाते! हमलोग श्रोत्रिय ब्राह्मण थे, मिथिला में सबसे उत्तम कुल और गोत्र। इतने मोह में अन्धे थोड़े ही हो गये थे जो कुल खानदान किसी की परवाह ही नहीं करते।

श्रोत्रिय ब्राह्मण बोलते वक़्त अभी भी उनके चेहरे पर दर्प का भाव दिख रहा था भले ही जिसके कारण उन्हें जीवन भर दुख और सिर्फ़ दुख ही झेलना पड़ा है, इन्दिरा सोच रही थी।

सावित्री माई अपनी रौ में कह रही थी—हाँ इतना अवश्य हुआ कि जब बेटी विधवा बन गयी तो विधवाओं के प्रति थोड़े संवेदनशील हो गये और एक ख़ास बात उस समय पूरी दुनिया में, ख़ासकर भारत में गाँधी की आंधी बह रही थी। सभी उस आँधी में बहे जा रहे थे। दबी-कुचली जातियों और औरतों के प्रति गाँधी जी का मानवीय दृष्टिकोण लोगों के मन और मस्तिष्क को प्रभावित कर रहा था। सब जगह एक ही चर्चा थी कि एक मसीहा आ गया है।

मैं तो आज भी यही मानती हूँ कि मेरे पिताजी के जीवन के दृष्टिकोण में जो बदलाव मेरे प्रति ममता के कारण आये थे किन्तु उसमें दृढ़ता आयी गाँधी जी के विचारों की वजह से।

कहाँ गाँधी जी गुजरात में रहते थे और हम लोग कहाँ नेपाल की तराई में, जो पूरी दुनिया से कटा हुआ था, किन्तु गाँधी जी की बातें मानो वहाँ सूरज की किरणों के साथ पहुँच जाती थीं।

जितने लोग उतनी बातें—जब कोई युवक उत्साह में भरकर कहता—अब अंग्रेज़ों को अपना बोरिया-बिस्तर समेटना ही पड़ेगा, तब गाँव के बूढ़े मिश्रजी कहते—एक दुबला-पतला गाँधी रानी विक्टोरिया का शासन उठा देगा यह कभी सम्भव नहीं। रानी विक्टोरिया जिसके राज में सूरज नहीं डूबता उसके सामने गाँधीजी क्या हैं?

मैं भी चुपचाप गाँधी के बारे में सुनती, पता नहीं क्यों मेरा मन उन्हें बिना देखे-सुने उनकी ओर खिंचता जाता। अपनी कल्पना और भावना के आधार पर अपने मनमन्दिर में उनकी मूर्ति बसा ली। मन में बस एक लालसा उठती, मैं भी उनके दर्शन करूँगी, किन्तु मेरे नसीब में कहाँ थे उनके दर्शन? कहाँ मेरे ऐसे भाग्य?

दरअसल मेरे गाँव में एक वकील साहब रहते थे, पहले दरभंगा में वकालत करते थे। बाद में गाँधी जी के आह्वान पर स्वतन्त्रता-आन्दोलन में शामिल होकर वकालत छोड़ दिया और गाँव आ गये। गाँव आकर लोगों में स्वतन्त्रता के अलख

जगाने लगे। पक्के गाँधीवादी और गाँधी जी के भक्त। सत्य के सिपाही और स्त्रियों की आज़ादी के प्रति एकदम ईमानदार रवैया रखते थे ।

मैं उन्हीं में गाँधी को देखती। जब भी उनके घर जाती, वे बहुत प्रेम से बातें करते। जब दो हाथ लम्बे घूँघट काढ़े औरत घर की दहलीज पर नहीं जा सकती थी उस समय उन्होंने अपनी पत्नी को पर्दे से मुक्त करवाया। उन्हें ज़िला कांग्रेस कार्यालय ले जाते। कांग्रेस कार्यालय में सभी जातियों के हाथों से पका भोजन वे लोग करते और इन बातों की प्रशंसा करके दूसरों को भी अपने जीवन में अपनाने की सीख देते।

मुझे याद है जब पुलिस उन्हें पकड़ने आयी तो पूरे गाँव को घेर लिया। वकील साहब अपने घर से निकलकर सरसों के खेत में छुपते हुए भाग रहे थे। जाड़े का मौसम था। ओस से पूरी धरती भीगी हुई थी, जिस रास्ते से वे गये थे, उनपर उनके पदचिह्न अंग्रेज़ सिपाहियों का पथ-प्रदर्शन कर रहे थे, और वे पकड़ लिए गये। उस समय पूरा गाँव वहाँ जमा हो गया। सुबह होने ही वाली थी। गाँव में कोई शौच के लिए लोटा लेकर बाहर जा रहा था, कोई खेत पर जाने की तैयारी कर रहा था, कोई अपने गाय-बैल को भोजन देने की तैयारी कर रहा था, कोई आँखें मलते-मलते उठ रहा था।

क्या स्त्री, पुरुष, बच्चे सभी अपनी-अपनी मर्यादाओं को लाँघकर अपने गाँव के गाँधी को देखने जमा हो गये। मैं भी खड़ी थी। जब वे गाड़ी पर चढ़ रहे थे, उस समय उन्होंने एक पंक्ति गाया—"अब तुम्हारे हवाले वतन साथियो"। भीड़ में क्रन्दन मच गया। नौजवान वकील साहब ज़िन्दाबाद के नारे लगाकर रोने लगे। बूढ़े, औरतें, बच्चे सभी की आँखों में आँसू थे। आँसू नहीं थे तो सिर्फ़ उनकी पत्नी की आँखों में। उनकी आँखों में झलक रहा था स्वाभिमान—एक दूसरे गाँधी की पत्नी होने का।

वकील साहब के जेल जाने के बाद उनकी पत्नी घर की चहारदीवारी को लाँघकर सीधे अपने खेत पर पहुँच गयीं। अरे राम! हंगामा हो गया इतने ख़ानदानी घर की बहू खेत पर चली गयी। सरे आम घर की इज़्ज़त नीलाम कर दी। उस समय उनके घर के पुरुष रिश्तेदार भी जो रिश्ते में उनके ससुर या जेठ लगते थे, पालकी पर चलते थे। और यह औरत होकर पैदल चप्पल पहनकर छाता लगाकर खेत पर चली गयीं। कितने दिनों तक इस बात की चर्चा चलती रही। चर्चा ने फिर कानाफूसी का रूप लिया और धीरे-धीरे उनकी निर्भयता और उनके अन्दर के आत्मबल ने सबको परास्त कर चुप करा दिया।

इसी समय मेरे पिताजी का भी साया मेरे सिर से हट गया। जब उनकी मृत्यु हुई मैं सत्रह साल की थी और मेरा छोटा भाई बारह साल का। जाते-जाते पिताजी मेरे कमज़ोर कन्धों पर मैके और ससुराल दोनों ख़ानदानों की इज़्ज़त को सँभाले रखने का बोझा देते गये। एक मेरे पिता का ख़ानदान और एक मेरे पति का ख़ानदान, दोनों जगह जहाँ मेरा कुछ नहीं था तो सिर्फ़ दोनों कुलों की इज़्ज़त।

मैंने मरते हुए पिता को पूरी तरह आश्वस्त कर दिया कि मैं अपनी पवित्रता की रक्षा करने के लिए अपने प्राण भी दे दूँगी, तब जाकर उनके शरीर से प्राण निकले। मरते वक़्त उनके पुराने संस्कार फिर ज़ोर मारने लगे थे। मेरा छोटा भाई पूनू मुझसे लिपटकर चिपक गया। पिता के मरते ही आँगन के सभी हिस्सेदार मुझपर जुल्म ढ़ाने लगे कि "अब तुम ससुराल जाओ यहाँ तुम्हारा क्या है?" उनकी नज़रों में मैं काँटों के समान चुभ रही थी। वे मुझे ससुराल भेजकर मेरे पिता के खेत, खलिहान, घर सब हड़पना चाहते थे, भाई तो बहुत छोटा था।

औरतें भी ताना मारतीं—"माँ-बाप, पति सभी को खा गयी। अब पता नहीं किसे खाने यहाँ पड़ी है। किसे खायेगी अपने भाई को।"

मैं डर कर सहम जाती, सिहर जाती। बुरी आशंकाओं से घबड़ाकर सोचती, कहीं मेरी मनहूस छाया मेरे भाई को भी न निगल जाये और एक दिन मैं घबड़ाकर वकील साहब के घर चली गयी। वे और उनकी पत्नी दोनों ने मुझे, ढाढ़स और हिम्मत बँधायी।

वकील साहब ने बताया कि जब मैं युवा था, गाँधी जी का दर्शन करने मुज़फ़्फ़रपुर गया। बहुत देर तक कड़ी धूप में प्रतीक्षा करने के बाद उनकी गाड़ी पहुँची। दूर से देखने से मुझे वे बिल्कुल साधारण नैन नक्श वाले व्यक्ति मालूम पड़े। मन में यहाँ तक आया कि बेकार ही इतनी देर तक धूप में परेशान हुआ, लेकिन तभी उनकी आवाज़ मेरे कानों में पड़ी, मेरे पैर स्तम्भित हो गये। आज भी उनकी ये आवाज़ मेरे कानों में गूँज रही है। "मैं भी आप लोगों की तरह एक साधारण व्यक्ति हूँ किन्तु मेरे अन्दर एक आत्मबल है और उस आत्मबल का एकमात्र आधार है अह्र्निश 'राम' का जप। राम-राम जपते-जपते मैं भय से मुक्त होकर निर्भीक हो गया। इसी से आप सभी हमेशा राम नाम जपें, ख़ासकर स्त्रियाँ! उन्हें आत्मबल की और अधिक आवश्यकता है। एक सच्चे नाम जापक के आत्मबल के सामने बड़े से बड़ा दुष्ट भी, यहाँ तक कि बलात्कारी भी नतमस्तक हो जाता है।"

इसी से सावित्री तुम ख़ूब राम-नाम जपो और हिम्मत के साथ जीवन के अन्धविश्वासों से बाहर निकलो और सभी परिस्थितियों से लड़ो। स्वयं भी निर्भयतापूर्वक जीओ और अपने भाई की भी रक्षा करो।

मन से यह निकाल दो कि औरतें अबला होती हैं और उनकी रक्षा करने के लिए पुरुष की आवश्यकता है। पूरे इतिहास में, शास्त्रों में एक भी उदाहरण बताओ कि किसी औरत की रक्षा किसी पुरुष ने की। चाहे सीता हो या द्रौपदी। उन लोगों ने अपनी रक्षा ख़ुद अपने आत्मबल से की। रावण के अत्याचारों के सामने सीता क्यों नहीं झुकी? अपने आत्मबल के कारण। राम ने रावण से सीता की रक्षा नहीं की बल्कि एक लड़ाई जीती। पाँचों पतियों के रहते द्रौपदी ने अपने चीरहरण को ख़ुद ईश्वर को पूर्ण समर्पित होकर रोका।"

मैंने वकील साहब की बातों को गिरह बाँध लिया और उस दिन से 'राम-नाम' जपना शुरू कर दिया। सच, मेरे अन्दर निर्भीकता आने लगी। बात-बात में भय से काँपने वाली सावित्री विदा ले चुकी थी। वकील साहब ने मेरी बहुत मदद की। मेरे पिता के खेतों को एक अच्छे व्यक्ति को बटाईगिरी पर दिलवा दिया। उनकी पत्नी ने आँगन की औरतों को भी फटकारा। कुछ औरतें भी शरमायीं और कुछ मैं भी निर्भीक बनी।

किन्तु भाई की शादी के बाद मैं उस घर में अचानक अनुपयोगी हो गयी। कल तक जहाँ मेरे बिना एक पत्ता भी नहीं हिलता था अब वहाँ मेरी उपस्थिति भी सह्य नहीं थी। भाभी की वक्र दृष्टि सबसे पहले मेरे ऊपर ही पड़ी। आँगन की औरतों ने आते ही उसे ढेर सारी सीखें दीं।

"अब अपनी 'घर-गृहस्थी' सँभालो नहीं तो हाथ मलते रह जाओगी। सब दिन वही मालकिनी बनी रहेगी।"

भाभी की त्यौरी चढ़ गयी। एक ही माँ की कोख और एक ही बाप के वीर्य से उत्पन्न बेटी की बेटे से इतनी दयनीय स्थिति क्यों?

मैं सवेरे-सवेरे जैसे ही नयी नवेली भाभी के कमरे में गयी, भाभी ने कहा—"दीदी आप सवेरे-सवेरे मेरे कमरे में मत आया करें।"

मेरा समूचा अस्तित्व झनझना गया। कल तक मेरी माँ दादी की छाया से मुझे बचाना चाहती थी और आज मेरी भाभी मुझसे बचना चाह रही थी। लेकिन यह सिर्फ़ अन्धविश्वास नहीं था, उसकी मिलकियत का सवाल था। मैं अपने ही आँगन में उन औरतों के सामने अपनी बेइज़्ज़ती नहीं करवाना चाहती थी, उन्हें हँसने का मौक़ा नहीं देना चाहती थी। इसी से मैंने भाई से कहा—अब तुम्हारी शादी हो गयी। तुम्हारी घर-गृहस्थी को सँभालने वाली पत्नी आ गयी। अब मुझे ससुराल जाना है, नहीं तो मैं वहाँ भी अपना हक खो दूँगी।

यह संसार काँटे की बारी उलझ-उलझ मर जाना है

पहले तो भाई ने रोका किन्तु फिर मुझे वहाँ पहुँचा दिया, जो मेरा ससुराल था। जहाँ मेरा नाम सावित्री नहीं था, बहू नहीं था, अमुक गाँव वाली भी नहीं था वहाँ सिर्फ़ मेरा एक ही नाम था 'राँड़'।

पहली बार जब वहाँ गयी थी, तो मेरे कान तरस गये थे राँड़ के अलावा अपने लिए कोई और सम्बोधन सुनने के लिए। शुरू-शुरू में तो मैं ख़ूब रोती, रोते-रोते आँखें सूज जातीं। जब पहली बार ससुराल गयी थी तो पिताजी जीवित ही थे, मैं चौदह-पन्द्रह साल की थी।

उस समय नयी नवेली सधवा बहू को श्रृंगार करके एक जगह बिठा दिया जाता था और गाँव भर की औरतें उसे देखने आतीं और आशीर्वाद देकर जातीं। किन्तु मेरी मुँह दिखाई का रस्म अजीब या, बिल्कुल अलग, निराले अन्दाज़ का। जब कोई औरत मुझे देखने आती तो घर के लोगों से पूछती—वो राँड़ कहाँ है? घर की औरतें उसे मेरी ओर उँगली दिखा देतीं।

ससुराल की सभी बुज़ुर्ग महिलाएँ मुझे इसी नाम से पुकारती। राँड़ सुनती नहीं हो? मैं थोड़ा-सा भी प्रतिवाद करती तो जवाब मिलता—राँड़ हो तो क्या बोलूँ? पति को डस गयी और अब राँड़ सुनना बुरा लगता है।

मैं कितना रोयी थी। मैंने अपने-आपको एक कमरे में बन्द कर लिया। न खायी न पीयी। कितनी औरतें देखने आयीं किन्तु मैंने दरवाज़ा नहीं खोला। बाहर की औरतें पूछतीं—क्या बात है?

- 'बात कुछ भी नहीं, त्रिया चरित्तर दिखा रही है। 'राँड़' शब्द नहीं पसन्द है। लेकिन राँड़ को क्या बोला जाय।

उन औरतों में से किसी ने नहीं कहा कि यह ग़लत है। क्या हर्ज़ है, यदि हम लोग उसके दिल को न दुखाएँ। चौदह साल की लड़कियों को अभी देखती हूँ, कितनी मासूम, कितनी छोटी, प्यारी-सी बच्ची दिखती हैं और मैं उसी उम्र में बाल हठ, नहीं त्रिया चरित्तर दिखा रही थी। सच में मैं बच्ची कहाँ रह गयी थी, मैं तो युवती भी नहीं रह गयी थी बल्कि मनमस्तिष्क से प्रौढ़ा हो गयी थी। प्रौढ़ाओं के जीवन में भी उल्लास और आनन्द रहता है, किन्तु कहाँ था मेरे मन में किसी तरह का आनन्द और उल्लास? कहाँ से रहता? हृदय विदारक विष से बुझे व्यंग्य वाणों ने मेरे हृदय को विदीर्ण कर दिया था।

जब मैं ससुराल से पीहर आने के लिए बैलगाड़ी में बैठ रही थी कि मेरा घूँघट नीचे गिर गया। मैंने दूर से देखा, मेरा श्वसुर मुझे खा जाने वाली निगाहों से देख रहा था। मैंने घबड़ाकर घूँघट से चेहरे को ढक लिया। तभी पास खड़े एक व्यक्ति ने फुसफुसाकर कहा—"भगवान इतना रूप और जवानी इस राँड़ में क्यों भर दिया, हम लोगों को बर्बाद करने के लिए।"

पन्द्रह साल की उम्र, श्वसुर की आँखें और ये आवाज़ सुनकर थर-थरा गयी मैं, एक गठरी सी लिपट कर बैलगाड़ी पर बैठ गयी।

औरतों के तानों और व्यंग्य वाणों से मन टूटता था किन्तु इन पुरुषों ने मानों मेरे शरीर को भी क्षत-विक्षत कर दिया।

लेकिन अब मुझे यहीं रहना था। घर का सबसे बेकार कमरा जो मेरी ही तरह अपनी टूटी-फूटी हालत पर आँसू बहा रहा था, मेरा साथी बन गया। उस कमरे की दीवारें भी मेरी ही तरह उजाड़ और उदास थीं। किन्तु मैं जब दुनिया के व्यंग्यवाणों और चुभती निगाहों से छूटकर अपने इस टूटे-फूटे कमरे में जाती तो लगता उसने अपने अंक में मुझे समेट लिया हो। जब मैं उस टूटे से कमरे की साँकल लगाती तो मन और तन निश्चिन्तता से भर जाता।

किन्तु निश्चिन्तता कहाँ थी मेरे नसीब में? एक दिन उस जीर्ण दरवाज़े का साँकल टूट गया। मेरी रही-सही निश्चिन्तता भी समाप्त हो गयी। मैंने साँकल टूटने की व्यथा घर की बड़ी-बूढ़ी औरतों से कहा। सास ने श्वसुर से कहा—"बेचारी के कमरे का साँकल टूट गया है लोहार को बुलाकर लगवा देते हैं।" श्वसुर ने निर्लज्जतापूर्वक कहा—"उसे कौन भतार के साथ सोना है जो साँकल चाहिए। ऐसे ही सो जायेगी।"

किन्तु सास सारा माजरा समझ गयी, वर्षों का साथ था, अपने पति को अच्छी तरह पहचानती थी। उसे विश्वास हो गया कि यह काम उसी के नीच पति का है। दाइयों और मज़दूरिनों तक को नहीं छोड़ने वाला सर्वनाशी अब अपने ही बेटे की अमानत पर जो उसकी बेटी की तरह है, उसी की इज़्ज़त पर हाथ डालना चाहता है।

"बहू ये राक्षस साँकल तो नहीं लगावेगा किन्तु तुम किसी तरह अन्दर से बन्द कर लेना।" घर के ख़ाली डिब्बे कूड़े-करकट मेरे कमरे में रख गयी कि "दरवाज़े को लगाकर इसके पीछे इन कबाड़ों को रख देना जैसे ही कोई दरवाज़ा खोलेगा, ख़ाली डिब्बा भरभरा कर गिर जायेंगे और तुम जग जाओगी।"

टूटे हुए कमरे में कबाड़ों की संख्या और भी बढ़ गयी। कबाड़ के साथ कबाड़ ही तो रहेंगे। अब कब सोती और कब जागती इसमें बहुत फ़र्क़ नहीं रहा, निश्चिन्त होकर कहाँ सो पाती?

उस दिन एकादशी थी, निर्जला एकादशी, जल भी नहीं पीया था। तबीयत भी ठीक नहीं लग रही थी। 'कल्याण' पत्रिका में पढ़ी थी कि एकादशी को रात्रि में जागरण करना चाहिए सो जगी ही हुई थी किन्तु कब आँखें लग गयीं पता ही नहीं चला। अचानक महसूस हुआ कि किसी का हाथ मेरे शरीर को सहला रहा है। मैं कूदकर उठी और चिल्लाई—कौन है? कोई आवाज़ नहीं आयी। उस समय हम लोगों के घर में माचिस नहीं होती थी। टोले मुहल्ले में किसी एक घर में आग तैयार की जाती थी और अड़ोस-पड़ोस की सभी औरतें उसी घर से आग लाती थीं और अपना चूल्हा जलाती थीं। न टॉर्च था, न मोमबत्ती न दिया ही। मैं भागकर आँगन में आ गयी। एक साया मेरे कमरे से निकलकर भागा। घर के सभी लोग जग गये। सास, देवर, चचिया सास, ननदें।

—क्या हुआ? कोई भूत उत देख लिया क्या? देवर ने कहा।

—भूत औरतों से जीने का हक़ नहीं छीनते? यह तो ज़िन्दा भूत था, भूत होता तो मैं उसके साथ रह लेती। मुझे भूत से डर नहीं लगता, मैं बुदबुदाई ।

—आपको वहम हुआ है, भला इतना अन्दर कौन बाहरी व्यक्ति जायेगा। ननद ने कहा।

—औरतों को डर क्या केवल बाहर वालों से होता है? उस समय तो मैंने कुछ भी नहीं कहा किन्तु आज जब जीवन में सभी अनुभवों से गुज़र चुकी हूँ तो यही पायी हूँ कि स्त्रियाँ बाहर उतनी असुरक्षित नहीं जितनी घर की चहार दीवारियों में हैं।

सब अपने-अपने कमरे में सोने चले गये किन्तु सास रुकी रहीं, उन्होंने धीरे-से पूछा—तुमने दरवाजे के पीछे खाली डिब्बों को नहीं रखा?

—मैं सोयी नहीं थी। बैठे-बैठे ही अचानक आँखें लग गयीं। विश्वास कीजिए माँजी मुझे वहम नहीं हुआ है और न मैंने सपना ही देखा है।

—तुम सही कह रही तो बहू। उसने मुझे पहली बार इतने प्यार से बहू कहा। उसकी आँखों में बेबसी और लाचारी के आँसू थे।

—वो तुम्हारा श्वसुर था, जानबूझकर उसी ने तुम्हारा साँकल तोड़ा होगा। वह वासना का पुतला है। बहू-बेटी को भी नहीं छोड़ता, राक्षस कहीं का। उससे बचकर रहना।

मैं काँपने लगी थी। मुझे वर्षों पूर्व बैलगाड़ी पर चढ़ते वक़्त दिखी उसकी आँखें और भी डरावनी और भयावनी दिखने लगीं।

अचानक सास मुझे भी कोसने लगी—"कहाँ से भगवान ने तुम्हें ये रूप देकर मेरे जीवन को सर्वनाश करने भेज दिया। कहाँ छुपा दूँ तुम्हें। अभागन कहीं की कि आज मेरा बेटा ज़िन्दा होता तो तेरे रूप से इस घर की रौनक बढ़ती किन्तु आज तुम्हारे इसी रूप की आग से यह घर जलकर कहीं राख न हो जाये।"

पहले भी मैं सिर से पाँव तक ढकी रहती थी किन्तु अब नख को भी ढक लिया, सिर से नख तक। सास के व्यवहार और मेरे पर्दा अधिक बढ़ा देने से उस नीच ने समझ लिया कि उसी पर शक है।

रसोई बनाने की ज़िम्मेवारी मेरी ही थी। अब मेरे हाथ की बनी प्रत्येक चीज में वह खोट निकालता। कभी कहता मिर्ची तेज़ तो कभी कहता नमक ज़्यादा है तो कभी जल गयी है।

वह मुझे आतंकित करना चाहता था और मैं आतंकित हो रही थी। सब्ज़ी में नमक देते समय, सच में मेरे हाथ काँप जाते और कभी कम तो कभी अधिक पड़ जाते। चावल का माँड निकालने के बहुत पहले से चावल को देखने लग जाती कि सिद्ध हुआ है कि नहीं, इतनी बार देखती कि कभी चावल गीला हो जाता, कभी कच्चा। मेरी स्थिति असामान्य होते जा रही थी। कोई मेरी परिस्थिति को समझ नहीं रहा था।

उस दिन जब श्वसुर ने कहा—"आज किसने रसोई बनायी है? चावल एकदम गीला है, सब्ज़ी में नमक इतना ज़्यादा और दूध जला हुआ है तुम्हीं बोलो क्या खाऊँ।"

"सच, तुमने क्या खाना बनाया है? खाना बनाने की इच्छा नहीं है तो मत बनाया करो। इस तरह अन्न की बर्बादी तो नहीं होगी और न लोगों को भूखे ही रहना होगा।

कुछ तो लिहाज़ होना चाहिए कि श्वसुर है, ढंग का खाना भी नहीं खिला सकती। न इज़्ज़त के साथ खाना परोसती हो, न देती हो, श्वसुर हैं तुम्हारे।"

जब सास ने कहा तो मैंने आश्चर्यचकित होकर सास की ओर देखा। उनके गले में एक नये सोने का हार झिलमिला रहा था। मैं समझ गयी कि सास मेरी सहारा नहीं बन सकती क्योंकि वे तो ख़ुद इस चालबाज़ शिकारी की शिकार थी।

मैंने अपनी भावना और भय पर क़ाबू पाया। जबसे ससुराल आयी थी राम नाम जपना भी छूट गया था। एक बार फिर से नाम जपना शुरू किया, मुझे गाँधी जी की बात याद थी कि नाम जापक स्त्रियों के सामने बलात्कारी भी नतमस्तक हो जाता है। एक भरोसा, एक इतमीनान होना फिर से शुरू हो गया। अब रसोई बनाते वक़्त हाथ काँपना बन्द हो गया। गाड़ी किसी तरह चल रही थी।

एक दिन पूरा परिवार कपिलेश्वर स्थान जा रहा था सिर्फ़ मुझे अकेले घर में रहना था। मैं ख़ुश थी, मुझे उन लोगों के साथ किसी तीर्थस्थान जाकर पुण्य कमाने से अच्छा यहीं एकान्त में एक दिन चैन और सुकून की ज़िन्दगी जीना पसन्द था।

सभी लोग चले गये। बच गयी मैं अकेले, निश्चित और उन्मुक्त। सिर पर से आँचल गिराते समय ऐसा लगा जैसे सिर के ऊपर से मनो बोझ उतर रहे हो। घूँघट उतारते वक़्त ऐसा लग रहा था जैसे मैं अभी-अभी ग़ुलामी की दासता से मुक्त रही हूँ। हालाँकि मुझे पता था ये आज़ादी सिर्फ़ मुझे चौबीस घण्टे के लिए मिली है, किन्तु काफ़ी है, ये चौबीस घण्टे मेरी अभिशप्त और ग़ुलामी की ज़िन्दगी में।

शाम हो चुकी थी। सूर्यास्त हो चुका था। आकाश की लालिमा को आज कितने दिनों बाद बिना पर्दे की ओट से देखा था। चिड़ियों की चहचहाहट से पूरा वातावरण संगीतमय बन गया था। आँगन में लगे मालती और जुहू की खुशबू को पहली बार मैं महसूस कर रही थीं।

उन प्राणियों से आत्मीय मुझे जुहू और मालती की लताएँ लग रही थीं जो अपनी ख़ुशबू से मेरे अन्दर प्राणवायु का संचार कर रही थी। उन लोगों से आत्मीय मुझे ये चहचहाती हुई चिड़ियाँ लग रही थी, जो चहचहाकर मेरे कानों में मिश्री घोल रही थी।

किन्तु चौबीस घण्टे मेरे भाग्य में आज़ादी के नहीं थे। हाय रे मेरा फूटा नसीब। न जाने कहाँ से वह राक्षस, नीच मेरा श्वसुर अचानक मेरे सामने आ धमका। मैं उसे सामने देखकर अवाक् हो गयी । हड़बडाकर अपने सिर को आँचल से ढका।

—आप—?

—"हाँ मैं! मैं नहीं रोक पाया अपने आपको। उन लोगों को कपिलेश्वर स्थान में छोड़कर मैं यहाँ चला आया। मैं प्रायश्चित्त करना चाहता हूँ। जब से तुम इस घर में आयी हो, एक दिन भी तुम्हारे साथ इन्सानों सा व्यवहार नहीं हुआ। घर के सबसे टूटे-फूटे कमरे में तुम्हें कबाड़ों के साथ डाल दिया गया है जैसे तुम भी एक कबाड़ हो। नहीं तुम्हारे साथ और अन्याय मैं इस घर में नहीं होने दूँगा। कल से तुम इस कमरे में नहीं सोओगी। इस घर का सबसे अच्छा कमरा तुम्हें दिया जायेगा। तुम्हारे शरीर पर एक भी स्वर्णाभूषण नहीं है। पं. दीनानाथ मिश्र की बहू इस तरह दीन-हीन की तरह रहे, मेरा कलेजा फटता है।" कहते हुए उसने सोने की दो चूड़ियाँ निकालकर मेरी ओर बढ़ायीं।

—नहीं, मैं ऐसे ही ठीक हूँ। मुझे सोने और चाँदी के गहनों का कोई शौक़ नहीं है। इसे आप माँजी को दे दीजिएगा।

—देखो, इस तरह मत करो। मैं कामाग्नि में जला जा रहा हूँ। इसमें कोई पाप नहीं है। हमारे शास्त्र में तो गुरुपत्नी तक के गमन को बुरा नहीं माना गया है। गुरु वृहस्पति की पत्नी से चन्द्रमा ने गमन किया, उसी से तो बुध का जन्म हुआ है। तारा को क्या पाप लगा ? इन पंच कन्याओं को ही देखो हम कितनी प्रतिष्ठा और आदर देते हैं। उन्होंने कितने पुरुषों से शारीरिक सम्बन्ध बनाया।

—मैं आपके जितना शास्त्र नहीं जानती और न जानना चाहती हूँ। आप धूर्त मर्द शास्त्रों को भी अपनी काम और वासना की पूर्ति के लिए जब चाहें जैसे इस्तेमाल करते हैं और फिर औरतों को नरक का द्वार भी बतलाते हैं। श्वसुर हैं आप मेरे! मेरे इतना कहते ही वह रोबीला डील-डौल, लम्बी मूँछों वाला पुरुष हाथ जोड़कर मेरे सामने गिड़गिड़ाने लगा—

"मैं तुम्हारे आगे हाथ जोड़ता हूँ, तुम्हारे पैर पड़ता हूँ। मुझ पर दया करो। तुम्हारा रूप सौन्दर्य और यौवन मुझे पागल बना रहा है।"

—मेरा रूप और यौवन नहीं, तुम्हारे मन की गन्दी कामना और वासना के कीड़े तुम्हें पागल बना रहे हैं। हटो मेरे सामने से और मुझे जाने दो।

उसने आगे बढ़कर मेरे हाथ पकड़ लिए न जाने कहाँ से मेरे अन्दर इतनी शक्ति आयी कि मैंने कसकर ज़ोर से उसे धक्का दिया और चिल्लाकर कहा—"ख़बरदार! जो एक इंच भी आगे बढ़े तो मैं तुम्हारे प्राण ले लूँगी चाहे मैं मरू या बचूँ।"

वह दुम दबाकर कुत्ते की तरह भागा। भागता हुआ मेरी आँखों से ओझल हो गया, तब जाकर मुझे होश आया। मैं विजयी की मुद्रा में खड़ी थी।

उस दिन रावण सीता का हरण नहीं कर पाया। मैं जीत गयी थी। मैं बहुत ख़ुश हुई। उसे दुम दबाकर भागते देख, अकेले में खूब हँसी । मैं समझ चुकी थी यह रोबीला मर्द सिर्फ़ देखने में रोबीला है। वह तो एक नम्बर का कायर और नपुंसक था।

फिर मेरे मन से मर्दों का ख़ौफ़ अचानक कम हो गया। मैंने यह सत्य जान लिया था कि उससे जितना डरोगी वो तुम्हें उतना ही डरायेगा। सामने डटकर मुक़ाबला करो आधे अधिक भय यूँही समाप्त हो जायेंगे।

इस घटना ने मेरे चौबीस घण्टे की आजादी में ज़रूर खलल डाला किन्तु मेरे जीवन की ढेर सारी भ्रान्तियों, को तोड़कर मुझे भयमुक्त बनाने में अपनी एक ज़ोरदार भूमिका निभाई।

सबसे मज़ेदार बात यह हुई कि बचपन से पड़ी हुई इस संस्कार से बहुत हद तक मुक्त हो गयी कि पुरुष मज़बूत-निर्भीक, बलवान और वीर होते हैं तथा औरतें कमज़ोर, डरपोक और भीरू होती हैं ।

कपिलेश्वर स्थान से लौटने के बाद कोई चर्चा नहीं हुई क्योंकि यहाँ से दुम दबाकर फिर वह वहीं पहुँच गया था और सबों के साथ ही लौटा।

अब मैंने उससे डरना छोड़ दिया था। अब न मेरे हाथ काँपते थे और न पैर। न रसोई जलती थी और न नमक और मिर्च ही अधिक मात्रा में पड़ते थे।

एक दिन मैंने सास से कहा—"आप लोग किसी बढ़ई को बुलाकर मेरी साँकल लगवा दें, अगर नहीं तो मैं ही किसी से कहूँ।"

—एक दिन अकेले नहीं रही कि चौबीस घण्टे में ही तुम्हारे रंग-ढंग काफ़ी बदल गये हैं। चौबीस घण्टे की आज़ादी में कोई यार मिल गया क्या?" सास ने मेरे आत्मविश्वास को देख जल-भुनकर कहा।

—अभी तक तो यार नहीं मिला है और न मैं उसे खोज रही हूँ। मुझे अपने पिता के कुल और मर्यादा का ख़याल है। हाँ लेकिन अब मैं वो राँड़ भी नहीं हूँ जो पत्ते की तरह काँपती थी। अब मुझे राम-नाम का सहारा मिल गया है। मैं अब सारी दुनिया के सामने खड़ी हो सकती हूँ।

मेरे चेहरे पर बढ़ते हुए आत्मबल देख मेरी सास भौचक सी हो गयी।

ससुर जब खाना खाने आये तो सास ने कहा—"बेचारी के किबाड़ का साँकल क्यों नहीं लगा देते। रात बयार में डरती है कि कोई मर्द-मानुष घुस सकता है।"

श्वसुर ने हाथ धोते हुए कहा—"कोई मर्द मानुष क्या घुसेगा। साली यही छिनार है, त्रिया चरिन्तर दिखाती है।"

मैं चिल्लाई—बताऊँ सबों को कि मैं छिनार हूँ कि...

बस, फिर क्या था अपनी खुली धोती को समेटते हुए हाथ जोड़ते भागा...और मैं पागलों की तरह हँसती रही।

मेरी सास अपनी जेठानी से कह रही थी—"लगता है इसका दिमाग़ ख़राब हो गया है। कल तक चुपचाप रहने वाली लुगाई अचानक इस तरह कैसे बदल सकती है। जब से कपिलेश्वर से लौटी हूँ, इसका रंग-ढंग ही बदल गया है।"

--मुझे तो लगता है कोई भूत-प्रेत का टोटका है। उस दिन पूरे घर में अकेली थी। ज़रूर बारह बजे भरी दुपहरिया पीपल के पेड़ के नीचे गयी होगी तभी ये हाल हुआ है। विश्वास नहीं होता तो बुलाकर पूछ लो। उनकी जेठानी बुद्धिमान जैसा मुँह बनाकर बोली । पहली बार प्यार से काकी सास ने बुलाया—'बहू'। वैसे तो बहू की कोई इज़्ज़त नहीं राँड़ जो ठहरी बिना पति वाली। किन्तु अब राँड़ बिना पति वाली अकेली नहीं थी भूत के साथ थी। मैं मन-ही-मन सोच रही थी कि कितना अच्छा हो सब राँड़ के देह पर एक भूत चढ़ा होता।

—बहू! उस दिन, जब हम लोग कपिलेश्वर गये थे तुम बारह बजे दिन में पीपल के पेड़ के नीचे गयी थी।

—गयी थी काकी।

—अच्छा जा, अब जाकर आराम कर। उन्होंने डरते-डरते कहा।

—अब क्या होगा? सास ने कहा।

—कुछ दिन के लिए इसे पीहर भेज दो।

—क्या भेज दें, नासपीटी को? कोई लेने भी तो नहीं आता। अभागन को कौन अपने यहाँ रखेगा?

पर पता नहीं कैसे उस दिन अचानक पुनु आ गया। सालों बाद उसे बहन की याद आ गयी। सास ने उसकी ख़ूब ख़ातिरदारी की और लाड़ लड़ाते हुए कहा—"बेटा, बेचारी का एक ही जगह रहते-रहते मन उब जाता होगा, दो-चार महीने के लिए ही सही अपने यहाँ भी ले जाओ। बेचारी का कैसे मन लगेगा? सुना है, तुम्हें बेटा हुआ है, कुछ दिन उसे खेलाएगी तो इसका भी मन बहलेगा।"

—इसी से तो आया हूँ माँजी। दीदी मेरी बहन नहीं माँ भी है। इसकी भाभी ने इसे बुलाया है। आँगन की सभी काकी, मामी ने ज़रूर से लेकर आने को कहा है। पूनू ने कहा।

सास को तो कारू का ख़ज़ाना मिल गया। भूतही बहू से छुट्टी मिली। साथ ही साथ पति की कुवासना से भी दूर हो गयी। उनकी गृहस्थी भी कुछ दिनों के लिए ही सही, बची तो।

मैं भी अपना सारा मान-अपमान भूल चुकी थी। मुझे अपने बचपन की गलियाँ बुला रही थीं। मुझे अपने गाँव के खेतों की पगडंडियाँ जिनपर मैं गिरते-पड़ते दौड़ा करती थी लगा मुझे बाँहें फैलाए बुला रही हैं। मुझे अपनी दादी के प्यार की स्मृतियाँ झोंकों की तरह दुलारकर बुला रही थीं। मुझे अपनी माँ की आँखों में झाँकती करुणा भरी निगाहें बुला रही थीं। मुझे अपने कठोर पिताजी, जिन्हें मेरे वैधव्य की आग ने मोम बना दिया था, मोमबत्ती के सदृश जलते हुए मेरे मार्ग को प्रशस्त करते हुए दिखाई पड़ रहे थे और अन्त में मेरा पुनु अपनी छोटी-छोटी हथेलियों से मानो मेरी उँगलियों को पकड़ कर कह रहा था—'चलो न दीदी।'

और मैं फफक पड़ी, भावविह्वल होकर लिपट गयी पुनु से और चली आयी पीहर।

यह संसार झाड़ और झाँखर आग लगे बरि जाना है

पीहर की परिस्थितियाँ अब उल्टी हो गयी थीं। आँगन की काकी-भाभी जो मुझे अभागन-अभागन कहते नहीं थकती थीं, इस बार बहुत प्यार से मिलीं। "जब से तुम गयीं घर-आँगन की तो जैसे श्री ही चली गयी हो।"

असल में बात यह हुई कि पुनु की पत्नी को इन लोगों ने प्रारम्भ में मेरे ख़िलाफ़ भड़काया और उसे बड़े-छोटे का लिहाज़ न रखने की सीख पहले ही दिन दे दी। भाभी ने सिर्फ़ मेरी इज़्ज़त की ही बखिया नहीं उघाड़ी बल्कि मेरे जाते ही सभी बड़ी-बूढ़ियों को अपनी औकात बता दी कि "मैं सावित्री दीदी नहीं हूँ इस बात को सब अच्छी तरह समझ लें।"

मेरे जाते ही ऐसा संयोग हुआ कि सालभर के अन्दर ही किसी की गाय मर गयी तो किसी की बकरी, किसी के बच्चे की टेटनेस से मृत्यु हो गयी। जिस काकी ने झगड़ा किया था, उसका पति लकवा से ग्रसित महीनों खटिया पर पड़ा रहा और अन्त में मर गया। जिस किसी के साथ कोई दुर्घटना घटती सबकी सब औरतें आपस में एक-दूसरे को यही कहती—"बेचारी ग़रीब मजबूर अबला की हाय लेने का यही फल है।"

हालाँकि इन बातों में कोई दम नहीं था, सच का इससे कुछ वास्ता नहीं था किन्तु इनके इस विश्वास या अन्धविश्वास ने मेरे हिस्से में उन लोगों का कुछ प्रेम सम्प्रेषित कर दिया। उन्होंने अपना स्नेह मेरी झोली में भी डाल दिया, भले ही मेरे हाय के ही भय से।

पुनु पर मेरा मन कोई आरोप नहीं लगाता क्योंकि उससे मोह जो था।

भाभी लड़ाका थी। आँगन की औरतों से झगड़ा था। कौन थी जो बाबू को भी पकड़ती और वो घर का काम करती। कभी बाबू रोता तो कभी रोटी जलती, कभी धान की ढेकुली में चावल कूटने जाती तो चावल जल जाता, हारकर उसे अपनी अभागन ननद को बुलाना पड़ा।

मेरा मातृत्व भी भतीजे को देखकर जाग्रत हो गया। जैसे ही कलेजे से लगाया मानो छाती में दूध उतर गया हो। कलेजे से सिमटाकर मन-ही-मन कहा—माँ पिताजी आपके कुल ख़ानदान का वारिस।

भाभी की गृहस्थी दौड़ने लगी। मैं एक बार फिर से इस पराये घर को जिसने मुझे निकाल दिया था अपना मानकर कभी धान कूटती, चावल बनाती तो कभी चूरा। कभी बच्चे को सँभालती तो कभी रसोई।

भाभी बन-ठन कर मुँह में पान दबाकर ठसक के साथ कहती—'आख़िर अपना, अपना ही होता है।' जब आँगन की काकी, भाभी मुझसे प्यार से बातें करते देखतीं तो यही जुमला दुहराती "अभी तो दीदी पर बहुत प्यार आ रहा है इतने दिनों से किसी को नहीं हुआ कि विदाई कराके लाते, लाते क्या कभी लाने की बात भी करते। मैं भी तुम्हीं लोगों की बातों में आकर सास जैसी ननद को इतने दिनों तक नहीं बुलाया। फिर भी अपना, अपना ही होता है लाये तो सही।" आँगन की बड़ी-बूढ़ी उससे परहेज ही करतीं।

पता चला कि? छह महीने पहले ही वकील साहब अरे वही मेरे गाँव के गाँधी, उनकी मृत्यु हो गयी है, मैं उनकी पत्नी से मिलने गयी। वे बहुत धैर्य के साथ अपना काम धन्धा यानि खेती-बारी करवा रही थीं। वकील साहब के नहीं रहने पर अर्न्थव्यवस्था थोड़ी सी भी नहीं डगमगायी थी। मेरी सारी कहानी सुनकर यही कहा कि—"तुम अपने ससुराल में जाकर अपने हिस्से का खेत अलग कर लो और कुछ खेती करो और करवाओ।"

—वे लोग मुझे किसी क़ीमत पर हिस्सा नहीं देंगे उल्टे दुश्मनी कर लेंगे। जीना मुश्किल हो जायेगा।

—अभी कौन-सी दोस्ती निभा रहे हैं। जब तुम्हारी इज़्ज़त पर ही हाथ डाल रहे हैं तो और कैसी दुश्मनी निकालेंगे।

—वे लोग तुम पर कृपा नहीं करेंगे तुम्हारा हक़ है वहाँ।

किन्तु मैं उस समय यही सोच रही थी कि क्या करूँगी उस नरक में जाकर यदि भाभी इसी तरह से अपना व्यवहार रखें और मुझे यहीं रहने दें तो मैं यहीं अपने बाप की चौखट पर अपने भतीजे-भतीजियों को खिलाकर इज़्ज़त के साथ ज़िन्दगी काट लूँगी।

गाँव एवं आँगन की औरतें जनकपुर जा रही थीं। मुझे भी चलने को कहा। पुनु सहर्ष तैयार हो गया। दस-बीस रुपये भी दिये।

—हाँ जाओ, दीदी! दो-चार दिन की बात है तीर्थयात्रा भी हो जायेगी और तुम्हारा मन भी बदल जायेगा। रोज़-रोज़ ऐसे मौक़े कहाँ लगते हैं?

बस तीस-चालीस किलोमीटर ही दूर था मेरे पीहर से जनकपुर, किन्तु आजतक कभी नहीं गयी थी। मेरा मन भी जाने के लिए छटपटा रहा था किन्तु उस समय भाभी खलनायिका के समान अड़ गयी—"नहीं दीदी इन लोगों के साथ नहीं जायेगी। जब जाना ही होगा तो हम लोग जायेंगे तब जायेगी।"

मैंने चिरौरी करते हुए कहा—"भाभी मुझे किसी से क्या लेना-देना, तीर्थ पर जाना चाहती हूँ, दो-चार दिन की तो बात है फिर मैं तुरन्त आ जाऊँगी।"

—कोइ ज़रूरत नहीं है फिर आ जाने की। क्या सोचती हैं? आप ही हमारी गृहस्थी चला रही हैं। अरे मैंने तो सोचा कि किसी को बुलाना है तो आपको ही बुला लेती हूँ किन्तु यदि मनमानी करनी है तो रहें अपने ससुराल में या यदि ये काकी भाभी रखती हैं तो रहें, किन्तु मेरा दरवाज़ा बन्द।

मैं जनकपुर आ गयी। मन्दिरों के दर्शन किये। आश्रमों को देखा। ज़िन्दगी में पहली बार घर से निकली थी। यहाँ बिना घूँघट के मैं चल सकती थी। किसी दुकान पर खड़ी होकर वस्तुओं का मोलभाव कर सकती थी। यह मेरे लिए कोई छोटा मोटा आश्चर्य नहीं था।

चार दिन ऐसे बीत गये जैसे पलक झपकते। क्यों अच्छे दिन इतनी जल्दी बीत जाते हैं? बीते हुए पल को भी ठीक से कहाँ जी पायी। बस एक भय बना ही रहा, फिर उसी परिवेश में जाना होगा जहाँ सिर्फ़ स्वार्थ पर टिके रिश्ते हैं। वहाँ मानवीय संवेदना का सवाल कहाँ? जहाँ मुझे मानव समझा ही नहीं जाता है। दिन-रात एक करके भतीजे को पाल रही हूँ, धान कूटने से लेकर गोबर बीनने तक का सारा काम करके दो सूखी रोटी खाती हूँ। उस पर भाभी का तुर्रा कि कृपा करके मुझे यहाँ रहने दे रही हैं। मेरे ही बाप के घर में मेरा कोई अधिकार नहीं था। वो भी पता नहीं यहाँ से जाने के बाद वहाँ मुझे प्रवेश करने को मिलेगा भी या दरवाज़े बन्द कर लेगी, तो फिर दुबारा उसी नरक में जाना होगा जहाँ श्वसुर ही हैवान बनकर मेरे शरीर पर गिद्ध दृष्टि लगाये बैठा है।

इच्छा तो यही हो रही थी कि कुछ ऐसा हो जाये कि मुझे यहाँ से जाना ही न पड़े। सभी लोग गाँव लौटने की तैयारी कर रहे थे और मेरा कलेजा तेज़ी से धड़क रहा था। तभी सीता बुआ ने कहा यहाँ से दस-बारह किलोमीटर पर मेरा गुरुधाम है, चलो तुम भी। वहाँ मेरे गुरुदेव हैं बहुत अच्छे सन्त हैं तुम दर्शन भी कर लेना। मन में शान्ति मिलेगी।

सारी औरतें गाँव लौट गयी किन्तु मैं बुआ के साथ रुक गयी। मेरा इन्तज़ार गाँव में ही कौन कर रहा था और न मेरा राज-पाट छूट रहा था। वहाँ जाकर गाली ही तो सुननी थीं जितनी देर से सुननी पड़ें उतना अच्छा।

आश्रम गाँव से अलग-थलग था। प्राचीन ऋषि आश्रम जैसा, बिल्कुल वैसा ही जैसा पुराणों में पढ़ा था। पीपल, बट, आँवला, आम, अमरूद, अमरा, अशोक के पेड़ों के झुरमुट से चारों ओर से घिरा हुआ और उसके बगल में पोखर। पोखर की दायीं ओर दो कमरे पक्के थे और सभी पर्ण कुटीर। पक्के कमरे में भगवान जी विराजते थे और दूसरे कमरें में ग्रन्थ और किताबें थीं। एक बड़ा-सा हॉल था जिसमें सन्त महात्मा रहते थे।

औरतों के रहने के लिए अलग विभाग बना हुआ था। महिला कक्ष—रात में उस तरफ़ पुरुष नहीं जा सकते थे।

सीता बुआ के गुरुदेव को जैसे ही मैंने देखा मुझे लगा, यही मेरे जन्म-जन्म के बन्धु हैं, माता हैं, पिता हैं, सबकुछ यही हैं। मुझे लगा मैं अपना सुध-बुध खो रही हूँ। उनमें मुझे उन सभी सन्तो के दर्शन होने लगे जिन्हें आजतक पढ़ा-सुना था। मैं निर्निमेष नेत्रों से उन्हें निहार रही थी। जब उन्होंने अपने नेत्रों के पलकों को ऊपर उठाकर मेरी ओर देखा तो मुझे लगा कि मैं उनकी कृपा रूपी करुणा में पूरी तरह अवगाहन कर रही हूँ। सिर से पैर तक आद्योपान्त मैं उस करुणा कि सागर में डूब गयी।

भूल गयी सब सुख-दुख। मेरा मन आनन्द में डूब रहा था। कहाँ था वो आनन्द? क्या मेरे भीतर या कहीं से आया? यदि भीतर था तो आजतक क्यों नहीं छलका और यदि बाहर था तो अन्दर कैसे आया ?

मैं उनके चरणों में गिर पड़ी। उन्होंने मुझे उठाया—उठो बेटी । मेरे कान इतने मधुर सम्बोधन सुनने के आदी नहीं थे। इसी से आँखों से आँसू के सैलाब फूट पड़े और मुँह से सिसकी।

—क्यों घबड़ा रही हो। ईश्वर सब भला करेंगे। उनके विधान को वही जानते हैं। वे मंगलमय हैं, वे कभी भी किसी का अमंगल नहीं करते। हम प्रारब्ध वश दुख

और सुख पाते हैं। इसी से हमें अच्छे कर्म करने चाहिए क्योंकि कर्म ही तो प्रारब्ध बनाता है।

सीता बुआ ने मेरे बारे में संक्षेप में सब सुना दिया—

—"गुरुदेव! बहुत दुखी है। समय की मारी हुई अभागन है। ग्यारह साल में पति मर गया सत्रह साल होते-होते माता-पिता सभी मर गये। एक छोटा भाई है जिसको बेटे जैसा लालन-पालन किया था किन्तु अब उसकी पत्नी इसे पीहर में रखने को तैयार नहीं और वहाँ ससुराल में श्वसुर राक्षस है जो इसी पर कुदृष्टि रखता है। बेचारी कहाँ जाय, क्या करे? वैसे है हिम्मती इसकी जगह मैं होती तो इतने दुख में घबड़ाकर आत्महत्या ही कर लेती।"

—सभी लोग आत्महत्या ही तो कर रहे हैं जो आत्मा के बारे में नहीं सोचते नहीं जानते वे क्या कर रहे हैं? असल में आत्महत्या वही है।

फिर मेरी ओर मुख़ातिव होकर कहा—बेटी, दुख से घबराना नहीं चाहिए। तुम्हारे जीवन का दुख, तुम ईश्वर पर अर्पण कर दो तुम्हारा जीवन तप बन जायेगा। कितने सन्त महात्मा अपने शरीर को पंचाग्नि में तपाते हैं तुमने भी कितनी तरह की अग्नि में अपने शरीर को जलाया है सभी प्रभु को अर्पित कर दो।

कौन कहता है तुम्हारा कोई नहीं है। जीव और परमात्मा दोनों अभिन्न तत्त्व हैं। न जाने तुम्हारे कितने जन्म हो चुके हैं और तुम्हारे कितने माता-पिता और पति बने होंगे और बिछड़े होंगे लेकिन परमात्मा सदा तुम्हारे साथ हैं और रहेंगे। फिर कैसी घबराहट?

तुम्हारा पति मर गया। ये हाँड मांस के पति तो मरेंगे ही, इसी से तो मीराबाई ने कहा है - 'ऐसो वर को क्या वरें जो जन्में और मर जायें।' उन्होंने श्रीकृष्ण को ही अपना पति बना लिया। तुम भी उन्हें ही अपना पति मान लो। प्रेमी मान लो। वे पति भी हैं, पिता भी, माता भी हैं और गुरु भी।

मैं उनकी बातों को सुनकर आश्चर्यचकित और अवाक् थी। मेरा भी कोई पति हो सकता है? मुझ विधवा का, जन्मजात विधवा का ऐसा पति जिसे वरण करके मैं आजन्म सधवा बन जाऊँगी। उस दिन पहली बार ऐसी बाते सुनी थीं। मेरे दोनों कान और गाल गरम हो गये। पति... प्रेमी... श्रीकृष्ण की मार्धुयमयी मुस्कान वाली छवि मेरे मन को मथ रही थी।

मुझे उस विवाह का तो कुछ भी याद नहीं था किन्तु उस समय मुझे ऐसा ही महसूस हो रहा था कि गुरुदेव माता-पिता और पुरोहित बनकर मुझे श्रीकृष्ण को वरण करवा रहे हैं।

मैं जो पत्थर बन चुकी थी ठीक वैसे ही जैसे अहल्या बन गयी थी। अहल्या को राम के स्पर्श ने शिला से पुन: औरत बना दिया। वैसे ही इस सन्त ने मुझ शिला को फिर से एक बार हाड़ मांस की युवती बना दिया। जिसका कलेजा धड़क रहा था। मन संवेदनशील था। कितने भाव और मनोभाव जिसे मैंने जन्म लेने के पहले ही दबा दिया था आज स्वयं विकसित होकर मेरे मन मन्दिर में प्रस्फुटित हो रहे थे।

सीता पिसी चलने लगी तो मैंने उनसे कहा—पिसी मुझे यहीं छोड़ दें। मैं दो मुट्ठी रूखी-सूखी खाऊँगी, आश्रम की सेवा करूँगी किन्तु लौटकर जाने की इच्छा नहीं है।

किन्तु वो नहीं मानी। "नहीं तुम्हारी भौजाई पता नहीं क्या-क्या कहेगी कि मैं तुझे कहीं बेच आयी हूँ। कौन उससे मुँह लगे। फिर यहाँ रहना भी आसान नहीं है। आश्रम के बहुत ही कठोर नियम कानून हैं। इसका पालन करना इतना आसान नहीं है।"

उन्होंने मेरे अनुनय-विनय पर कोई ध्यान नहीं दिया। अपने तर्कों से पराजित कर मुझे ले आयी।

यहाँ तो भाभी साक्षात् कालका की रूप बनी हुई थी और भाई भी उसकी हाँ में हाँ मिलाते हुए गर्दन हिला रहा था।

—चार दिन के लिए कहकर गयी थी, सभी औरतें आ गयीं किन्तु ये तो छुट्टा साँड़ हैं न लोक न लाज, न डर न भय। राँड़ न हुई कि साँड़ हो गयी। कौन साँड़ को रखे अपने घर में जहाँ से आयी है वहीं जाये।

यही सोचकर तो यहाँ बुलाई थी कि अब जीवन भर यहीं निर्वाह करवा दूँगी किन्तु राँड़ और साँड़ को रखना आसान नहीं है।

तभी बाबू को गोद में लेकर आरती आयी। आरती भाभी की चचेरी बहन थी। वह भी मेरी तरह राँड़ और साँड़ थी किन्तु उसके मैके की थी या हो सकता है मुझसे अधिक काम करती होगी।

मैं अपने अपराध के साथ-साथ अपनी अनुपयोगिता भी समझ चुकी थी। अब मेरा यहाँ क्या काम है? दो-चार कफ़न सी धोती को डलिया में डालकर चलने लगी। बिना खाए-पीए जा रही थी किसी ने खाने के लिए भी नहीं कहा।

यह मेरा घर है। यही घर जिसमें मैंने जन्म लिया, यही घर जिसमें मेरा बचपन बीता। यही घर जिसमें मैं ख़ुद भूखी रहकर इस भाई को खिलाकर जीवित रखा। एक ही कोख से हम दोनों का जन्म हुआ और एक मालिक बन गया और दूसरा

लावारिस, ये कैसे और क्यों हो गया? इसी घर की इज़्ज़त बचाने के लिए मैंने अपने सभी उमंगों और मन पर जलते हुए कोयले का अंगार दिया किन्तु वह मेरा था ही नहीं।

यह भगवान का बनाया हुआ विधान नहीं हो सकता। वह जब कृपानिधान और करुणाकर है तो ऐसे विधान कैसे बना सकता है? कैसे वो औरतों के प्रति इतना असम्वेदनशील हो सकता है?

मेरी समझ में इतना तो उस वक़्त भी आ गया था कि ये सारे सामाजिक नियम जो मेरे गले में फाँसी का फन्दा डाले हुए था इन चालाक मर्दों के द्वारा तैयार किया गया फँदा है।

आते वक़्त आँगन की औरतें इकट्ठा हो गयीं। सभी की आँखों में आँसू भरे थे—'बेटी तुम्हारे कन्धे पर दोनों कुलों की लाज है और तुमने इस लाज को बचाकर रखा है आगे भी रखोगी। तुम देवी हो। तुम्हारे भाई-भौजाई को भगवान कभी माफ़ नहीं करेगा।'

समय कितनी तेज़ी से बदलता है कल तक मैं अपने भाई का हाथ थामे इन लोगों से संघर्ष करके उसके लिए ज़मीन तैयार कर रही थी और आज मेरा भाई जिसे अपने पैरों के नीचे ठोस धरती मिल चुकी थी और ऊपर खुला आसमान, उसके दरवाज़े मेरे लिए बन्द थे। मैं बार-बार पीछे मुड़कर देख रही थी शायद किसी खिड़की से उसकी झाँकती हुई आँखों को देखकर इस सन्तोष के साथ जाऊँ कि वह विवश था, कलह के डर से समझौता कर लिया होगा। उसकी झाँकती आँखें तो नहीं दिखीं किन्तु कानों में उसकी और आरती की एक मिश्रित ठहाके की आवाज़ ज़रुर सुनाई दी थी।

आँगन की काकी, भाभी की आँखों में आँसू देख मैंने कहा—काकी किसी को दोष देना बेकार है। सब मेरे प्रारब्ध और भाग्य का खेल है। मेरे हिस्से में सुख और प्यार है ही नहीं। आज आप सभी मुझसे कितना प्यार कर रही हैं। काश! उस समय भी की होतीं तो मेरी ज़िन्दगी कितनी आसान होती। लेकिन इसमें आप लोगों का कोई दोष नहीं सब काल का प्रभाव है।

भाई-भौजाई का भी क्या दोष? यही तो सामाजिक रीतियाँ और परम्पराएँ हैं भले ही सड़े और गले हों। जब माता-पिता ही अपनी बेटियों को सम्पत्ति में हिस्सा नहीं देते तो और कौन देगा? क्या भाई या ससुराल में श्वसुर-पति और जेठ? मुझमें इतनी क्षमता नहीं काकी कि मैं लड़कर यहाँ रह सकूँ और अपने पिता की सम्पत्ति

में हिस्सा बाँट सकूँ। लेकिन एक दिन ऐसा ज़रूर जायेगा जब लड़कियाँ भी लड़कों के समान अपने भाई से बराबर का हिस्सा लेंगी। आने वाली पीढ़ियों में औरतें देवी बनकर त्यागमयी नहीं बनेंगी बल्कि मानवी बनकर सभी वस्तुओं का भोग करेंगी।

आते वक़्त रोने के लिए भाई का कन्धा तो नहीं मिला किन्तु उन पेड़ों से लिपट कर ख़ूब रोयी जिन्हें बचपन में अपने छोटे-छोटे हाथों से लगाया था, जिन्हें पानी से सींचा था। मैं सोच रही थी कि भाई से संवेदनशील तो ये पेड़ हैं जिनसे लिपटकर मेरे सन्ताप दूर हो रहे थे। वे गवाह थे, साक्षी थे मेरे दुख के, मेरे आँसुओं के। मानो वे बाँहें फैलाए मुझे आलिगंन कर रहे थे। पेड़ों के पत्ते पर टिकी ओस की बून्दे मेरे तपते ललाट पर पड़ीं तो मुझे लगा पेड़ों की भी आँखें नम हैं और मैंने नम आँखों से उनसे विदा ले ली।

मैं बिना खाए-पीए ससुराल चली आयी। मेरे कमरे में गोइठा और गोबर के उपले भर दिये गये थे। ये लोग शायद निश्चिन्त हो गये थे कि मैं नहीं आऊँगी।

मुझे देखते ही सास चौंकी—बहुत जल्दी आ गयी। सालभर भी भाई नहीं रखा।

—कितने दिन रहती भाई के घर में आख़िर मुझे रहना तो यहीं है। मैं अपने कमरे की सफ़ाई करने लगी। उपलों को चुन-चुनकर बाहर रखने लगी।

—उपलों को क्यों बाहर निकाल रही हो? बारिश में भींग गये तो खाना किस पर बनेगा?

—और मैं कहाँ रहूँगी?

—तुम कहीं भी रह लेना एक कोने में। इतना बड़ा बरामदा है कहीं खटिया डाल लेना, किन्तु उपले कहाँ रहेंगे?

—मैं जानती हूँ माँ जी, मुझसे महत्त्वपूर्ण उपले हैं किन्तु मैं भी तो एक उपला ही हूँ, जलता हुआ उपला, जिससे धुआँ उठ रहा है अब इसे ज़्यादा नहीं कुरेदें कहीं अग्नि प्रज्वलित हो गयी तो सारा सपरिवार जलकर राख हो जायेगा।

सास भौचक। तुरन्त साथ मिलकर कमरा ख़ाली कर दिया। जब तक नहाई धोई भात लाकर सामने में रख दिया। जब मेरे गले में तुलसी की कंठी देखी तो फिर शुरू हो गयी—'वैष्णवी बनी है हम लोग वैष्णवी, उष्णैवी नहीं मानते। इतने में धर्मध्वजारोही मेरे श्वसुर भी आ गये।

—वैष्णवी का यहाँ वास सम्भव नहीं। कल कहेगी प्याज़-लहसुन नहीं खायेंगे, अलग खाना बनायेंगे। ये सब चोंचलेबाजी नहीं चलने वाली। हम लोग शाक्त हैं, माँ की पूजा करते हैं।

मन तो किया चिल्लाकर कहूँ—नराधम तू न शाक्त है और न शैव। तू तो मनुष्य भी नहीं है। माँ की पूजा करता है इसी से बहू-बेटियों को अपने हवस का शिकार बनाना चाहता है। वासना का कीड़ा। किन्तु चुप रही।

—यहाँ रहना है तो तुलसी माला, कंठी तोड़कर फेंको नहीं तो रास्ता नापो, जहाँ से आयी हो वहीं ज़ाओ।

मैं अपमान की आग में जल रही थी। हाय ईश्वर! तूने मुझे स्त्री क्यों बनाया और यदि स्त्री बनाया तो इतना मजबूर क्यों बनाया? क्या मेरा कोई अस्तित्व नहीं। कहीं मेरा घर नहीं, कहीं मेरी मंज़िल नहीं पिता के आँगन से ढकेलकर पति के आँगन में फेंक दी जाती हूँ और पति के आँगन से फिर पिता के आँगन में फेंकी जा रही हूँ।

क्यों ज़िन्दा हूँ मैं? किस सुख को भोगने के लिए? क्या बचा है मेरी ज़िन्दगी में? मैं अपमान की जिस ज्वाला में जल रही थी उस आग से अच्छा तो किरासन तेल छिड़ककर जल जाना अधिक आसान है। अब मैं समझ रही थी क्यों औरतें सती होती होंगी, क्यों जौहर की प्रथा को औरतों ने ढोया होगा।

कौन व्यक्ति जीना नहीं चाहेगा, किसे आत्मा प्रिय नहीं? दुनिया की सारी सम्पत्ति के बदले भी प्रत्येक व्यक्ति जीवन चुनेगा। उस जीवन को स्त्रियाँ सती बनकर नहीं समाप्त कर सकतीं। यही समाज और परिवार उसे जलने पर मजबूर कर देता होगा।

मैंने अपने समाज के बड़े-बुज़ुर्गों के मुँह से राजा राममोहन राय को गालियाँ देते सुना था—साला सती प्रथा बन्द करवा दिया अब समाज के भ्रष्टाचार को कौन रोकेगा? विधवाएँ रंडी बनेंगी और क्या?

मेरा मन भी उस समय राजा राममोहन राय से एक सवाल करने को कर रहा था—आपने हमें धधकती चिता की आग से जलने से तो बचा लिया किन्तु जिस अपमान, कुण्ठा, दमन, तिरस्कार, नफरत की ज्वाला में हमें दिन-रात जलाया जाता है उससे कौन बचाएगा?

किन्तु अगले क्षण ही सोचा, नहीं मुझे उस महापुरुष से कोई सवाल नहीं करने हैं उसने हमें आग में जलने से बचाया है, अब इस आग से मुझे ख़ुद बचना होगा। मुझे संघर्ष करना होगा। मुझे सामना करना होगा। मुझे अपना जीवन जीने का पूरा हक़ है।

मैं तेज़ आवाज़ में चीख़ी—मैं प्याज-लहसुन नहीं खाऊँगी और अपनी रसोई भी अलग बनाकर खाऊँगी।

क्या... उसकी आँखें फटी रह गयीं—"मेरे जीते जी ऐसा नहीं हो सकता" उसने सीना फुलाकर कहा।

—आपकी मर्ज़ी! यदि आप नहीं जिन्दा रहना चाहते। मैंने धीरे से पर्दे की ओट से कहा।

सास पर तो जैसे काली का भावावेश चढ़ गया। छाती पीटने लगी—"हाय राम, मेरे बेटे को अपने सुहाग को तो खा ही गयी अब मेरे सुहाग पर डाका डाल रही है। हे भगवान ये कैसी कुलच्छनी औरत इस घर में आ गयी। इसका डसा तो पानी भी नहीं माँगने देता।"

पता नहीं क्या बात हुई सब लोग अचानक शान्त हो गये। आपस में सलाह-मशविरा किया और मुझे एक मिट्टी का चूल्हा और प्रत्येक दिन के हिसाब से दो मुट्ठी चावल और दो आलू मिल जाते थे।

मैं भी शान्ति के साथ आलू भात खाकर रहने लगी। अब वही आलू भात श्रीकृष्ण को भोग लगाकर खाती। मैं बहुत प्रेम से आलू भात बनाती और भोग लगाती। गुरुदेव ने कहा था यही तुम्हारे जन्म-जन्मान्तर के प्रियतम हैं। ऐसे प्रियतम जिनसे मेरा जन्म-जन्मान्तर का रिश्ता है। मैं उस रिश्ते की गहराई में डूबने लगी।

उस दिन मुझे अपना सावित्री नाम रखना भी सार्थक लग रहा था। सावित्री सत्यवान को मृत्यु से जीतकर अखण्ड सौभाग्यवती हुई, मैं भी परब्रह्म श्रीकृष्ण को वरण करके अखण्ड सौभाग्यवती हो गयी। मुझे जिस परिवार ने जिस समाज ने शिला बना दिया था वहीं मेरे गुरुदेव ने मुझे मानवी बना दिया। मैं तो जीते जी मर चुकी थी किन्तु अब मानो पुनर्जीवित हो गयी थी। एक बार फिर से जीवन में उत्साह आ रहा था। मन में कोपलें फूट रही थीं। मेरे निरुद्देश्य जीवन को उद्देश्य मिल चुका था जो पहले एक कटे हुए पतंग की सदृश, निरुद्देश्य जीए चला जा रहा था। जीवन में उद्देश्य होना ही जीवन की सफलता है।

पहली बार मेरा दिल धड़का। हाँ सच! दिल की धड़कन को पहली बार सुनी। धक-धक-धक, मैं तो ज़िन्दा हूँ। मैं भी हाड़ मांस की बनी हूँ। मेरा रूप जो मेरे जी का जंजाल बन चुका था जिसे कभी मैं चाहती थी कि चेचक का दाग हो जाये, तो कभी सोचती जितना जल्दी हो मेरा चेहरा झुर्रियों से भर जाये। आज पहली बार उस चेहरे पर बहुत प्यार से हाथ फेरा। चेहरे को धोया सँवारा, खिल गया मेरा रूप। हालाँकि परब्रह्म को रूप से क्या लेना देना किन्तु मैं तो परब्रह्म नहीं थी। मैं परब्रह्म से मिलने की प्रक्रिया में एक सामान्य औरत बन रही थी। चूँकि मैं अब शिला नहीं थी,

मैं अब देवी भी नहीं थी और न अब मैं भयभीत हिरणी ही थी, मैं एक जीती जागती औरत बन चुकी थी, एक जीती जागती औरत! मेरी इच्छाएँ भी जग रही थी और इच्छाओं की पूर्ति के लिए मुझे रोटी, कपड़ा और मकान के साथ कुछ और भी आवश्यक आवश्यकताओं की पूर्ति होनी चाहिए थी। मैने अपनी माँगें रखीं—मेरा गुज़ारा सिर्फ़ दो मुट्ठी चावल में नहीं हो सकता मेरी और भी आवश्यकताएँ हैं जिसके लिए पैसे चाहिए।

—बुढ़ापे में शौक़ चर्राया है। बूढ़ी घोड़ी लाल लगाम। वैष्णवी बनी है कि रंडी। मुझे सब पता है इसका चाल ढाल सब देख रही हूँ। चाल-चलन तो ख़राब हो ही चुका है। कोई भी देखकर ही बता सकता है क्या यह वही औरत है जो एक साल पहले थी, सास ने हाथ नचाते हुए कहा ।

मैं उस समय मात्र बीस साल की थी, उस समय तीस वर्ष की औरतें बूढ़ी मान ली जाती थीं। पन्द्रह-सोलह साल की होते-होते लड़कियाँ माँ बन जाती थीं और तीस साल में सास और नानी। सास और दादी बनने के बाद कहाँ होती थी उनकी ज़िन्दगी। किसी के दाँत टूटने लगते तो किसी को तपेदिक की बीमारी हो जाती। असमय बुढ़ापा और मृत्यु की ग्रास बन जाती थी।

किन्तु मेरे ऊपर काल भी कुछ ज़्यादा ही मेहरबान था। जितना ही दुख और ग़म खाकर भोजन कम कर रही थी चेहरे की कान्ति उतनी ही बढ़ रही थी। कुन्ती की बहू-बेटियों एवं नयी पीढ़ी के मुख से योग और डाइटिंग सुनती हूँ, मुझे लगता है उस समय तो मुझसे यह सब अनजाने में हो रहा था। तभी तो दिनोंदिन युवती होती जा रही थी किन्तु अब मुझे अपना रूप और यौवन भार नहीं लग रहा था।

—मैं आप लोगों से झगड़ा नहीं करना चाहती बस जो उचित समझें बाँटकर दे दें ताकि मैं भी आदमी की तरह जी सकूँ। मैंने उन लोगों को समझाने की कोशिश की।

—'अभी तुम आदमी की तरह नहीं जी रही हो।' मेरे देवर ने कहा।

—आपको लगता है कि मैं आदमी की तरह जी रही हूँ?

—"तुम आदमी हो कहाँ जो आदमी की तरह जीना चाहती हो, तुम तो औरत हो उस पर भी विधवा। तुम्हारे लक्षण देख रहा हूँ। कुलच्छिनी कहीं की। उस दिन पोंचू लुहार को अपने आप बुला लिया। इधर-उधर किया तो काटकर रख दूंगा।

उस समय वह नया-नया गबरू जवान बना था। अपनी मर्दानगी मुझ पर दिखाकर पूरे घर पर रोब जमाना चाह रहा था।

—मुझे आपसे कुछ लेना-देना नहीं है, मेरा जो भी हिस्सा बन पड़े दे दें। मैं बराबरी नहीं माँग रही हूँ। जो भी मुनासिब समझें, मेरे पति के हिस्से में से सब नहीं, तब भी कुछ तय कर दीजिए मुझे ज़्यादा नहीं चाहिए।

—हिस्सा...। हिस्से का नाम सुनते ही आग-बबूला हो गया, इतनी ज़ोर से झपट्टा मारा कि मुझे लगा मार ही देगा। मैं पीछे हट गयी।

—शरम नहीं आती पति का हिस्सा कहते हुए। पति को देखा था। एक दिन भी पति के साथ गुज़ारा है? और आज हिस्सा माँगते शरम नहीं आती। कौन पति? कैसी पत्नी? अबला जानकर शरण नहीं दे दिया कि हिस्सा माँगने लग गयी। अँगुली छूते-छूते पहुँचा ही पकड़ लिया। भगाओ साली को मारकर इस घर से बाहर। देवर दहाड़ा।

किन्तु मैं एकदम भयभीत नहीं थी, जो होगा देखा जायेगा। ज़्यादा-से-ज़्यादा मेरी जान ही तो लेगा किन्तु अब अन्याय नहीं सहूँगी। पार्थ सारथि सिर्फ़ अर्जुन से नहीं कहते हैं कि अपने अधिकारों के लिए लड़ मुझे भी तो कह रहे हैं।

मुझे ऐसा लग रहा था जैसे उन्होंने द्रौपदी को इशारा देकर दुर्योधन के जल में थल और जल में थल होने में भ्रम पर हँसने के लिए उकसाया था। जैसे अर्जुन को धर्म युद्ध के लिए ललकार रहे थे। ठीक वैसा ही मुझे भी लग रहा था। वे मुझे भी कह रहे "डर मत"। मैं शान्त चित्त और धीर मुद्रा में खड़ी थी। मैंने स्थिरतापूर्वक कहा—"यदि मैं किसी की पत्नी नहीं हूँ तो ये वैधव्य का भार क्यों ढो रही हूँ? बताये मैं किसके नाम पर विधवा बनकर यह दुख भोग रही हूँ।"

मेरे श्वसुर ने देवर को शान्त किया और समझाया ज़रूर इसके पीछे कोई है। राँड़ ज़रूर किसी यार से फँस गयी है, उसी के बल पर कूद रही है। नहीं तो इतनी हिम्मत! मजाल था। बुद्धिमानी से काम ले बेटा कि साँप भी मर जाये और लाठी भी न टूटे। इसका अब क्या ठीक? व्यभिचारिणी स्त्री क्या नहीं कर सकती? पति पुत्र तक को मरवा सकती है, तू तो देवर ही है और यदि तुझे कुछ हो जायेगा तो मैं क्या करूँगा? एक ही तो बेटा बचा है। एक को तो इस डाइन ने पहले ही खा लिया है।

मैं मन-ही-मन सोच रही थी कि बेटे के नाम पर दुबारा दूसरी शादी करने का मौक़ा मिल जायेगा। मुझसे कहा गया कि एक सप्ताह के अन्दर तुम्हारी कोई-न-कोई व्यवस्था कर दूँगा।

लेकिन ऐसी व्यवस्था जिसकी मैंने कल्पना नहीं की थी। एक सप्ताह के अन्दर ही रात में सांकल लगाकर सोयी हुई थी। एकदम निश्चिन्त। अचानक एक मज़बूत हाथ मेरे गर्दन को दबा रहा था और एक हाथ तकिया से मेरे मुँह और नाक को, पहले तो मैंने सोचा कि कोई दुःस्वप्न देख रही हूँ जब नींद टूटी तो लगा बस अब दो सेकेंड में मैं हमेशा के लिए सब दुख और दर्द से छुट्टी पा जाऊँगी। कितनी बार सोचा करती थी कि इससे अच्छा मर जाती, कितनी ही बार आत्महत्या का विचार

भी आता किन्तु पाप को बहाना बनाकर नहीं मरती। हाँ बहाना ही तो था, अपने को धोखा ही देती थी तभी तो आज जब मेरे पास मरने का ऐसा सुनहला मौक़ा आया तो मैंने अपनी पूरी शक्ति उसे बचाने में लगा दी। अपनी पूरी शक्ति लगाकर अपने आपको छुड़ाया और कूदकर घर से बाहर आकर चिल्लाने लगी।

उस समय गाँव के घरों में एक बहुत बड़ा आँगन होता था और आँगन के बाद बरामदा और उसके बाद कमरे। एक ही आँगन में बहुत सारे परिवार रहते थे। पहले कभी वह एक ही परिवार था। जनसंख्या बढ़ती जाती थी और बँटवारा होते-होते वे दूसरे परिवार कहलाने लगते थे।

मैं रो-रोकर कहती रही देखो किसी शैतान ने मुझे मारने की कोशिश की है। किसी ने मेरी बात पर ध्यान नहीं दिया। अभी अँधेरा ही था। सास ने कहा—"लगता है इसका दिमाग़ ख़राब हो गया है। ओझा से झाड़-फूँक करवाना होगा।"

सभी अपने-अपने कमरों में चले गये यह कहते हुए कि जाकर शान्ति से सो जाओ तुम्हें वहम हो गया है।

सवेरा होने पर मैंने काकी सास को अपने गले पर पड़े हुए उँगलियों के लाल-लाल निशान भी दिखाये किन्तु कमज़ोर विधवा का साथ कौन दे? उन्होंने मौन साध लिया। वे सबकुछ समझ रही थीं किन्तु एक दीन-हीन विधवा औरत के लिए एक मज़बूत आदमी से दुश्मनी क्यों मोल लेतीं।

अब मुझे अपनी ज़िन्दगी यहाँ ख़तरे में लगने लगी। मैं मरना नहीं चाहती थी, अभी-अभी तो जीने की आशा जगी थी। अभी-अभी तो मैंने अपने जीवन का कुछ मक़सद समझा था। अभी-अभी तो मुझे पता चला कि ये मानव शरीर बहुत दुर्लभ है। इसे योंही नहीं गँवा देना चाहिए।

ये कैसा आश्चर्य है, जब मैं जीना नहीं चाहती थी तो किसी ने मुझे मारने का प्रयास नहीं किया और अब मैं जीना चाह रही थी, पहली बार जीना चाह रही थी तो ये लोग मेरे जीवन के ही दुश्मन बन गये।

मेरा अपराध ऐसा ही था। एक ऐसी औरत जिसे उन लोगों ने पत्थर का बना दिया था किन्तु अचानक वह मानवी बनकर अपने भूख प्यास की व्यथा की कथा कहने लगी। वैसी औरत को कैसे ज़िन्दा रहने दिया जाता। अहल्या को भी पति ने शिला बना दिया किन्तु श्रीराम ने आकर उसे फिर से मानवी बना दिया और उसे पति लोक भेज दिया किन्तु मैं पति लोक नहीं जाना चाहती थी अब मैं मानवी बनकर जीना चाहती थी, बस यही मेरा अपराध था।

चौबीसों घण्टे मेरा मन सशंकित रहने लगा। कहाँ जाऊँ मैं क्या करूँ? पीहर का दरवाज़ा मेरे लिए बन्द हो चुका था। चारो ओर से अन्धकार ने मुझे घेर लिया था। अचानक अँधेरे में एक प्रकाश दिखाई दिया—मेरे गुरुदेव, करुणामय गुरुदेव लगा वे मुझे बुला रहे हैं और मैं चल पड़ी उसी प्रकाश की ओर।

अभी सवेरा नहीं हुआ था। सूर्योदय होने के पहले घर से शौच के बहाने निकली। बगल में दो कपड़े थे और पगडंडियों पर गिरती-पड़ती जल्दी से जल्दी गाँव की सीमा को पार करना चाह रही थी। जिस गाँव में आजतक मैं घर से बाहर क़दम नहीं रखा था, उस दिन उसी की गलियों और पगड़ंडियों पर बेतहाशा भागी जा रही थी।

उस समय यातायात की इतनी सुविधा कहाँ थी। मात्र एक बस आती थी जयनगर वाली, वो भी सवेरे छह बजे, मेन रोड पर जो मेरे गाँव से आठ किलोमीटर था।

मैं दौड़ती रही नंगे पाँव, कभी खेतों में चलती तो कभी पगडंडियों पर। काँटे और कुश पैरों में गड़ रहे थे किन्तु मुझे होश कहाँ था। लग रहा था गुरुदेव अपनी ओर खींच रहे हैं और मैं खिंचती जा रही थी। मुझे विश्वास नहीं था कि बस मिलेगी किन्तु जैसे बस मेरे लिए ही खड़ी थी। मैं दौड़ते हुए बस में चढ़ी और बस खुल गयी। लोगों की घूरती निगाहों से बचने के लिए मैंने अपना घूँघट खींच लिया।

टिकट कंडक्टर ने पैसे माँगे किन्तु पैसे कहाँ थे, जो देती। मैं सिर ढके चुपचाप गठरी बनकर बैठी रही। वह बार-बार पैसे माँगता रहा।

—ऐ बहन जी पैसे दे दो...

मैंने थोड़ा-सा घूँघट उठाया और कहा—"मेरे पास पैसे नहीं हैं।"

—पैसे नहीं हैं तो गाड़ी पर कैसे चढ़ गयीं क्या समझीं देश आज़ाद हो गया तो, गाड़ियाँ मुफ़्त में चलने लगेंगी।

देश आज़ाद हो गया था, किन्तु मुझे कुछ ज्ञात नहीं था। मुझे स्वयं नहीं पता था, मैं किस दुनिया में रहती थी। उसी दिन रात में देश की आज़ादी की घोषणा हो चुकी थी और उसके साथ ही मैं भी आज़ाद हो चुकी थी। अचानक मेरे अन्दर आनन्द और आज़ादी की तरंगें हिलोरें मारने लगीं। मैंने घूँघट को कम कर दिया और कंडक्टर से कहा—"मेरे पास पैसे नहीं हैं, यदि आपको कठिनाई हो तो मुझे यहीं उतार दीजिए मैं यहीं से पैदल जयनगर चली जाऊँगी।"

—अरे भाई! कहाँ जायेगी पैदल? औरत जात अकेले, आज देखो देशभर में कितनी ख़ुशियाँ, कितने उत्सव मनाये जा रहे हैं, बेचारी जयनगर तक चली ही जायेगी तो क्या बिगड़ जायेगा? एक यात्री ने कंडक्टर से कहा।

—देश आज़ाद होने से पेट तो नहीं भरेगा, नेता, मन्त्री और महामन्त्री बनेंगे। हम तो वही रहेंगे कंडक्टर। मुझे क्या फ़र्क़ पड़ने वाला है अंग्रेज़ बहादुर राजा रहे या नेहरूजी।

मेरे अन्दर निर्भीकता आ चुकी थी। मैं बिल्कुल तैयार थी कि बस रुकेगी और मैं चल पड़ूँगी, पैदल दौड़ती-भागती एक आज़ाद पंछी की तरह। आज़ाद देश की आज़ाद औरत जो आज ग़ुलामी की ज़ंजीर से मुक्त हो चुकी थी।

लेकिन बस नहीं रुकी। बस में सब मस्ती में थे। कोई महात्मा गांधी की जय कर रहा था तो कोई भारत माता की जय। युवा लड़के तो पूरे उत्साह में थे। इन लड़कों के कुछ साथी दिल्ली के लिए रवाना हो चुके थे बिना टिकट के तभी तो वे कंडक्टर से कह रहे थे—"आज हमारे कितने साथी बिना हाथ में एक पैसे लिए दिल्ली चले गये और तुम्हें इस बेचारी का जयनगर जाना भारी लग रहा है।"

सब लोग मस्ती और आनन्द में थे किन्तु खूसट कंडक्टर सबों की मस्ती देखकर कुढ़ रहा था।

जयनगर बस स्टैंड पर लोग ढोलरे पीट रहे थे आपस में एक-दूसरे को अबीर गुलाल लगा रहे थे। सब कोई मस्ती में था । मेरी ओर देखने की किसे फ़ुर्सत थी। मेरा भी भय मिट गया। मैं भी आनन्द के उस पल को अपने अन्दर सँजोने लगी। उस आनन्द में मैं भी शरीक हो गयी।

मैं भूल चुकी थी वो ग़म, वो त्रासदी, वो अन्धकार, वो कष्ट। मैं ख़ुश थी कि मैं घर से बाहर निकली तभी तो इस क्षण को जीया।

भीड़ जुलूस की शक्ल में परिणत हो गया और फिर मैं अकेले रह गयी। पर अब मैं अकेली ज़रूर थी किन्तु डरी-सहमी-सकुची नहीं बल्कि एक नये आत्मविश्वास और आज़ादी के आनन्द से लबालब भरी।

चल पड़ी जयनगर से पैदल सीतानगर। आँखों में सपने लिए, एक ऐसा सपना जहाँ सिर्फ़ उजाला ही उजाला था।

गुरु गोविन्द दोऊ खड़े

आख़िर पहुँच ही गयी। मंज़िल मिल ही गयी। दूर से ही अशोक, आम्र और आँवले के पेड़ दिखाई पड़ने से ही मेरे भाव जगत में प्रमोन्माद छा गया। जैसे भक्त को भगवान के मन्दिर की ध्वजा पताकाओं को देखकर होता है।

जब आश्रम के अन्दर पहुँची तो गुरुदेव चौकी पर बैठकर जप कर रहे थे। उनकी आँखें बन्द थीं। चौकी तीनों ओर से तुलसी के बड़े-बड़े पौधों से घिरी हुई थी। मालती की सघन लताओं से कुंज बन गया था। बगल में सफ़ेद गुलाब की भीनी-भीनी ख़ुशबू से वातावरण पवित्र और सम्मोहक बना हुआ था।

मैं चुपचाप जाकर चौकी से थोड़ी दूर पर ही प्रणाम करके बैठ गयी। मैं। निर्निमेष नेत्रों से उन्हें निहार रही थी, थोड़ी देर बाद उन्होंने मेरी ओर देखा और आश्चर्यचकित होकर कहा—तुम?

—हाँ गुरुदेव! अब आपके सिवा इस दुनिया में मेरा कोई सहारा नहीं है। अपनी शरण में रख लीजिए।

—तुम जब तक चाहो यहाँ रह सकती हो? किन्तु इस तरह अकेले अचानक कैसे आना हुआ? तुम्हारे घर के लोग ज्ञात है कि तुम यहाँ आयी हो?

—नहीं गुरुदेव कोई कुछ नहीं जानता। किसे जानने की पड़ी है। सब मेरे जान के दुश्मन बन गये हैं। मैं अपनी जान बचाकर भागी हूँ। मेरे ससुराल वाले मुझे मारना चाहते हैं, मैं किसी तरह अपने को बचते-छुपते यहाँ तक आ पायी हूँ।

—तुम्हें इस तरह भागकर नहीं आना चाहिए था औरत जाति को किसी भी क़ीमत पर अपनी दहलीज से पाँव नहीं निकालना चाहिए। अब कौन-सा मुँह लेकर वहाँ जाओगी? कौन विश्वास करेगा तुम पर? कहाँ गयी किसके पास रही?

दूसरी बात इससे आश्रम की भी तो बदनामी होगी कि यहाँ घर से भागी औरतों को आश्रय दिया जाता है।

स्त्री स्वर सुनकर मैंने सिर उठाकर देखा। सामने गोरी चिट्टी नाटे क़द की महिला जो हमारी गुरुपत्नी थी, जिन्हें सब लोग माताजी कहते थे, सामने खड़ी थी। उनके चेहरे पर एक प्रकार की कठोरता और गाम्भीर्य था। मैं थर-थरा गयी। अब क्या होगा? बुआ ने इसी से मना किया होगा। इतना आसान नहीं है औरतों का कहीं भी आश्रय पा लेना। क्या मरने के सिवा कोई विकल्प नहीं बचा? मैं इन्हीं विचारों के भँवर में घिरी जा रही थी। गुरुदेव के स्वर सुनाई पड़े—, मनुष्य का सबसे बड़ा कर्त्तव्य है अपनी ज़िन्दगी की रक्षा करना। उसके बाद फिर आगे के बारे में सोचना चाहिए। जब ज़िन्दगी ही नहीं रहेगी तो मनुष्य क्या करेगा? ये सारे लौकिक कर्म हैं। सावित्री तुमने बुद्धिमत्तापूर्ण क़दम उठाया है। ये ज़िन्दगी इसके लिए नहीं मिली है कि कोई इसे यूँही समाप्त कर दे और हम इसे समाप्त होने दें ।

फिर उन्होंने माता जी की ओर मुड़कर कहा—"इससे आश्रम की कोई बदनामी नहीं होगी। बदनामी के डर से एक स्त्री को जो जान बचाकर कितनी आशा और विश्वास के साथ यहाँ आयी है और उसे आश्रय नहीं दिया जाये तो क्या मतलब है इस आश्रम का? क्या मतलब है इस भक्ति का? हम लोग शरणागत वत्सल श्रीकृष्ण के भक्त हैं, क्या सिर्फ़ कंठी और तिलक धारण करने के लिए या समाज में अपनी प्रतिष्ठा बनाने और बचाने के लिए इस आश्रम की स्थापना हुई है। यदि ऐसे लोगों को आश्रय नहीं दिया जायेगा तो सारा दर्शन सिर्फ़ पाखण्ड बन जायेगा। आज से सावित्री यहीं रहेगी अपने पिता के घर में।"

पिता शब्द सुनते ही मैं अपने भावों पर नियन्त्रण नहीं रख पायी। सत्रह साल की उम्र में पिता को खोया था और उस दिन से आजतक प्यार के दो शब्द सुनने को तरस गयी थी। आज मुझे गुरुदेव के रूप में सिर्फ़ पिता ही नहीं मेरे सर्वस्व मिल गये थे। मेरे जीवन की अमूल्य निधि। उनकी आँखों से करुणा का सागर झलक रहा था, मेरे दुख-दर्द कष्ट उस सागर में बह गये। किन्तु जब मैं ने बगल में माताजी की आँखों में अपने लिए आक्रोश देखा तो समझ गयी कि मेरी ज़िन्दगी यहाँ भी बहुत आसान नहीं होगी, क्योंकि मेरा प्रवेश ही इनके विरोध के साथ हुआ है और मुझे रहना भी इन्हीं के साथ था। मुझे लगा था गुरुदेव के रूप में मेरे तपते जीवन में घनी छाँव मिल गयी है किन्तु अब लग रहा था कि घने छाँव के मध्य गर्म तप्त धूप भी मेरे हिस्से में अभी बचे हुए ही हैं।

गुरुदेव ने अपने किसी शिष्य को बुलाया जिसका घर मेरे ससुराल के पास था, उससे कहा—"सावित्री यहाँ आयी है इसकी सूचना इसके ससुराल में दे दीजिए और कह दीजिएगा कि वह अब यहीं रहेगी।"

गुरुदेव के शिष्यों में सभी तरह के लोग थे—डॉक्टर, वकील, इंजीनियर, प्रोफ़ेसर, प्रिंसिपल, किसान, मज़दूर। धनी से लेकर ग़रीब तक, सभी के साथ एक समान व्यवहार होता था । एक ओर मूर्ख से मूर्खराज तो दूसरी ओर पण्डित से महापण्डित। सबों के लिए प्यार और स्नेह। औरत हो या मर्द सभी वहाँ आकर असीम शान्ति का अनुभव करते थे।

सम्पूर्ण मिथिलांचल में आश्रम के प्रति अपार श्रद्धा थी। ख़ासकर महिलाओं का सम्मान वहाँ सुरक्षित था। सुखी और समृद्धिशाली महिलाएँ और पुरुष भी आकर सप्ताह से लेकर महीनों गुरुदेव के सान्निध्य प्राप्त करने के लिए रहते और आश्रम के प्रत्येक छोटे-बड़े काम सभी स्त्री-पुरुष मिलकर किया करते। आँगन लेपने से लेकर बर्तन माँजने तक। गुरुदेव के सान्निध्य में रहकर वे सभी अपने को परम सौभाग्यशाली मानते।

और मेरी जैसी निस्सहाय और अनाथ महिलाओं का तो वह पवित्र आश्रय स्थल था। वहाँ पर मैं अकेली नहीं थी मेरे जैसी कितनी महिलाएँ थीं सब की सब मेरी तरह बाल विधवाएँ।

पूनम, परमेश्वरी, शची, गीता, तुलसी, मंजरी और भी कई थी। सब की सब आश्रम के कार्यों में व्यस्त।

माताजी ने तुलसी को बुलाकर कहा—इसे यहाँ के नियम बता दो और हाँ ज़्यादा बातें नहीं करना है, हँसना नहीं है, मर्दों से एकदम काम की बातें, जब बहुत ज़रूरी हो। क्रीम पाउडर नहीं लगाना है। तुम लगाती हो?

—नहीं माताजी आजतक नहीं लगाया।

—तब ठीक है और तुम्हारे बाल छोटे हैं कि बड़े?

—बिल्कुल छोटे। मैंने अपने आँचल को हटाकर दिखाते हुए कहा।

—ठीक है, बाल बढ़ाना भी मत। एक तो तुम्हारा रूप ऐसे ही फन्दा है, बाल बढ़ा लोगी तो कितने लोगों का सर्वनाश ही हो जायेगा।

मुझे अपना ही रूप भार स्वरूप लग रहा था। मेरे जी का जंजाल बन चुका था। क्या भाग्य है मेरा आजतक किसी ने मेरे रूप को सराहा नहीं, जिसने नज़र डाली कटुवाक्य ही कहे, क्यों रूप दिया भगवान ने? किन्तु जो था उसे काटकर न तो हटाया जा सकता और न बढ़ाया जा सकता था।

मैं भी आश्रम की एक अंग बन गयी। मेरी पहली कोशिश हुई माताजी को ख़ुश करने की किन्तु उनकी ख़ुशी हमेशा श्रीकृष्णा के ऊखल बन्धन की डोरी की तरह दो अंगुल छोटी रह जाती। दिन-रात एक करके कठिन परिश्रम के बाद जब लगता अब मंज़िल पा ली तो फिर लगता जहाँ से चली थी वहीं पर खड़ी हूँ।

बहुत कठिन था उन्हें ख़ुश करना। सिर्फ़ मैं ही नहीं मेरी सभी गुरु बहनों में ये होड़ लगा रहती थी कि कौन उन्हें कितना ख़ुश कर सकता है। एक बात और वे सबों से समान व्यवहार करती थीं कि सभी स्त्रियों को वे पुरुषों से कमतर आँकती थीं चाहे वो सधवा हो या विधवा, धनी हो या निर्धन, विदुषी हो या अनपढ़। सभी को हेय दृष्टि से देखतीं।

वे स्वयं कभी नहीं हँसती थीं। मैंने मुस्कुराते भी नहीं देखा था। हाँ कभी-कभार जब विद्वान या बड़े लोग उनके पैर स्पर्श करने आते तो बड़े सलीके से अपने सिर पर आँचल डालकर बहुत हल्के से मुस्कुरातीं। ऐसी प्रतीत होतीं जैसे जरर्दस्ती अपने होठों को बड़ी मुश्किल से थोड़ी सी खींच रही हों।

बहुत कठोर अनुशासन था। किन्तु सच्चाई यही थी कि इसी अनुशासन के ही कारण तो हम विधवाओं के घरवाले निश्चिन्त होकर अपने घर में रहते थे कि यहाँ रत्ती भर भी इधर-उधर की गुंजाइश नहीं है। मुझे लगता है यदि माताजी का यह रौद्र रूप नहीं होता तो मेरी किसी गुरु बहन को इतनी आसानी से यहाँ रहने का मौक़ा नहीं मिलता। हृदयहीन परिवार और समाज यदि यह जान जाता कि यहाँ पर हम लोगों की कोमल भावनाओं को सहलाने वाला भी कोई है या यदि यह भी जान जाता कि यहाँ पर एक भी ऐसी आँख है जो प्रशंसा के भाव से हम लोगों को निहार सकता है तो कब का सब की सब यहाँ से ले जाई जातीं।

जब किसी बहन के घर से कोई व्यक्ति मिलने आता तो, माताजी का अनुशासन देखकर भाव विभोर होकर लौटता। वह इस विश्वास के साथ लौटता कि उसकी विधवा काकी, भाभी, मामी, बेटी, बहन कभी उसके कुल में कलंक का एक छींटा भी नहीं लगा पायेगी। छींटा लगाने का कहाँ सवाल उठता था, उसे तो इस बात की सन्तुष्टि मिलती थी कि सब की सब अहल्या के समान शिलावत हो चुकी हैं।

किन्तु अपने अन्दर के माधुर्य, अपने अन्दर के प्रेम, मन में उठती तरह-तरह की भावनाएँ भी तो थीं, इन जीती जागती पुतलियों में। इन्हें पत्थर बन जाना चाहिए था किन्तु वे बनी कहाँ थीं? इन सबों का दिल अब भी धड़कता था, अब भी इनकी साँसे चलती थीं। अब भी इनका मन प्यार के दो शब्द सुनने के लिए तरसता था।

अभी भी इनकी आँखें किसी ऐसी आँखों को खोजती थीं जो इन्हें आदर की निगाहों से देखे किन्तु कहाँ मिलती थीं वो निगाहें।

एक गुरुदेव थे जिनकी आँखों में करुणा झलकती थीं किन्तु वे स्त्री, पुरुष की मर्यादाओं की दीवार में बँधे थे। उन्होंने जब हम लोगों से कहा—श्रीकृष्ण ही तुम्हारे प्रियतम हैं तो जीवन में एक आधार मिल गया। जीवन में कोई तो मिला जो मेरा प्रियतम है, भले ही वो अदृश्य हो, भले ही वो साकार नहीं है, भले ही वह सशरीर नहीं है किन्तु भावनाओं में तो है क्यों न हम लोग अपने मन के सभी भावों को उसी श्रीकृष्ण को समर्पित कर दें।

फिर क्या था हम लोग के जीवन में आमूल चूल परिवर्तन आ गया। हम लोगों ने उस प्रियतम को महसूस करना प्रारम्भ कर दिया। अपने मन के सुकोमल भावों को उनके चरणों में समर्पित कर दिया। जिनके लिए गीत गाना अपराध था अब भजन गाना साधना बन गया। इन गीतों में दास्य, सख्य, वात्सल्य और माधुर्य रस सभी भरे होते।

जब परमेश्वरी के मन में वात्सल्य भाव हिलोरें मारने लगता तो कृष्ण को गोद में बिठाकर मानो माखन खिलाने लगती। मैया मोरी मैं नहीं माखन खायों गाकर वो ऐसी तृप्त होती जैसे उसका अपना जाया बेटा उसके साथ बाल्य चपलता कर रहा हो।

श्रीकृष्ण का गोपियों से सम्भाषण के पाठ पढ़कर पूनम के कान कपोल इस तरह से लाल हो उठते जैसे श्रीकृष्ण ने अभी-अभी इससे ही मीठी-मीठी बातें की हों। उस समय उसकी मुस्कुराहट ऐसी महसूस होती जैसे हृदय की गुह्य स्थलियों से फूटकर निकली हो, बिल्कुल सरल, सहज और स्वाभाविक।

श्रीकृष्ण की गोपियों के इस समूह में धीरे-धीरे मैं भी शामिल होती जा रही थी। अब वे भी मुझे अपने प्रियतम लगने लगे थे। जीवन भर की सारी भावनाएँ उनके चरणों में समर्पित कर दीं। आजतक जिस आनन्द के बारे में सोचना पाप था वही श्रीकृष्ण का संग पाकर भक्ति बन गयी। भक्ति भी कैसी सबसे उच्च कोटि की।

माधुर्य भाव सभी भावों का मुकुटमणि माना जाता है। इस भाव में श्रीकृष्ण हमेशा किशोर रहते हैं तो हम गोपियाँ हमेशा किशोरी। चिर यौवन, चिर लीला, चिर आनन्द, चिर सौभाग्यवती, कहाँ पहुँच गयी मैं। कभी-कभी अफ़सोस भी होता और पहले क्यों नहीं अपनाया तुम्हें गोविन्द। किन्तु कुछ भी समय से पहले और भाग्य से ज़्यादा कहाँ मिलता है?

यहाँ पर पिता का स्नेह मिला, ढेर सारे भाई-बहनों का प्रेम, स्नेह, इज़्ज़त, श्रद्धा भी मिली और साथ ही साथ विमाता का कठोर अनुशासन भी मिला।

अनुशासन क्या, अनुशासन के नाम पर अत्याचार भी मिला। उस दिन पूनम ने अपने लम्बे बालों को मिट्टी लगाकर धोया था। उसके बाल खुले थे। वह पोखर से स्नान करके आ रही थी कि सामने से उमेश भाई आते दिखे, बस अभी-अभी दरभंगा से आये थे।

पूनम ने हँसकर कहा—

—नमस्कार अभी ही आ रहे हैं? आपकी पत्नी भी आयी है?

—नहीं वो अपने पीहर शादी में गयी है। ऑफ़िस में छुट्टी थी सो गुरुदेव के दर्शन करने आ गया।

बस इतनी-सी बात किन्तु पूनम के महिला विभाग में घुसते ही माताजी शुरू हो गयीं—

—बेशरमी की हद होती है। तुममें और रंडी में क्या फ़र्क़ रह गया। मुँह उघाड़े, केश लहराये और हँस-हँसकर मर्द से बात करने में थोड़ी लज्जा नहीं आयी। इसी से बाल नहीं कटवाया है ताकि इसी के जाल में मर्दों को उलझाकर फँसा सको।

—माताजी मेरे बाल गीले थे। दोनों हाथ में सामान थे, कैसे आँचल से सिर ढकती ? अचानक उमेश भाई सामने पड़ गये। क्या करती मैं, फिर मैं हँसी कहाँ थी?

—अब कैसे हँसोगी? जो हँसती है वही फँसती है।

इतने में गुरुदेव की सबसे प्रमुख शिष्या जो परमविदुषी भी थी और बाल ब्रह्मचारिणी भी थी आ गयी। सब लोग उन्हें गुरुदेव का उत्तराधिकारी ही समझते थे। गुरुदेव ने भी उन्हें पालिता पुत्री का स्थान दिया था। उन्होंने कहा—जाने न दीजिए माताजी हँसना कोई अपराध नहीं है। एक मनुष्य ही तो है जो हँस सकता है और क्यों बेवजह इसे डाँट रही हैं जाओ पूनम जाकर अपना काम करो।

माताजी चुप हो गयीं वे उनसे थोड़ा दबती थीं। एक तो उनकी विद्वत्ता उनके मुहँ से झरते हुए संस्कृत के श्लोकों के सामने वो दब जाती थीं और फिर उनके बाल ब्रह्मचारिणी होने से भी वे उन्हें अपने से श्रेष्ठ मानती थी। सिर्फ़ अपने से ही नहीं उन्हें पुरुषों के समकक्ष मानती थीं। कहती—वो तो दुर्गा है, कन्याकुमारी है, बाल ब्रह्मचारिणी है, विदुषी है।

ब्रह्मचारिणी जी पुरुषों से बातें भी करती थीं और उन्हें डाँटती भी थीं। कभी-कभी पुरुषों का उपहास भी उड़ातीं और महिलाओं के साथ हँसी मज़ाक़ भी करती। वे भी श्रीकृष्ण को ही अपना पति मानती थीं।

जब मैं उनको देखती तो उस घड़ी को कितना कोसती जब मेरी शादी हुई थी। बस एक दिन लाल कपड़े पहनी थी और शायद एक-दो मिठाई खायी थी, उसी की इतनी बड़ी क़ीमत चुकानी पड़ रही थी।

मैं राँड़ बनी हुई थी और वे बाल ब्रह्मचारिणी। नहीं-नहीं सिर्फ़ इतने का ही फ़र्क़ नहीं था, बहुत बड़ा फ़र्क़ था परतन्त्रता और स्वतन्त्रता का। मैंने एक बन्धन स्वीकार किया था। स्वीकार क्या किया था, मुझ पर लादा गया था और वे स्वतन्त्र थीं, मैं वैवाहिक बन्धन की ग़ुलामी थी और वे उस बन्धन से आज़ाद। उन्हें अपने चेहरे को ढकने की ज़रूरत भी नहीं थी।

माताजी कहतीं—इसके चेहरे से एक तेज़ निकलता है। यह है ब्रह्मचर्य का तेज़ जैसे सूर्य चमक रहा हो। है ऐसा तेज़ किसी के चेहरे पर?

मेरा मन कहता, कहूँ माताजी ब्रह्मचर्य का मतलब क्या होता है? एक नौ साल की लड़की के माँग में सिन्दूर दे देने से उसका ब्रह्मचर्य समाप्त हो जाता है? किन्तु चुप रह जाती, वैसे ही वे मुझसे नाराज़ रहती थीं। मैं कितनी भी कोशिश करती किन्तु उनका मन मेरे प्रति कभी भी थोड़ा-सा भी स्नेहिल नहीं हो पाया। इसके कारण गुरुदेव मुझसे सहानुभूति रखते। यही सहानुभूति माताजी की क्रोधाग्नि में घी का काम करती। उस दिन गुरुदेव सत्संग कर रहे थे याद नहीं कि कौन-सी बात कही कि मुझे हँसी का आ गयी। सभी लोग हँस पड़े। हालाँकि मैंने अपनी हँसी दबाने की पूरी कोशिश की थी। मेरे पहुँचने के पहले सभी बहनें महिला कक्ष में आ चुकी थीं। माताजी भी अपनी चौकी पर चुपचाप अधलेटी थीं। मुझे देखते ही कहना शुरू किया—आजकल की शिष्या साली एवं सलहज बन गयी हैं। गुरु के सामने मुँह उघाड़कर हँसी करती हैं। हमलोग भी शिष्या थे, आजतक गुरु के सामने कभी मुँह उघाड़ा हो याद भी नहीं है।

मैं चुपचाप उनके पैर दबाती रही। मेरी आँखों से आँसू टपककर उनके पैरों पर गिर रहे थे। शायद इससे उनके अहं को थोड़ी तुष्टि मिल रही हो। मैं देर रात तक पैर दबाती रही। कुएँ के पास से देर रात तक गुरु भाइयों की आवाज़ आती रही जो आश्रम के रसोई के बड़े-बड़े बर्तनों को साफ़ कर रहे थे।

सवेरे नींद खुली तो चार बज चुके थे। अरे राम आज फिर देर हो गयी। सभी बहनें जग चुकी थीं। आश्रम में औरतों के उठने का समय प्रात: 3 बजे का था और पुरुषों का चार बजे।

स्त्रियों में इस बात की होड़ लगी रहती कि कौन सबसे बाद में सोता है और सबसे पहले जगता है, माताजी को ख़ुश जो करना था किन्तु पुरुषों के बीच इस तरह की कोई स्पर्धा नहीं थी। महिलाओं में सिर्फ़ सोने और जगने की ही प्रतिस्पर्धा नहीं बल्कि सभी बातों में, जैसे हमलोगों में कौन है, जो सबसे कम हँसती और सबसे अधिक गम्भीर है? कौन है जो सबसे कम पुरुषों से बातें करती है, तो कौन है जो

ज़्यादा पर्दे में रहती है? कौन है जो सबसे कम अपने शरीर के रख-रखाव पर ध्यान देती है? कौन है जो अपने लम्बे बालों को कटवा कर पुरुष होने की कोशिश कर रही है? कौन है जो सबसे कम खाकर सबसे ज़्यादा काम करती है? और कौन है जो सबसे बाद में सोती है और सबसे पहले जगती है यानी कुल मिलाकर कौन है जो मानवी की जगह शिला बन गयी है?

मैं हड़बड़ा कर उठी। माताजी दान्त मंजन कर रही थीं। मैं नमस्कार की और भागी आश्रम की सफ़ाई करने। उस दिन माताजी शान्त थीं। दोपहर को आधे घण्टे के लिए आराम करने का समय था। हमलोगों को तो शायद ही यह अवसर मिलता था। परन्तु उस दिन माताजी को हमलोगों को कुछ सदुपदेश देने थे, इसी से आधे घण्टे की छुट्टी मिली थी। हालाँकि उनके सदुपदेश भी मुझे कोई डाँट से कम ख़राब नहीं लगते थे। उनका एक ही उपदेश था दमन, दमन और सिर्फ़ दमन।

वे हमेशा की तरह सभी बहनों में प्रतिस्पर्धा की भावना भर रही थीं—"देखो, मुझे किसी से दुश्मनी नहीं है किन्तु मैं अपनी आँखों के सामने पाप भी नहीं होने दूँगी। जबतक मैं जीवित हूँ इस आश्रम में कोई इधर-से-उधर नहीं कर सकता है। यहाँ जो महिलाएँ पहले से रह रही हैं उनके अन्दर एक संस्कार का निर्माण हुआ है। जो अभी नयी-नयी आयी हैं उन्हें पता नहीं कि पवित्रता क्या होती है? कहते हुए उन्होंने मेरी ओर देखा। शची जानती है पवित्रता का मतलब, सीखो तुमलोग इससे। आजतक किसी ने इसे देखा है अपने बाल फहराते हुए, कहते हुए उन्होंने पूनम की ओर देखाकर फिर शुरू हुईं—"कहाँ से फहरायेगी? जब इसने बाल ही नहीं रखा, यह बाल कटवाती नहीं बल्कि उस्तरे से छिलवा देती है। आजतक किसी ने इसे हँसते देखा है? काम करने में इतनी कर्मठ, मैं नहीं समझती इससे ज़्यादा कोई है। तुम सबों में सबसे अधिक बुद्धिमान भी यही है। मुझे पता है तुम लोग आपस में बातें करती हो कि मैं बहुत क्रोधी हूँ तो कहाँ क्रोध करती हूँ शची पर, उस पर क्या क्रोध करूँ वह कभी मौक़ा ही नहीं देती है।

परसों की बात है रामेश्वर मिश्र से शची का कम्बल ग़लती से स्पर्शित हो गया। बस हल्का-सा स्पर्श, उसने कम्बल को पानी से धो दिया। मैंने कहा भी कि कम्बल हमेशा शुद्ध ही रहता है, सूती चादर को धोने की ज़रूरत है किन्तु नहीं मानी धोकर ही दम लिया। उसने कहा, "मैं कैसे इस्तेमाल कर सकती हूँ जब इसका पुरुष से स्पर्श हो गया भले ही कम्बल क्यों न हो।"

अब तुमलोग ही बताओ उसे क्या कहूँ। इतनी पवित्रता, ऐसा आचार-विचार और व्यवहार। सीखो इससे तुम लोग।

मैंने शची की ओर ग़ौर से देखा। उसका चेहरा मुझसे भी अधिक कठोर हो गया था। बालविहीन सिर के कारण चेहरे से और भी कठोरता झलकती थी। हाँ, एक बात अवश्य थी, उसके चेहरे पर सबों में प्रथम होने का दर्प था।

किन्तु एक अपराध उससे हो ही जाता था, गुरुदेव की सान्निध्यता पाने का प्रयास करना। हालाँकि हम सब दिन-रात ग़ुलामों की तरह खटते रहते।

—एक दिन एक कम्युनिस्ट नेता आश्रम में आया था, हम सबों को देखकर कहा—"ये सब धार्मिक ग़ुलाम हैं धर्म के नाम पर इनका शोषण हो रहा है।" हो सकता वह अपनी समझ से ठीक बोल रहा हो। यह सही था कि हमलोग एक बेड़ियों से जकड़े हुए थे। दिन-रात ग़ुलामों की तरह खटते थे किन्तु हमलोग ग़ुलाम नहीं थे। आश्रम के अनुशासन और कठोरता हमने अपनी रज़ामन्दी से ली थी। इस बन्धन को स्वीकार करने के लिए हमें किसी ने मजबूर नहीं किया था। वो नेता था भाषण देकर चला गया किन्तु यह नहीं सोचा कि आख़िर कौन-सा मानसिक सुकून, कौन-सी ख़ुशी हमें यहाँ मिलती है जो यहाँ से बाहर नहीं मिलता। इसका मतलब है हमारी ज़िन्दगी इससे बाहर और भी बदतर है। उस नेता ने कहा था, "धर्म अफ़ीम है।" मैं उस समय भी उससे कहना चाहती थी तुम्हारे लिए धर्म अफ़ीम होगा, हमारी जैसी औरतों के लिए जीने का सम्बल है।

आज की लड़कियाँ सोच भी नहीं सकतीं कि हमलोगों का कैसा जीवन था। आश्रम में इतनी कठोर वर्जना, इतना कठोर अनुशासन, अनुशासन के नाम पर घनघोर शोषण था। फिर भी सभी औरतों को वहाँ रहना क्यों अच्छा लगता था?

इसका मतलब था हमलोगों के घरों में हमारी हालत और भी बुरी थी। यहाँ कुछ तो ऐसा मिलता था जो सबों को यहाँ रहना पसन्द था। काम करने के बदले पैसे भी नहीं मिलते थे जो लगे कि पैसे का लोभ होगा। तो क्या मुट्ठी भर अनाज खाने के लिए? नहीं, सभी औरतें मुझसे अधिक सुखी सम्पन्न थीं। बस सिर्फ़ मानसिक आनन्द और आध्यात्मिक तृप्ति या थोड़ी-सी स्वतन्त्रता और गुरुदेव का पितृत्व भरे प्रेम के लोभ से बँधी रहतीं।

यहाँ भले ही माताजी का कठोर अनुशासन और दमन करने की कठोर शिक्षा थी किन्तु वे भी यह नहीं चाहती थीं कि हमलोग मर जायें। हमलोगों के घरों में प्राय: सभी की मृत्यु की कामना और प्रयास परिवार वाले करते ही रहते थे। पिता के जीवन काल तक किसी तरह का निर्वाह हो जाता था किन्तु उसके बाद? कहीं-कहीं पिता भी अपने पितृत्व गुण के स्थान पर पुरुषत्व के अहंकार में कम अत्याचार नहीं करते।

आश्रम में ही हमारी एक गुरु बहन थी-गीता। गीता की इस हालत का ज़िम्मेदार कौन था? स्वयं उसका पिता। गीता को किसी के साथ हँसते-मुस्कुराते देख लेता तो उसका वो हाल करता कि वही मासूम जानती। बिल्कुल भोली-भाली-सी। बाल विधवा। कभी ससुराल गयी ही नहीं थी। जब युवती हो गयी तब ससुराल से देवर मिलने आया। देवर के साथ हँसते-मुस्कुराते देख लिया। उसकी पवित्र मुस्कुराहट को पिता ने खानदान के लिए कलंक मान लिया। उसने फ़रमान जारी कर दिया—जब यह किसी मर्द के साथ हँस-बोल सकती है तो किसी दिन इसके गर्भ में नाजायज़ बच्चा भी आ सकता है और उस दिन के आने का इन्तज़ार मैं नहीं करना चाहता। इस कुल कलंकिनी को ज़िन्दा रखना ही अपने खानदान में कलंक लगाने का आमन्त्रण देना है।

बेचारी गीता। तभी उसके भाग्य से उसके घर के कुछ लोग आश्रम आ रहे थे, वह भी उनके संग चली आयी और गीता को एक आश्रय स्थल मिल गया। वह जब भी हँसती थी, लगता जूही के फूल खिल गये हों। उसकी हँसी एकदम निश्छल थी, बिल्कुल बच्चों जैसी। वह अपने बाल छिलवाती नहीं छोटे रखती, किन्तु उसका चेहरा बिल्कुल कठोर नहीं लगता। वह माताजी की बातों से भी उतनी दुखी नहीं होती। कभी आँखों में आँसू भी रहते और होंठों पर हँसी उसकी निश्छल हँसी पर माताजी भी नाराज़ नहीं होतीं किन्तु उसका जन्मदाता क्रूर पिता ही अपनी बिटिया की निश्छल हँसी का दुश्मन था।

आश्रम में बहुत सारे स्त्री और पुरुष आते-जाते थे। सभी प्राय: सगे भाई-बहन जैसा व्यवहार करते। हमलोग एक पिता की सन्तान की तरह रहते थे। दो-चार लोग थे, जिन्हें थोड़ा घमण्ड-अहंकार था। उसके कारण उन्हें सबों के साथ एक समान व्यवहार करने में कठिनाई थी किन्तु उनकी परवाह कौन करता था? माताजी के इधर-उधर जाते ही हम सब बहनें आपस में ख़ूब बातें करतीं और हँसतीं। इससे मन हल्का हो जाता। अपने सुख-दुख की कहानी आपस में करतीं, माताजी के सामने कौन कैसे व्यवहार करती, इसका नक़ल भी उतारतीं और कभी-कभी झगड़ा भी कर बैठतीं। पर इन सब बातों से तनाव एकदम छँट जाता।

वहाँ का सबसे बड़ा आकर्षण था मेरे गुरुदेव की आँखें, जिसमें हम सबों को प्रेम और करुणा का सागर दिखाई देता था। जब हमलोग सुनतीं कि श्रीकृष्ण ही हमारे प्रियतम हैं और भविष्य में वे ही हमें सँभालेंगे तो मन में अजीब-सी शान्ति और ठण्डक महसूस होती। शास्त्रों में वर्णित गुरु शब्द की महिमा पढ़कर और सुनकर

लगता कि इस अथाह दुख के समुद्र में हम सबों को एक गुरु रूपी ऐसी नौका मिल गयी है जिस पर चढ़कर हम सब पार चली जायेंगी।

हाँ, तो मैं कह रही थी कि सिर्फ़ शची ही नहीं हम सभी भाई-बहन गुरुदेव की सान्निध्यता के लिए तरसते रहते थे। माताजी की सारी कठोरता को हमलोग बर्दास्त कर लेते किन्तु गुरुदेव की सान्निध्यता छीनती हुई वे सबसे अधिक क्रूर लगतीं।

उस दिन चावल की सफ़ाई करनी थी, चावल के ढेर लगे थे। बरामदे में गरुदेव सत्संग कर रहे थे। बाहर से आये हुए स्त्री और पुरुष बैठकर अपने मन में उठते जिज्ञासाओं और सवालों को गुरुदेव के सम्मुख रख रहे थे। वे तर्कपूर्ण, आस्था, विश्वास, प्रेम और भक्ति से लबालब भरे हुए कर्णप्रिय उत्तर दे रहे थे। हम सबों की इच्छा हो रही थी कि चावल की सफ़ाई छोड़कर वहीं जाकर बैठ जायें, किन्तु यह सम्भव कहाँ था। हमलोग अपने कानों को थोड़ा-सा फैलाकर सुनने की कोशिश करने लगे परन्तु परमेश्वरी की उम्र हो गयी थी, वो कुछ भी नहीं सुन पा रही थी। बस, बिना आगे-पीछे सोचे हुए या जो होगा देखा जायेगा, सोचकर वह गुरुदेव के पास जाकर बरामदे में बैठ गयी।

अभी दस मिनट भी कहाँ बीते होंगे, उधर से जयन्ती के साथ माताजी आती दिखीं। परमेश्वरी ने अपने सिर के आँचल को थोड़ा और नीचे खींचा, तब तक माताजी उसे आवाज़ दे चुकी थीं। वे क्रोधित मुद्रा में थीं। आगे-आगे माताजी उनके पीछे डोर से बँधी हुई खिंचती जयन्ती और उसके पीछे बिना डोर की बँधी हुई परमेश्वरी के जाते ही महिला कक्ष का दरवाज़ा बन्द हो गया।

—कोर्ट की कार्रवाई शुरू। पूनम ने फुसफुसाकर कहा।

—जाओ न, जाकर देखो आख़िर क्या बात है?

—तुम्हीं जाओ न शची, माताजी सबसे कम क्रोध तुम्हीं पर तो करती हैं।

—तो क्या चाहती हो? मैं जाकर उनकी कोप भाजन बन जाऊँ।

—नहीं, तुम पर कम ग़ुस्सा करती हैं? मैंने कहा।

—इसकी क़ीमत भी तो चुकाती हूँ सबसे ज़्यादा मन को भी तो मारती हूँ और सच पूछो सावित्री अब मन को मारने की ज़रूरत भी नहीं पड़ती, मन लगता है बिल्कुल मर गया हो। मैंने जब पहली बार बाल छिलवाया था, अपना ही चेहरा देख डरकर चीत्कार मार गिर गयी थी किन्तु अब चेहरा देखती ही नहीं, क्या देखूँ?

श्रीकृष्ण कहते हैं, मनुष्यों के द्वारा प्रकृति पर किया गया सबसे बड़ा उपकार है उनकी हँसी और मैं उस हँसी को कहाँ छोड़ आयी, अपने पति के परिलोक गमन के साथ, वो भी कैसे पति? जिसे मैंने देखा भी नहीं है। न तो मैं ईश्वरीय वाणी का

पालन कर रही हूँ और न सांसारिक, फिर करूँ भी तो क्या? अब यही मेरी नियति है। अब यही मेरी स्वाभाविक वृत्ति बन गयी है। सारी आशाएँ, आकांक्षाएँ कब की तिरोहित हो चुकी हैं मैं ख़ुद नहीं जानती। मुझे पुरुषों से नफ़रत हो गयी है। यह बिल्कुल सच है मैंने माताजी को ख़ुश करने के लिए कम्बल नहीं धोया था। किसी भी मर्द से स्पर्शित कोई भी वस्तु अब मेरे शरीर को स्पर्श करती है तो लगता है जैसे अंगारे पड़ गये हों। आज ये जो मेरे ही नहीं हम सबों के जीवन में जो दुख है, उसका कारण कौन है, वही मर्द जिसने सिर्फ़ अपनी उपस्थिति दर्ज कराकर हमसबों की ज़िन्दगी को नरक बना दिया। और तू क्या सोचती है ये प्यार से बोलने वाले मर्द, वे क्या हैं? वे मेरी ज़िन्दगी में आकर मेरे शरीर से आनन्द तो उठाना चाहते हैं और साथ ही बदनामी का भय दिखाकर हमेशा अपने चंगुल में दबाकर रखना चाहते हैं और स्वयं मुस्टण्डों के समान मूँछ पर ताब फेरते रहते हैं।

बस मेरा मन मर्द जाति से ही फट गया। नहीं लगना है मुझे सुन्दर। क्या करूँगी सुन्दर लगकर कोई आकर्षित होकर ही क्या देगा? केवल बदनामी और यदि मैं भी आकर्षित हो गयी और शारीरिक स्तर पर सम्बन्ध भी बन गये तो क्या होगा उसके बाद, अनचाहा गर्भ और उसके बाद आत्महत्या के सिवा क्या रास्ता होगा? बस मैं अब ऐसी ही बन गयी हूँ औरत नहीं रही सारी कोमल भावनाएँ समाप्त हो गयीं, शिला बन गयी हूँ। पर एक बात कहूँगी तुमलोग कभी शिला मत बनना। माताजी मेरी कितनी ही प्रशंसा क्यों न करें, तुम लोग मेरी तरह मत बनना। बहुत तकलीफ़ के दौर से गुज़रना पड़ता है। शची की आँखों में आँसू थे।

आगे-आगे परमेश्वरी और उसके पीछे जयन्ती निकली। जयन्ती के हाथ में एक छोटा-सा बक्सा था, उसे रखा और गुरुदेव को प्रणाम कर जाने लगी।

—अचानक जा रही हो? भोजन किया? साथ में कौन है? गुरुदेव ने कहा?

—गुरुदेव पास में ही मेरा ननिहाल है आज वहीं जा रही हूँ। दो-तीन दिन वहीं रहकर किसी को साथ लेकर वीरगंज चली जाऊँगी।

जयन्ती चली गयी तब परमेश्वरी ने धीरे-धीरे बताया—

—जयन्ती को माताजी ने कहा, "अभी आश्रम से निकलो।"

—क्यों क्या बात हुई?

—बात सच में क्या है यह तो जयन्ती ही जानती है पर माताजी ने उसे आज आश्रम के बाहर जो आम का बग़ीचा है, उसमें चादर बिछाकर रामानुज के साथ एकान्त में बैठकर बातें करते हुए स्वयं अपनी आँखों से देख लिया। बस फिर क्या था अपने साथ अन्दर ले गयीं और उबल पड़ीं।

—तुम पति वाली होकर! मन नहीं भरता तुम्हारा। अपने पति को तो पागल बनाकर घर से बाहर निकाल दी हो। तुम्हारी जैसी औरत का पति पागल नहीं होगा तो क्या करेगा? पति को पागल बना दिया है और यहाँ आश्रम आयी है मन की शान्ति के लिए और अन्दर सत्संग छोड़कर दूसरे पुरुष के साथ गुलछर्रे उड़ा रही है। वेश्या से भी बदतर हो तुम। अभी तुरन्त यहाँ से निकलो। कभी भी यहाँ आयी और रामानुज से दूसरी बार बातें करते हुए देख लिया तो हमेशा के लिए यहाँ का दरवाज़ा बन्द।"

"मेरे जीते जी यहाँ कोई पाप-पुण्य नहीं हो सकता है। जो करना है करो, जीओ या मरो या नरक में जाओ इस आश्रम की चहारदीवारी के बाहर..."

—उसने कुछ नहीं कहा?

—कहा था

—माताजी मुझे उनसे ज़रूरी बात करनी थी, इसी से सत्संग छोड़कर गयी थी। मेरे पति का पिता भी पागल था। वह मेरे कारण क्यों पागल होगा? मैं उसे घर से क्यों निकालूँगी, कब गेट खोलकर कहाँ चला गया, कुछ पता नहीं चल रहा है। बस उन्हें खोजने के लिए ही मारी-मारी फिर रही हूँ। तीन छोटे-छोटे बच्चे हैं। रामानुज तो मेरे भाई के समान हैं, उनसे भी कहा था अपने पति को खोजने के लिए। उसी के सम्बन्ध में पूछ रही थी। कहकर रोने लगी।

बन्द करो अपना रोना धोना। आँसू दिखाकर औरत क्या नहीं करा सकती है, किन्तु किसी मर्द को दिखाकर। मैं मर्द नहीं हूँ, बड़ी आयी पतिव्रता बनने। पति घर छोड़कर चला गया है, दस दिन से कुछ पता नहीं है और ये चेहरा और ये शौक़ मौज। अभी जाती हो कि गुरुदेव के सामने भरे समाज में जलील होना चाहती है।

—बस वह डर गयी और चली गयी।

—रामानुज को कुछ कहा कि नहीं? मैंने पूछा?

—नहीं वह तो पुरुष है? इसी से तो इस जाति से नफ़रत है मुझे। शची ने नफ़रत से भरकर कहा।

—और आपको क्यों बुलाया था? मैंने पूछा?

—मुझे? हाँ मेरा अपराध था कि मैं चावल की सफ़ाई करना छोड़ मुँह उघाड़े गुरुदेव और अन्य पुरुषों के सामने बैठी थी।

माताजी ने मुझे समझाया—जयन्ती व्याभिचारिणी हो जायेगी नाजायज गर्भ के लिए पति का साइन बोर्ड टाँग लेगी किन्तु तुम राँड़ लोग क्या करोगी? आश्रम को ही बदनाम करोगी। इसी से हाथ-पैर समेट कर रखो। कम भोजन करो और हमेशा काम में अपने को व्यस्त रखो ताकि मन में वासना उठे ही नहीं।

जाओ जाकर चावल की सफ़ाई करो। मैं तो इतने में ही छूटी, पर वह बड़बड़ा रही थीं—क्या होगा? भगवान ही जाने घोर कलियुग आ गया है। तुलसीदास कह ही दिये हैं औरतें अब कैसी होंगी? सती नारी तो मिलनी मुश्किल। चाहे विधवा हो या सघवा, सब की सब वेश्या।

मैं सस्ते में छूटकर आ गयी।

तीन बज चुके थे। मेरे हिस्से का चावल बिनने का काम समाप्त नहीं हुआ था। असल में होता यह था कि गुरुदेव की बातें सुनने में दिमाग़ बँट जाता और हाथ की गति में भी शिथिलता आ जाती। जब चावल सफ़ाई कर उठी तब भूख के मारे आँतें बिल बिला रही थीं। भूख से पेट में ऐंठन हो रही थी। मैंने माताजी से जाकर कहा—"माताजी मेरे पेट में बहुत दर्द हो रहा है।"

—थाली भर कर खा लेती हो, पेट के हिसाब से तो खाती नहीं हो। पेट तो दुखेगा ही। वैसे भी कहती हूँ कि कम खाओ मन में विषय वासना नहीं जायेगा। जाकर आराम करो और रसोई में जाकर बोल दो रात में तुम्हारी रसोई नहीं बनायेगा।"

हे भगवान! भूख से मेरी आँतें ऐंठी जा रही हैं और रात का भी खाना बन्द। दिनभर एक तिनका भी मुँह में नहीं रखा है।

—"माताजी, मैं एक थाली कहाँ से खाऊँगी, जब मुँह में ग्रास डाला ही नहीं था।" मैंने घिघयाते हुए कहा था।

माताजी ने मेरी बात अनसुनी कर दी क्योंकि उसी समय ब्रह्मचारिणी दीदी आ रही थीं। मैं भी रसोईघर चली गयी, जो कुछ बचा-खुचा था जल्दी-जल्दी मुँह में डाला तब जाकर पेट की ऐंठन समाप्त हुई।

अब मैं ससुराल भी आने-जाने लगी थी। दिन-दुनिया देख रही थी। मेरे भी आँख-कान खुल रहे थे। रघुराज सिंह मेरे गुरुभाई थे हाईकोर्ट के बहुत बड़े वकील और गुरुदेव के परम भक्त। जब उन्होंने मेरे बारे में जाना तो कहा—आप अपने ससुराल जाइए और अपने हिस्से की माँग कीजिए और यदि नहीं देगा तो मैं कोर्ट से नोटिस भिजवाऊँगा, उसे बता देना। मैंने गाँव में जाकर ऐसा ही कहा, किन्तु कौन मेरी बात पर यक़ीन करने के लिए बैठा था। मैंने वकील साहब को पत्र लिखा और एक नोटिस आ गया। उस समय के लोग, नोटिस मिलते ही हड़बड़ा गये। जैसे कोर्ट का आदेश आ गया। तुरन्त सुलह समझौते के मूड में आ गये।

देखो बहू, ठीक है तुम वैष्णवी बन गयी हो अलग खाओगी, किन्तु खेत बाँट कर क्या करोगी, खेती तो ख़ुद करोगी नहीं। हमलोग तुम्हारे परिवार के समान ही हैं। ऐसा करो कि सालभर का जो अनाज है उसकी पैदावार ले लो। पैदा भी किसी साल

होता है, किसी साल बाढ़ आ जाती है किन्तु तुम कहो तो हम इतना कर सकते हैं कि बाढ़ आये, सूखा पड़े या सोना उपजे, तुम्हारे सालभर में तय किये हुए अनाज मिल जायेंगे।

मुझे भी कहाँ लड़ाई करनी थी? सच पूछिए तो मेरी इच्छा भी नहीं थी कि उस जगह से एक दाना भी अनाज का लूँ। जिस व्यक्ति को मैंने ठीक से देखा भी नहीं और न जानती भी उसकी सम्पत्ति पर किस सम्बन्ध से दावा कर रही थी। क्या इस वैधव्य के बोझ ढोने का हर्ज़ाना। मुझे ग्लानि हो रही थी किन्तु मेरे पास कोई चारा नहीं था। कहीं से एक पैसे आने की उम्मीद भी नहीं थी।

सालभर में बारह मन धान और दस मन खेसारी की दाल हिस्से में आयी। खेसारी की दाल कोई खरीदने को तैयार नहीं, क्योंकि इसको खाने से हाथ-पैर टेढ़े-मेढ़े हो जाते हैं। मुझे क्या था, हाथ-पैर टेढ़े हैं या सीधे कौन देखने बैठा था। उसी से धान को तो बेच देती और उसी खेसारी को पीसकर उसी की रोटी भी खाती और दाल भी।

पीहर या ससुराल कहीं भी रहने की इच्छा नहीं बची थी। इतनी विपरीत परिस्थितियों में भी आश्रम ही एकमात्र अपना लगता। सच कहूँ तो आश्रम अब अपना घर लगने लगा था। इस अपनापन ने मेरे अन्तर्मन में अधिकार के भाव को अंकुरित करना प्रारम्भ कर दिया। कर्तव्य के बाद अधिकार खोजना मानवीय स्वभाव है। किन्तु यह तो गड़बड़ मामला था। आश्रम का प्रबन्धन मेरे काम के प्रति समर्पण का भाव खोजता था किन्तु अधिकार कहाँ। मैं ठिठक गयी। अपनी सीमा को पहचान गयी।

उस दिन बाल झाड़ रही थी। बाल कुछ बढ़ गये थे। गीता से कह भी दिया था कि बाल काट दे कि इतने में माताजी आ गयीं—

—"राँड़, एक घण्टे से आईने में सूरत निहार रही है। बाल फैलाकर किसको रिझाना है, जो ये फैशन। तुमलोगों का पति मर गया किन्तु फैशन नहीं गया, न लाज है न शरम। अपना नहीं तो कम-से-कम आश्रम का लाज रखो।"

मेरी आँखों से झर-झर आँसू गिर रहे थे। मैं मन-ही-मन अपने को अपराधिनी समझ रही थी। पहले ही बाल क्यों नहीं कटवाये। एक सप्ताह से गीता को कह रही थी, आज-कल कहकर टाले जा रही थी। उसी समय आवेश में उठकर अपने ही हाथों कैंची से बालों को धकच दिया। कहीं छोटा, कहीं बड़ा, कुछ भी होश नहीं।

उस दिन के बाद आज तक बाल थोड़ा-सा भी बढ़ता है तो हाथ में ख़ुद-ब-ख़ुद कैंची आ जाती है।

मुझे इस तरह अपने बाल काटते देखकर सबसे अधिक दुख पत्थर की बनी शची को हुआ था। मैंने देखा उसकी आँखों में आँसू भरे थे। उसने गुरुदेव को भी शायद कुछ बताया तभी तो उन्होंने प्रार्थना के बाद माताजी से कहा—

"सावित्री हमारी पुत्रीवत है। इतनी दुखी है, उसे आप थोड़ा-सा प्यार, स्नेह नहीं दे सकतीं? सभी आपको माताजी कहती हैं और आपमें मातृत्व का अहसास तक नहीं। आप इतने लोगों की माता होकर भी माँ नहीं बन सकीं। दिन-रात यशोदा मैया के गीत गाती हैं? क्या वे कोरे शब्द हैं, सिर्फ़ गाने और सुनने के लिए हैं कि जीवन में उतारने के लिए हैं? आपका हृदय है या शिला। मर्यादा का ख़याज रखना चाहिए किन्तु इतना भी नहीं कि मानव न रहकर पत्थर बन जायें। जिसका मन दुखियों को देखकर भी द्रवित नहीं होता वो क्या धार्मिक होने का दम्भ करेगा। यह धर्म नहीं पाखण्ड है।"

माताजी ने महिला खण्ड में आते ही आसमान को सिर पर उठा लिया। "आज तक इन्होंने मुझे कुछ भी नहीं कहा था किन्तु आज इस राँड़ के कारण मुझे क्या नहीं सुनना पड़ा। मैं पाखण्डी हो गयी। जिस धर्म के सहारे मैंने पूरा जीवन काटा। भरी जवानी में मैं भी उन्हीं के संग ब्रह्मचर्य और संन्यास का व्रत लिया और आज मैं पाखण्डी हो गयी। सब इस कुलटा के कारण। त्रिया चरितर दिखाकर गुरु को भी भ्रष्ट करना चाहती है। ऐसी-ऐसी औरतें यहाँ रहेंगी तो आश्रम की पवित्रता क्या ख़ाक रहेगी? गुरु को भी पवित्रता के सिंहासन से गिराकर दम लेगी। ज़रूर अपने गाँव से कोई गुल खिलाकर आयी है। गुरु भी इसके रूप पर लट्टू हो गया है।"

मैं तो सन्न रह गयी। हे भगवान क्या करूँ? गर्दन को कहाँ घुसा दूँ। मेरे लिए कोई बात नहीं कुछ भी कहें किन्तु गुरुदेव मेरे जीवन के एकमात्र सम्बल, जो मेरे लिए माता-पिता, ईश्वर सभी कुछ थे। जिन्हें मैंने हृदयाकाश में ईश्वर मान कर बैठा रखा था। उन्हें मेरे कारण कुछ सुनना पड़े, इतनी व्यथा नहीं सह पा रही थी।

मेरी उम्र अब लगभग पैंतालीस साल की हो चुकी थी। गुरु माता के विष से बुझे शब्द हृदय को छलनी बना चुके थे। राँड़-राँड़ शब्द सुनते-सुनते कान पक गये थे। मैं इस शब्द से हमेशा के लिए पीछा छुड़ाना चाहती थी। मैं बाल ब्रह्मचारिणी तो नहीं बन सकती किन्तु संन्यासिनी तो बन सकती थी। संन्यासी तो न विधवा है, न सधवा, न कुमारी है, न विवाहिता।

गुरुदेव ने भी कहा—"तुम संन्यास लो और वृन्दावन जाकर वहीं रहो और भजन करो।"

उस पूरी रात मैं सो नहीं पायी। इस ख़ुशी से कि अब मैं भी सन्त बन जाऊँगी। अब मेरी हैसियत वो नहीं रहेगी जो कल तक थी। अब कोई मुझे राँड़ नहीं कह पायेगी। अब मैं यहाँ से भी दूर, बहुत दूर वृन्दावन चली जाऊँगी। वहीं वृन्दावन जहाँ मधुर-मधुर वंशी बजती है।

मैंने धान बेचकर कुछ पैसे जोड़े थे। लगभग तीन सौ रुपये। बस वही मेरी पूँजी थी। इसे सहेज कर रखा था कि जब संन्यास लूँगी तब ख़र्च करूँगी। मेरे जीवन में कभी उत्सव के क्षण नहीं आये पर आज मरने का महोत्सव मनाना चाह रही थी। संन्यास क्या है? इस जीवन की मृत्यु और नया जन्म। अपने इस नये जन्म पर अपनी सारी पूँजी लुटा देना चाहती थी।

जब मैं शहनाई वाले को बुला लायी तब माताजी ने भी पहली बार हँसकर कहा—"पागल हो गयी है क्या? संन्यास में कोई शहनाई बजाता है?"

—हाँ, माताजी मैं पागल ही हो गयी हूँ। मेरे जीवन के सारे महोत्सव आज ही तो हो रहे हैं।

शहनाई की आवाज़ मेरे कानों में आ रही थी। मैं मन-ही-मन सोच रही थी कि यह मेरा संन्यास है या श्रीकृष्ण के साथ मेरे परिणय की गूँज।

संन्यास हो गया। सीतानगर छोड़कर अब वृन्दावन जाना तय हो गया। वृन्दावन धाम अपने प्रियतम के धाम। मन में एक नवीन उत्साह नयी जगह जाने का उत्साह भी था और भय भी। तरह-तरह की आशंका भी थी और ख़ुशी भी, भय मिश्रित ख़ुशी।

पर एक दुख मन को कातर बना रहा था, गुरुदेव से बिछुड़ने का दुख।

वृन्दावन जाने के पहले पीहर और ससुराल दोनों जगह गयी। इतने लम्बे अन्तराल के बाद जब पीहर पहुँची तब बचपन की सारी स्मृतियाँ मिनटों में चलचित्र की भाँति घूम गये। अब मैं संन्यासिनी हो गयी थी, न कोई मेरा भाई था, न भावज और न भतीजे-भतीजियाँ।

किन्तु आँगन के सभी लोग मेरे सम्बन्धी बने हुए थे। अपने छोटे-छोटे बच्चों को मेरे पैरों पर डाल कह रहे थे—"ये आपका भतीजा है तो पोता, भतीजी है तो पोती, नाती है तो नतनी, इसे आशीर्वाद दीजिए।"

वाह रे दुनिया, जब व्यक्ति तुम्हारे लिए पराया हो जाता है तो तुम उसकी इज़्ज़त बढ़ा देते हो और जब वह तुम्हारा बनकर जीना चाहता है तो उसे अपने पैरों तले मर्दन करते हो।

जब वहाँ से चली तो मेरी आँखें भर आयीं। दादी, माँ, पिताजी मानो सबसे अभी-अभी मैं अन्तिम विदाई ले रही थी। मैं महसूस कर रही थी, उन सबों के हाथ

आशीर्वाद देने की मुद्रा में उठे हुए हैं। जिस भाई ने पन्द्रह साल से उलटकर मुझे देखा नहीं था फिर भी पता नहीं क्यों चलते वक़्त मैं अपने जज़्बात पर काबू नहीं रख पायी। हालाँकि अब मैं संन्यासिनी हो चुकी थी उससे मेरा कुछ रिश्ता नहीं था किन्तु वह मुझे बहुत थका-थका कमज़ोर लग रहा था। मेरी स्मृति में वही पुनु आ गया जो मेरी अँगुलियों को पकड़कर दीदी-दीदी कहते थकता नहीं था।

ससुराल में आने पर सबों ने, बड़ी-बूढ़ियों तक ने भी-भी आकर पैर छुये। धीरे-धीरे सास भी आयी—"तुम तो अब साधु-सन्त बनकर भगवती हो गयी हो, मेरे अपराध क्षमा करना।"

मुझे अन्दर-ही-अन्दर हँसी भी आयी, जैसे मैं अब वो औरत बन गयी हूँ जिसके शरीर पर देवता खेलता है। देवता खेलने के समय वह औरत अपने शरीर को ज़ोर-ज़ोर से हिलाती है और घर, गली, मुहल्ले के लोग अपने बाल-बच्चों को को लेकर उसके पैरों पर गिरते हैं, क्षमा माँगते हैं और वो औरत हुकारे भरती है।

मुझे लग रहा था शायद मैं भी हिल रही हूँ और सब लोग... मुझे हँसी आ गयी पर सास शोक की मूर्ति नज़र आ रही थी। सारी ठसकें ग़ायब। दीन-हीन बेचारी थी। श्वसुर कहीं नज़र नहीं आया। देवर अपने बाल-बच्चे सहित भाभी-भाभी कर रहा था।

मेरे हिलने से भी अधिक वह इस बात से सशंकित था कि कहीं मैं अपने हिस्से न माँग लूँ। अपने बच्चे को आगे करके हाथ जोड़ते हुए उसने कहा—

"भाभी इसे देखिए, आपका ही बेटा है। इसे मैं आपकी ही सेवा में दे दूँगा।"

मुझ छिनाल की सेवा, मैं मुस्कुरायी कुछ कहा नहीं। मैंने कहा—मैं हमेशा के लिए वृन्दावन जा रही हूँ। वहीं भिक्षा करके भजन करूँगी। अब मुझे आप लोगों से कुछ नहीं चाहिए। देवर रोने का अभिनय करते हुए कहने लगा—"भाभी आप भिक्षाटन करेंगी, यह सुनकर लगता है मेरा कलेजा फट रहा है।"

मन-ही-मन सोचा कि यदि कहूँ कि सब दिन यहीं रहूँगी तो इसी कलेजे पर दाल दलते हुए दिखूँगी।

जब चलने लगी तो सास बुक्का फाड़कर रो उठी। उसकी आँखों में दर्द था।—"आज मेरी बहू हमेशा के लिए इस घर से जा रही है भिक्षा माँगकर खायेगी और मैं यहाँ रहकर क्या करूँगी? मुझे भी साथ ले चल।"

—आपके तो पति हैं माँजी। बुढ़ापे में एक दूसरे का सहारा बनेगी।

—पति कहाँ? मैं तो पति रहते राँड़ हो गयी। पाँच साल हो गये उसने मेरी शक्ल भी नहीं देखी है।

—क्यों?

—"मर्द की जात। अपनी बीबी छोड़ दुनिया की सब औरत अच्छी लगती हैं। मैं तो कभी उसकी थी ही नहीं। जब गड़बड़ करना होता तो मुझे एकाध गहने देकर ग़ुलाम बना लेता और मैं गहने के लोभ और चमक में खोकर सारी बातों को विस्मृत कर देती। तुम्हारे साथ भी तो मैंने गले की हार की चमक में खोकर कैसा व्यवहार किया था? आज भी उस बात को याद करती हूँ तो मुझे अपने आप से घृणा होती है।" वे चुप हो गयीं।

मैंने उनकी ओर आँख उठाकर देखा, आँखों में तो आँसू थे किन्तु गले, नाक, कान भी सोने से लदे थे। मैंने पूछा—हुआ क्या?

—होना क्या था? जो भी थोड़ी-बहुत इज़्ज़त थी पूरे गाँव में नीलाम कर दी। उसकी मूँछें और बलिष्ठ शरीर देखकर कोई कुछ नहीं कहता। किन्तु सब मेरी ओर देखकर व्यंग्य से मुस्कुराते हैं।

—क्यों?

—पहले से बच्चू बाबू की लठैती करते थे किन्तु उनके मरने के बाद लोग तरह-तरह की बातें करने लगे। दिन-रात वहीं रहते सिर्फ़ दिन का भोजन करने के लिए घर आते। उस दिन भोजन करने देर से आये। थोड़े थके-थके लग रहे थे। बाल में बहुत ज़्यादा तेल लगा था। पूछा—"बहुत देर हो गयी तबीयत ठीक है न?"

—"ठीक ही है, सिर में दर्द था बच्चू बाबू की पत्नी ने तेल लगा दिया है अब ठीक है।"

इतने में तुम्हारी देवरानी थाली लेकर आयी, बुरा-सा मुँह बनाया। मैं अपने को नहीं रोक सकी—"क्या ज़रूरत है अब उनके यहाँ रहने की। उम्र भी नहीं रही लठैती की, लोग-बाग बातें भी बनाते हैं।"

बस, इतनी ज़ोर से चाँटा पड़ा कि मैं गिर गयी। उसके बाद और भी पिटाई हुई किन्तु मैं एक चाँटे में जो होश खोई तो पूरे अड़तालीस घण्टे बाद होश आया। सब लोग टाँग कर जयनगर ले गये। पूरा गाँव देखने गया सिर्फ़ उस राक्षस को छोड़कर।

चाँटा मारने के पहले ही एक पंक्ति कहा था—"मुझे भोजन कराने का जो सुख मिलता है, अब जीते जी नसीब नहीं होगा और सच, उसने यह सुख मुझसे छीन कर अपने जीते जी मुझे राँड़ बना दिया।

मुझे लगा अभी भी वे उसके लौट आने का इन्तज़ार कर रही हैं।

किन्तु अब मुझे किसी का इन्तज़ार नहीं था, मेरे प्रियतम मेरे साथ थे और मुझे वृन्दावन ले जा रहे थे। इस अहसास ने मेरे अन्दर इतना आनन्द भर दिया था कि

मुझे किसी से कोई शिकायत रह ही नहीं गयी। सब-के-सब मुझे श्रान्त-क्लान्त और दुखी लग रहे थे। मैं अपने आपको सबसे सुखी मान रही थी क्योंकि मैंने कभी न बिछुड़ने वाला प्रियतम और सखा जो पा लिया था।

मैं आश्रम में आकर प्रियतम के धाम वृन्दावन जाने की तैयारी करने लगी। तैयारी करते वक़्त भी विश्वास कहाँ था कि वृन्दावन जा सकूँगी। विश्वास तो तब हुआ जब टिकट कटकर मेरे हाथ में आ गया। किन्तु गुरुदेव से बिछुड़ने की कल्पना से भयभीत हो गयी। उस वटवृक्ष की छाया में जीवन के बीस साल बिताई थी।

उस समय माताजी की कठोरता स्मरण ही नहीं आ रही थी। जिस माताजी के लिए मेरे मन में कभी भी अच्छे भाव नहीं आये, अचानक उनकी जगह ख़ुद को रखकर सोचने लगी। माताजी इतनी कठोर क्यों हो गयी? उनके तीन-तीन युवा पुत्रों की असमय मृत्यु हो गयी थी। गुरुदेव तो ज्ञानी थे किन्तु माताजी! वे तो माँ थीं और संन्यास धर्म ने उन्हें खुलकर रोने भी नहीं दिया। अन्दर-ही-अन्दर अपने दुख को दबाकर वे कठोर हृदय की बन गयी होंगी। अनिच्छापूर्वक संन्यास ने भी उन्हें शुष्क बना दिया होगा।

उनके अपने संस्कार थे। स्त्री-पुरुष के सम्बन्धों को लेकर उन्होंने जो विचार बनाया था, उसे ही सत्य मानती थीं। उन परम्पराओं और अन्धविश्वासों से अपने को मुक्त नहीं कर पायी थीं। इसी से आश्रम की पवित्रता भंग न हो जाये, तरह-तरह की ज्यादतियाँ करती थीं। धर्म शास्त्रों में भी तो विधवाओं को लेकर इतने नियम-क़ानून बने हैं और वे महिला होने के कारण उनका अक्षरश: पालन ही तो करती थीं।

फिर गुरुदेव उनके पति थे, भले ही महात्मा हो गये थे। उन्हें नहीं बर्दास्त होता होगा, किसी महिला के प्रति उनका संवेदनशील होना।

मेरा मन शान्त होता जा रहा था। बैर-वैमनस्य सभी तिरोहित हुए जा रहे थे। मैंने माताजी से कहा—माताजी मेरे कारण आपको जो भी कष्ट हुए उसके लिए माफ़ करेंगी। आप मेरी माँ समान हैं।

—"मैंने तुम्हें जो कुछ कहा तुम्हारी भलाई के लिए" कहकर वे चुप हो गयीं।

आश्रम का एक-एक कोना मुझे अपनी ओर खींच रहा था। आश्रम की गायें तक मेरी ओर प्यार और करुणा से निहार रही थीं। सभी भाई-बहनें उदास भी थे और ख़ुश भी।

तुलसी, शची, पूनम ने कहा—आप जाइए और गोविन्द से कहियेगा कि हम लोगों को भी बुला लें।

किन्तु गुरुदेव को छोड़कर जाने की कल्पना मेरे वृन्दावन जाने के आनन्द को अपनी उदासीनता में बदल रही थी। मेरी समझ में यह नहीं आ रहा था कि मैं ईश्वर से क्या प्रार्थना करूँ? तभी गुरुदेव ने मुझे इस द्वन्द्व के सागर से निकाल लिया।

तुम अकेले वृन्दावन नहीं जा रही हो। हमलोग भी तुम्हारे साथ चलेंगे, तुम्हारे रहने की व्यवस्था कर एक महीने श्री धाम में रहकर वापस आयेंगे। मेरे दोनों हाथ में लड्डू थे।

ट्रेन तेज़ी अपने आपको दौड़ाती जा रही थी और पीछे छूटते जा रहे थे मेरे गाँव, खेत-खलिहान। हरे-हरे धान के खेत जिसमें बचपन में घण्टों दौड़ती रहती थी जो आज भी मखमली घास की तरह बहुत दूर तक फैली नज़र आ रही थी। सभी छूटते जा रहे थे। अचानक मैं अकेली महसूस करने लगी। हालाँकि मेरे साथ गुरुदेव और पन्द्रह-बीस गुरु बहन और भाई थे। पर उन सबों को लौटकर आना था और मैं तो हमेशा के लिए यहाँ से निर्वासित होकर जा रही थी।

मुझे लग रहा था मेरा घर-परिवार सभी मुझसे छूटते जा रहे हैं। मेरी आँखों में आँसू भर गये किन्तु किसके लिए? कौन मेरा परिवार था? कौन मेरे जाने से दुखी हो रहा होगा?

और मैं वृन्दावन आ गयी और आजतक यहीं हूँ। चालीस वर्ष हो गये। बस यही इच्छा है यहीं मृत्यु हो जाये। बस इसी आस के साथ ज़िन्दगी काट रही हूँ कि गिरिधारी के धाम में शरीर छूट जाये और सूक्ष्म शरीर उनकी सेवा में चली जाये।

मैं चुप हो गयी, थक गयी थी। बोलते-बोलते गला रुँध भी गया थी। श्रोता में इन्दिरा भी आ गयी। उसने कहा—अम्मा, अब आप आराम करें चलते-चलते वृन्दावन तो पहुँच चुकी हैं, अब कल हमलोग आपकी वृन्दावन की लीला सुनेंगे। वृन्दावन की कुंजगलिन में आपने गोविन्द के साथ कैसी लुका-छिपी खेली।

रात काफ़ी हो चुकी थी इन्दिरा की आँखों में नींद कहाँ थी, जितनी ही कोशिश करती नींद उतनी तेज़ी से भागती प्रतीत होती। वह सोचती रही सावित्री माँ ने अपने जीवन में कितने संघर्ष किये। कितने दुख देखे। हालाँकि आज भी महिलाओं को अपनी ज़िन्दगी जीना आसान नहीं है। यह सच है आज औरतों को लेकर समाज संवेदनशील नहीं है। आज भी उन्हें शक की नज़रों से देखा जाता है। लेकिन दृष्टिकोण बदला है, बदल रहा है। यह दृष्टिकोण ऐसे ही नहीं बदला है। इन्हीं सावित्री माँ जैसी औरतों के संघर्ष ने आज की औरतों के पैर के नीचे ज़मीन होने का अहसास दिया है। समाज में बदलाव कोई एक दिन में नहीं आता। क्रान्ति भी, सैकड़ों वर्षों के इतिहास का ही फल होता है।

सावित्री माँ और उनके दुखों को मैं सलाम करती हूँ। सिर्फ़ सामाजिक रूढ़ियों की वजह से उन्हें इतने दुख झेलने पड़े। आख़िर क्या फ़र्क़ है पुरुष और स्त्री में। विधवा होने की इतनी बड़ी सजा।

स्वयं गाँधीजी ने कहा है कि मैं प्रारम्भ में नहीं चाहता था कि विधवाएँ पुनर्विवाह करें। मैं चाहता था वे ब्रह्मचर्य का पालन करें। किन्तु फिर मेरे ज़ेहन में ख़याल आया कि सिर्फ़ विधवाएँ ही क्यों विधुर क्यों नहीं? जब विधुर शादी किये बिना नहीं रह सकते तो विधवाओं से क्यों आशा रखें। किसी ने गाँधीजी से पूछा—"बापू, आख़िर आपकी दृष्टि में विधवाओं के विवाह की आयु सीमा क्या होनी चाहिए?" गाँधीजी ने अत्यन्त सरल ढंग से कहा था—"वही जो विधुरों की सीमा है।"

पुनः गाँधीजी ने कहा यह किस दुनिया की रीति है कि जो काम पुरुष कर सकते हैं स्त्रियाँ नहीं। इस तरह के नियम इसी से बने हुए हैं कि इन नियमों को बनाने वाले पुरुष हैं तो उन नियम का पालन स्त्रियों को क्यों करना चाहिए जिसे बनाने में उनकी कोई भागीदारी नहीं है। गाँधी ने पुरुष समाज को भी सचेत किया है, सावधान नहीं तो परिणाम बहुत भयंकर होंगे। रातभर सोचती रही, बापू आख़िर कब हमलोग सुधरेंगे?

वृन्दावन की कुंज गलिन में

सवेरे जब इन्दिरा की नींद खुली तो उसे लगा कहीं जाना है, जल्दी तैयार होना है पर कहाँ जाने के लिए? तभी ध्यान आया, अरे हाँ सावित्री माँ को वृन्दावन में पहुँचाकर छोड़ दिया है। हाल में गयी तो सभी वृद्धा माताएँ जल्दी-जल्दी तैयार हो रही थीं, जैसे भागवत पाठ सुनने जाना है।

इन्दिरा ने पूछा—आज आप सभी बहुत जल्दी तैयार हो गये हैं?

—पाठ सुनना है न? श्रीमती पाल ने कहा।

—कहाँ पाठ सुनने जायेगी? बंगला में या हिन्दी में पाठ हो रहा है?

—अरे नहीं बिटिया, अम्मा का पाठ, वृन्दावन वास का पाठ? शायद अम्मा बतायें कि वृन्दावन में उसे श्रीकृष्ण के दर्शन हुए? ज़रूर हुए होंगे जिसने अपनी सारी ज़िन्दगी उन्हीं के सहारे काट दी, उन्हें तो हुआ ही होगा। हमलोग तो बुढ़ापे में बेटे-बहू की ठोकरें खाकर यहाँ पड़े हैं और आज भी मन के किसी कोने में ये आस लगाये बैठी हूँ कि काश, एक बार वे आकर कहें—चलो अम्मा।

—लेकिन मैं अब नहीं जाना चाहती, इसके लिए नहीं कि मुझे वृन्दावन के प्रति इतनी श्रद्धा है, बल्कि इसके लिए कि मैं उनके साथ रहकर भी वहाँ बिल्कुल अकेली रहूँगी। उपेक्षा का दंश चौबीसों घण्टे मुझे भुगतना मंजूर नहीं, अपनों के बीच परायों और बेगानों की तरह रहने से अच्छा है परायों की बीच अपनों की तरह रहना।

—अब बचे-खुचे दिन हैं भगवान का नाम जपते हुए कट जाये। पूरी ज़िन्दगी ऐशो-आराम से काटा, क्या मिला? सावित्री माँ के कष्ट ने कम-से-कम उन्हें ईश्वर के नज़दीक पहुँचाया। टुम्पा चौधरी में कहा।

—लेकिन कितना कष्ट, कितना संघर्ष पूरी ज़िन्दगी ही जैसे व्यथा की ही कथा हो?

—शायद अब व्यथा का अन्त हो जाये। वृन्दावन आकर उनके जीवन में आनन्द-ही-आनन्द हो। योगमाया डे ने कहा।

—मैं तो रातभर सो नहीं पायी करवट बदलते रात कटी है, अभी तक सोचती थी ईश्वर ने सबसे ज़्यादा दुख मेरे ही हिस्से में दिये हैं किन्तु दुखों का कोई अन्त नहीं, सृष्टिकर्ता के न सुखों का अन्त है, न दुखों का। माया ने कहा।

—लेकिन अम्मा के दुख ने उसे ईश्वर की ओर धकेला है। इसका मतलब है वे ईश्वर को प्रिय हैं, ईश्वर ने उन्हें अपनी शरण में रखा है।

इन्दिरा यह देखकर मुस्कुरा रही थी, जिस तरह नाश्ते के बाद सभी सावित्री माँ को घेर कर बैठ गये थे।

—क्या बात है? तुमलोग तो ऐसी आयी हो जैसे भागवत का पाठ सुनने आयी हो। सावित्री माँ ने हँसते हुए कहा।

—भागवत पाठ नहीं, भक्त चरित का पाठ। ऐसे भक्त की अधूरी कहानी पूरी सुननी है जो वृन्दावन चालीस साल पहले आयी है, इन्दिरा ने हँसते हुए कहा।

—तुम क्या करोगी सुनकर? घबड़ा जाओगी, इतने दुख, इतनी पीड़ा क्यों सुन रही हो? गोविन्द से यही प्रार्थना करती हूँ, तुम हमेशा ख़ुश रहा करो। एकदम प्रसन्न ताकि तुझे देखकर हमलोग भी प्रसन्न रह सकें।

—दुख का समय तो बीत चुका, अब तो आप वृन्दावन में हैं अपने प्रियतम के पास, अब कैसा दुख? अब आगे बताइए न क्या हुआ? कैसा लगता था आज से चालीस साल पहले का वृन्दावन? इन्दिरा ने पूछा।

पूर्व में वृन्दावन आज की तरह नहीं था। उस समय सही मायने में वन था। अब तो कंक्रीट के वन हो गये हैं। उस समय सम्पूर्ण व्रज लता, पताओं और वृक्षों से अच्छादित था। उस समय यमुना की कल-कल कर बहती धारा और आज की यमुना में आसमान ज़मीन का फ़र्क़ था।

केशीघाट पर बैठकर इसी यमुना मैया से मैंने कितने आनन्द और विषाद के क्षणों को बाँटा है। न जानें कितनी ही बार मेरे आनन्द को अपनी कल्लोलनी धारा की प्रवाह से उसे और भी बढ़ाया है और कितनी ही बार मेरे दुखों को चुपचाप धीर-गम्भीर बहते हुए अपने साथ बहा ले गयी और आज जब यमुना के इस स्वरूप को देखती हूँ, तो प्रभु से प्रार्थना करती हूँ कि इस रूप में दर्शन करने से पहले मेरी मृत्यु क्यों न हो गयी।

उस समय वृन्दावन की क्या छटा थी! चारों तरफ़ सिर्फ़ हरियाली-ही-हरियाली। पहली बार जब मथुरा से वृन्दावन ताँगे पर आ रही थी तब सड़क के दोनों तरफ़ कँटीली झाड़ियाँ और पेड़ थे। वे दिन में अपनी झुरमुट से शाम होने का अहसास कराते थे। याद है मुझे, ताँगे वाले ने रुककर झाड़ी को उठाया और फिर ताँगा बढ़ाया ऐसा नहीं कि डाली को बेदर्दी से तोड़कर फेंक दे, जबकि ताँगा वाला मुसलमान था किन्तु आस्था और श्रद्धा में कहाँ कमी थी और आज धर्म के बड़े-बड़े ठेकेदार अपने एक आदेश से सैकड़ों पेड़ कटवा देते हैं।

जब मैं यहाँ आयी तब क्या बताऊँ, इन्दु मुझे क्या मिल गया था। सिर्फ़ ज़मीन ही नहीं पूरा आसमान मिल गया और साथ ही उड़ने के लिए दो पंख भी मिल गये। सारी बेड़ियाँ खुल गयीं। चेहरे के आगे पड़े हुए घूँघट हट चुके थे, सभी बन्धनों से जैसे मुक्त हो गयी थी।

जब पहली बार राधा गोविन्द देवजी के मन्दिर में पहुँची, लाल पत्थरों से निर्मित पच्चीकारी और नक़्क़ाशियों से सुसज्जित विशाल प्रांगण देखकर अभिभूत हो गयी थी और जब मन्दिर में प्रवेश की तो सामने गोविन्द देवजी पर दृष्टि पड़ी। बस फिर मैं बिल्कुल अकेली हो गयी, न इर्द-गिर्द रही भीड़ और न कोलाहल। बस मैं और मेरे गोविन्द। वे सामने मुरली बजाते हुए मन्द-मन्द मुस्कुरा रहे थे और प्रेम भरी आँखों से मेरी ओर निहार रहे थे। उनकी प्रेममयी चितवन ने मेरे जन्म-जन्मान्तर से शुष्क, वीरान, उजाड़ अन्तःहृदय में रस का संचार कर दिया। मैं उस रस में अप्लावित हो गयी। मुझे लगा वे मेरे प्रियतम और मैं उनकी...। सच ऐसा लगा उन्होंने मुझे अपनी प्रियतया के रूप में अंगीकार किया हो।

मैंने उनसे कहा—"हे गोपीजनवल्लभ" आख़िर तुम मिल ही गये। तुमने मुझे अंगीकार कर ही लिया। किस सुकृत कर्मों के फल की वजह से तुमने मुझे यहाँ बुलाया? कुछ नहीं बस एकमात्र तुम्हारी करुणा। दया आ गयी न मुझ अभागिनी पर? मेरे दुख से द्रवित हो गये न दया के सागर?

बहुत साल विवाह का इन्तज़ार करते-करते काफ़ी उम्र बीत जाने के बाद अपनी ससुराल जाने और प्रियतम से मिलने के बाद जो ख़ुशी मिलती होगी, उससे कई गुणा ज़्यादा ख़ुशी मुझे मिल रही थी।

मुझे अब वृन्दावन की कुंजगलिन में अपने श्याम को, अपने साँवरिया को ढूँढ़ना नहीं था क्योंकि वे मुझे मिल चुके थे। मैं उन गलियों में, वीथियों में, कुंजों में, नदी की धारों पर एक अल्लड़ युवती की तरह थिरकती रहती जिस पर कभी

गोविन्द चले होंगे। पाँव जिधर चल पड़ता, मैं भी उधर चल पड़ती और मन? मन तो कुलाँचे भर रहा था।

उस दिन शाह बिहारीजी की मन्दिर से लौट रही थी। संगमरमर के टेढ़े-मेढ़े खम्भेवाला विशाल प्रांगण और विशाल मन्दिर। फव्वारे और फूलों से सुसज्जित मन्दिर के अन्दर बड़े-बड़े झाड़फानूस विशाल और व्यापकता का अहसास कराने वाले मन्दिर में एकदम छोटे से कोमल, सुकुमार श्याम, जैसे वे दिखा रहे हों मैं सिर्फ़ विशाल और विराट में ही नहीं हूँ, लघु-से-लघु रूप में भी हूँ।

इन्हीं बातों में उलझती, सुलझती और डूबती चली जा रही थी कि एक साइकिल सवार से टकराते-टकराते बची। वह झल्ला उठा—

"अरी ओ मीराबाई, ज़रा होश में रहा कर; वो चला गया और मैं हँस पड़ी। मैं और मीराबाई उसने व्यंग्य किया था। आज भी किसी अकेली औरत के माथे पर तिलक-कण्ठी देखकर लोग उसे मीराबाई ही कहते हैं। स्त्रियों की स्वतन्त्रता को आज भी समाज सहज रूप में कहाँ ले पाता है? मीराजी ने सिर्फ़ अपनी स्वतन्त्रता को बर्करार नहीं रखा बल्कि इस धार्मिक पुरुष-प्रधान समाज में हम लोगों के लिए भी थोड़ी-सी ही सही, स्थान सुरक्षित तो करा दिया।

उस व्यंग्य ने भी मुझे रोमांचित कर दिया। मीराबाई मेवाड़ की रानी और मैं? बाल विधवा, दुखिया, अभागन शब्द सुनते-सुनते इतना समय काटा था और आज! राजघराने में पली और बढ़ी, मीरा के मैं समकक्ष थी। मीरा के प्रियतम अब मेरे भी प्रियतम जो थे।

कहते वक़्त सावित्री माँ के कान और गाल अभी भी शर्म से लाल हो उठे। मैंने आजतक किसी प्रेमिका के चेहरे पर इतना अधिक प्रेम का भाव नहीं देखा था जो सावित्री माँ के चेहरे पर था। यह कैसे सम्भव है? जो प्रत्यक्ष दिखाई नहीं पड़ता, जो उनसे बातचीत नहीं करता, उनके सुख-दुख को आपस में बाँटता नहीं उससे कैसे इतना प्रेम किया जा सकता है? लगता है जीवनभर के समस्त प्रेम को संगृहीत करके बस उसे सिर्फ़ श्रीकृष्ण के लिए ही बचाकर रखा था। इन्दिरा सोच रही थी।

—अम्मा, आप श्रीकृष्ण से बहुत प्रेम करती हैं न? वह अपने को रोक नहीं पायी।

—कहाँ प्रेम करती हूँ इन्दु, यदि उनसे प्रेम करती तो जीवमात्र से भी करती। किसी की निन्दा-शिकायत क्यों करती? किसी पर क्रोध क्यों करती? सभी रूपों में मेरे गिरिधारी ही तो हैं।

बहुत पुराने संस्कार हैं। कई जन्मों से चले आ रहे हैं, इतनी जल्दी नहीं जाते। तभी तो वृन्दावन धाम में आकर भी सबकुछ विसरा नहीं पायी। यह प्रेमधाम है यहाँ कोई नियम नहीं, कोई कर्मकाण्ड नहीं जाति-पाँति नहीं, शौच-अशौच का विचार नहीं, किन्तु आज भी अपने को ब्राह्मणत्व के भाव से कहाँ निकाल पायी हूँ।

जब नयी नवेली गुरुदेव के साथ वृन्दावन आयी थी। उस समय गुरुदेव को देखने से ऐसा लगता जैसे प्रेम वे में डूबे हुए हों लबालब। उस दिन गुरुदेव के शरीर से सूअर स्पर्श कर गया, तब विष्णुदास ने उनस पूछा—स्नान नहीं करेंगे?

"यहाँ सब चिन्मय है।" कहते वक़्त वे ऐसे लग रहे थे जैसे प्रेमरूपी नदी में स्नान कर रहे हों।

क्यों यहाँ कोई नियम नहीं है? क्यों यह चिन्मय है बस और बस सिर्फ़ प्रेम के कारण। तो लोग प्रेम करने से क्यों मना करते हैं? क्यों घृणा और ईर्ष्या की बातें करते हैं। यहाँ तक कि धर्म और सम्प्रदाय के नाम पर भी घोर घृणा का साम्राज्य पसरा है। कैसे अनुभूति होगी यहाँ पर चिन्मयता, व्यापकता और सत्यता?

लेकिन ख़ुशी की एक बात है कि लोगों में सुधार हो रहा है। सभी बड़े-बुजुर्ग बोलते हैं कि कैसा ज़माना आ गया घोर कलियुग? लेकिन मुझसे पूछिए तो सच्चाई यह नहीं है। धीरे-धीरे लोग सभ्य-सुशिक्षित होते जा रहे हैं। धीरे-धीरे दुनिया अच्छी होती जा रही है। और औरतों की ज़िन्दगी तो पूछ मत इन्दु, कहाँ-से-कहाँ आ गये हम? कितने संघर्षों को झेला है हमने। इतनी आसान नहीं थी ज़िन्दगी, जितनी आज है।

वृन्दावन आकर कितनी ख़ुश थी मैं। जिस आश्रम में रहती थी यमुना के किनारे था। यमुना के किनारे-किनारे घने पेड़-पौधे लगे थे। लम्बे-लम्बे, बड़े-बड़े पेड़। गुरुदेव कहते थे ये पेड़ नहीं, सन्त, महात्मा हैं। वृन्दावन में पेड़ बनकर तपस्या कर रहे हैं।

वैसे तो सभी वृक्ष सन्त ही होते हैं परोपकारी, पत्थर भी मारो तो फल देते हैं, अपनी छाया में शीतलता प्रदान करते हैं और धरती को प्रदूषित होने से बचाते हैं। एक बात मन को बहुत कचोटती है कि ये मानव जो इतने सभ्य और सुशिक्षित तो हो रहे हैं किन्तु पेड़ों को कितनी तेज़ी से काटते जा रहे हैं। जिन पेड़ों में गुरुदेव किसी को अपनी धोती नहीं टाँगने देते थे, आज वे पेड़ कट गये। आश्रमों और अट्टालिकाओं की भरमार लग गयी और वृन्दावन वृक्षविहीन हो गया।

मैंने भी वृन्दावन के पेड़-पौधे से अच्छादित यमुना तट पर उसी आश्रम में एक पर्ण कुटीर बनाया था। सुबह होते ही सूर्य की किरणें छन-छन कर आतीं,

पेड़ों के झुरमुट को बेधती हुई नीचे धरती पर आकर इन्द्रधनुषी रंग बिखेर देतीं। कितनी अच्छी सुप्रभात होती। मोर जब सवेरे-सवेरे पिउ-पिउ करते तो मेरे हृदय से भी प्रेम का स्रोत फूट पड़ता। श्रीकृष्ण के लिए मेरा हृदय भी स्पन्दित हो जाता। हज़ारों तोते और अन्य दूसरे पक्षी कलरव करके मेरे सूने मन और आकाश को गुंजायमान कर हर्षित कर देते।

सामने यमुना माँ मेरे सभी दुख-सुख की साक्षी बनी। इस माँ की ममता से विहीन मूढ़ा को कल-कल करके बहती हुई जीवन में आनन्द का संचार कर देती, मानो अपनी वात्सल्य और ममतामयी स्पर्श से मुझ अभागन को तृप्त कर रही हों।

जब भी उदास होकर यमुना तट पर बैठती, आँखों से आँसू गिरते तो शीघ्रतापूर्वक मेरे आँसू अपने प्रबल वेग में बड़ा ले जाती, मुझे लगता मेरी माँ मेरे आँसुओं को अपने में आत्म सात कर रही हैं। माफ़ करना मैं अपने आँसुओं को नहीं रोक पायी।

"अब क्यों उदास होती है अम्मा? वृन्दावन आकर तो अपने प्रियतम को पा लिया था। क्या घर की याद आती थी? अपनी आँखों में भरे आँसू को रोकते हुए ममता घोष ने कहा, उसकी आवाज़ से स्पष्ट लग रहा था कि उसे अभी भी घर की बेहद याद आ रही थी।

घर में कौन था जिसे मैं याद करती? सभी निश्चित हो गये होंगे—बला टली। जिसे जान मारकर वे अपने हाथों को रक्तरंजित करना चाहते थे वह बला ख़ुद ही टल गयी थी। कौन था मेरा वहाँ? कौन-सा घर मेरा था? सच पूछ इन्दु तो औरतों का कोई घर होता ही नहीं, मैं तो अभागन थी किन्तु सर्वदा सुहागन और माता-पिता भाइयों से भरी-पूरी औरत का भी कोई घर है, तू ही बता तुम किस घर को अपना कह सकती हो?

इन्दु ने हँसते हुए कहा—"मैं! तो दोनों घर को अपना कहती हूँ किन्तु जब मैं पीहर में होती हूँ तो वहाँ के लोग पूछते हैं, बता आजकल तेरे घर में क्या चल रहा है? और जब ससुराल होती हूँ तो लोग कहते हैं अच्छे तेरे घर का यह चलन मुझे तो अजीब लगता है।"

सच सावित्री माँ हम औरतों का कोई पीहर होता है तो कोई ससुराल। कोई पितृगृह तो कोई पतिगृह। पितृगृह में अधिकार नहीं है, किन्तु थोड़ा स्नेह, थोड़ी ममता, थोड़ी संवेदनशीलता है और पतिगृह में सामाजिक अधिकार थोड़े-बहुत हैं किन्तु संवेदनशीलता, इस हद तक कि अनुपयोगी है तो मरवा दी जाती है या प्रतिदिन तिल-तिल का जलती हैं। पितृगृह में भी जन्म लेने से पहले ही मार दिया जाता है। इसी से मैं सोचती हूँ अम्मा कि प्रत्येक औरत को अपनी कमाई से एक घर ज़रूर बनाना चाहिए ताकि वह घर उसका अपना हो।

तुम ठीक कहती हो इन्दु, मैं ससुराल अपने प्रियतम के पास आ गयी थी तो ससुराल के अत्याचार भी तो सहने ही पड़ते। गुरुदेव सीतापुर लौट गये। महिलाओं की नियति को कौन बदल सकता है? बाबुल के घर तो गुरुदेव के रूप में पिता का साया अपनी करुणा और प्रेम के साथ हमेशा उपस्थित रहता था।

यहाँ प्रियतम थे, तो किन्तु अदृश्य। वे पग-पग पर आकर खड़े नहीं होते किन्तु एक मनोबल ज़रूर प्रदान करते। गीता के उपदेशक बन मुझे भी कहते—कर्म कर और इन कंटकाकीर्ण बीथियों पर आगे बढ़ती जा। मत सोच सुख-दुख के बारे में, बस अन्याय और अत्याचार के ख़िलाफ़ आवाज़ उठा। मत झुक अत्याचारियों के सामने और मैं खड़ी हो गयी अत्याचारी जगत बन्धुदास के सामने। नाम इतना सर्वोत्कृष्ट और करनी? अपने व्यवहार से ही जानवर नज़र आता, वो भी उन्नत। वह साधु का वेश बनाकर पूरे साधु समाज को बदनाम कर रहा था। वह एक अपराधी था और अपने अपराध को छिपाने के लिए इस वेश को अपनाया था। वह साधु बनकर अपने पुराने पापों का प्रायश्चित्त नहीं कर रहा था, बल्कि लोगों द्वारा साधु और महात्मा समझे जाने के कारण जो आदर मिल रहा था, इससे उसका अहंकार और भी बढ़ गया था।

महिलाओं को ऐसी हिकारत भरी नज़रों से देखता जैसे किसी हेय पदार्थ को देख लिया है। मुझे देखता तो तुलसीदास की पंक्तियाँ गुनगुनाने लगता—"अवगुण आठ सदा उर रहहीं।" मैं सोचती कि तुलसीदासजी ने इन पंक्तियों को रावण के मुँह से कहवाया है और प्राय: राक्षसीवृत्ति के लोग ही इन पंक्तियों का सहारा लेते हैं।

फिर भी मैं सोचती और आज भी सोचती हूँ तुलसीदास ने किस आधार पर यह लिखा कि स्त्रियों में काम की मात्रा आठ गुणा ज़्यादा रहती है। पता नहीं उन्होंने किस थर्मामीटर से नापा था।

तुलसीदासजी को सभी लोग समन्वयवादी आचार्य मानते हैं। उन्होंने शैवो, शाक्तों और वैष्णवों सभी में समन्वय कराने की भरपूर कोशिश की है। किन्तु महिलाओं के प्रति ऐसा दृष्टिकोण। असल में दुनिया में लोग जिन्हें कमज़ोर समझता है भला उसकी परवाह कहाँ करता है।

मैं नहीं कहती कि महिलाओं में काम भावना होती ही नहीं, क्यों नहीं होगी? आखिर वे भी मनुष्य हैं और प्रकृति के अधीन हैं, वे पत्थर की देवी, नहीं जीती-जागती इन्सान हैं। मेरे दीर्घजीवन का अनुभव तो यही है कि जैसे-जैसे आयु बीतती है औरतों की काम भावना तिरोहित होती जाती है, किन्तु ये पुरुष! सारी इन्द्रियाँ शिथिल हो जाने के बाद भी काम भावना लगता है बढ़ती ही जा रही है।

और मेरी मत पूछ। मैंने अपनी कामाग्नि को जलाकर राख बना दिया था, किन्तु फिर उसी राख से एक प्रेमरूपी पुष्प निकला जिसे मैंने श्रीकृष्ण को अर्पण कर दिया।

जगतबन्धुदास मुझे तरह-तरह से परेशान करने की कोशिश करता रहता। कभी कहता मेरे पैर दबाओ तो कभी कहता सिर में तेल मालिश करो। मेरे मना करने पर साधु सेवा के पुण्यरूपी फल से वंचित होने का तथा साथ-ही-साथ पाप का भी भय दिखाता।

मैंने कहा—"मैं भी साधु हूँ।" इस बात पर इतना अट्टहास किया कि क्या बताऊँ। खिल्ली उड़ाता और बोलता—"औरत और साधु। अरे अब औरतें भी साधु बनने लगीं कल महन्त भी बनेंगी।

मैं चुप हो जाती, कन्नी कटाकर निकल जाती। उसका नाम जगतबन्धुदास नहीं कीचक होना चाहिए। कीचक से द्रौपदी की रक्षा भीम ने की थी किन्तु इस कीचक से मेरी रक्षा कौन करेगा? बस ईश्वर को ही श्रेय दे सकती हूँ। किसी तरह मेरी इज़्ज़त बचती जा रही थी। सालभर तक मैंने किसी से कुछ नहीं कहा सिर्फ़ अपने आपको उसके क्रूर पंजों से बचाती रही। चौबीस घण्टे सतर्क हिरणी की तरह रहती, भूल से भी अकेले में उसके सामने नहीं पड़ती।

किन्तु सब्र का बाँध टूट रहा था। कितनी बचती मैं और कैसे? ग़लती वह कर रहा था और शरमा मैं रही थी। मैं इस बात को छुपाकर समझती रही कि लोगों की नज़रों में अपनी इज़्ज़त बचा रही हूँ और मेरी इस दुर्बलता का लाभ वह निर्लज्ज उठाता रहा। उसका धौंस बढ़ता गया। मैं जितनी ही भयभीत होती जा रही थी उसकी छाती उतनी चौड़ी होती जा रही थी।

पहले तो मैंने भी वही किया जो प्रत्येक कमज़ोर व्यक्ति करता है। सही बात की जगह दूसरी बात बताती। उसकी निन्दा करती। साधु-महात्माओं से भी उसकी निन्दा करने लगी किन्तु वस्तुस्थिति छुपा जाती।

—"क्यों उसकी छोटी-छोटी बातों पर ध्यान देती हो? क्यों उसकी निन्दा करती हो? निन्दा करने से तुम्हारा ही चित्त ख़राब होगा। आपस में इतना बैर-वैमनस्य अच्छी बात नहीं, सन्त-महात्मा मुझे समझाते।

मेरी इच्छा होती इन महात्माओं को सब स्पष्ट शब्दों में बता दूँ कि जिह्वा पर लग़ाम लग जाती मैं सच नहीं बता पा रही थी। शरम, लज्जा, झिझक और संकोच से जकड़ जाती।

लेकिन उस दिन मेरे सब्र का बाँध टूट गया। मैंने झूठी लज्जा का परित्याग कर दिया और कहा—नहीं दबाती तुम्हारे पैर जो करना हो करो।

जब मैं चिल्लाई तो वह दुम दबाकर भागा। मेरी आँखें खुल गयीं। ग़लती वह कर रहा था और पर्दा मैं डाल रही थी आख़िर क्यों? पर्दे की ओट में उसका हौसला मैं ही तो बुलन्द कर रही थी।

—क्या हुआ तुम क्यों चिल्ला रही थीं। श्याम बाबा दौड़ते हुए आये।

मैं रोने लगी, "देखिए न बाबा जगत बन्धुदास जबरन मुझसे अपने पाँव दबवाना चाहता है।"

—जगतबन्धु...कहते हुए वे ज़ोर से चिल्लाये, उनकी नसें तन गयीं, आँखें क्रोध से चौड़ीं और लाल हो गयीं।

वह ढीठ की तरह आकर खड़ा हो गया।

—"बदमाश तूने सावित्री को पैर दबाने कहा।"

—नहीं महाराज झूठी औरत है! मुझपर झूठा इल्जाम लगा रही है। मैं तो कहता हूँ महाराज इसमें आपकी भी ग़लती है। आश्रम में औरत को रहने ही क्यों देते हैं?

—नीच, तुझे औरत सिर्फ़ भोग्या नज़र आती हैं। तुम्हारी दृष्टि में दोष है। तुम इसे माँ-बहन नहीं समझ सकता। वह चला गया, जाते वक्त मुझे टेढ़ी नज़रों से देखता गया, जैसे मुझे कच्चा चबा जायेगा।

उस दिन के बाद उसने मुझसे बातचीत करना बन्द कर दिया फिर कभी पैर हाथ दबाने नहीं कहा।

एक दिन जब सन्ध्या आरती के बाद मैं अपनी पर्णकुटीर में जा रही थी, चारों ओर अन्धकार था, धुप अन्धकार। उस समय बिजली नहीं थी। पता नहीं क्यों मेरा मन बुरी आशंकाओं से घबड़ा रहा था। आरती में जगतबन्धुदास नहीं था। मुझे लगा कहीं ऐसा तो नहीं कि वह अँधेरे का लाभ उठाकर मेरी कुटिया में जा छुपा हो। मैं और बुरी तरह घबड़ा गयी। मैंने डरते-डरते बाबा शंखदासजी से कहा—बाबा आप मेरी कुटिया तक लैम्प का प्रकाश दिखा देंगे।

—"हाँ क्यों नहीं बहन" कहते हुए मेरे साथ मेरी कुटिया तक आये।

एक परछाई कुटिया से भागती हुई नज़र आयी। मैं चिल्ला उठी—"बाबा वो जगतबन्धु था।"

—घबड़ा नहीं, हमलोग हैं न, तुम दरवाज़ा बन्द करके सोना।

दरवाज़ा क्या था, सिर्फ़ एक पर्दा था पर्ण का। और नींद कहाँ से आती। पूरी रात आँखों में ही काट दिया। प्रकृति ने अन्धकार को दूर कर प्रकाश करना प्रारम्भ

कर दिया किन्तु मेरे मन-मस्तिष्क पर घोर अन्धकार छाता जा रहा था। क्या करूँ? पता नहीं आश्रमवासी और महात्मा मेरे बारे में क्या सोचते होंगे। वैसे ही शास्त्रों में औरतों को माया का रूप बताया गया है। सारे शास्त्र औरतों को इस बात के लिए अपराधिन बताते हैं कि पुरुष उनकी ओर आकर्षित क्यों होते हैं?

एक आश्रय स्थल मिला था, वृन्दावन धाम में, सोचती थी गोविन्ददेव के दर्शन करती हुई ज़िन्दगी काट लूँगी, किन्तु लगता था अब यहाँ से जाना ही पड़ेगा। मैं मन-ही-मन कल्पना कर रही थी जैसे ही कुटिया से बाहर निकलूँगी, वैसे ही सभी महात्मा मुझे आश्रम से निकलने की नोटिस दे देंगे, कहेंगे 'जड़' को ही समाप्त करो। क्या कहूँगी मैं? मैं जड़ नहीं हूँ, महात्माजी, जड़ है उसकी काम-वासना। मैं स्वयं काम नहीं हूँ मैं तो मनुष्य हूँ। मैं नरक का द्वार नहीं हूँ, वो पापात्मा स्वयं नरक हैं।

किन्तु कमरे से निकल कर कुछ भी कहने का साहस नहीं हो रहा था लोगों से सामना करने की शक्ति नहीं हो पा रही थी।

सूर्योदय होने के पहले ही अँधेरे में ही प्रात:काल चार बजे उठकर मन्दिर की साफ़-सफ़ाई करने के बाद भजन-कीर्तन में भाग लेती किन्तु आज सूरज चढ़ रहा था और मैं चुपचाप कमरे में पड़ी थी।

बाहर से दरवाज़े पर साँकल खटखटाने की आवाज़ से उठी सामने प्रियादासजी दरवाज़े पर खड़े थे।

—क्या बात है सावित्री, आज न मंगला आरती में आयी, न मन्दिर के कार्यों में हाथ बँटाया? तबीयत ठीक तो है न?

—हाँ बाबा। कहते ही मेरे आँखों से आँसुओं की धारा बह चली। रातभर के संकल्पित संकल्प विकल्प ने अश्रु का रूप ले लिया।

—बाबा मैं जीवित रहने योग्य नहीं हूँ। मेरे ही कारण आज आश्रम का वातावरण भी ख़राब हो रहा है। सोचा था बची-खुची ज़िन्दगी यहाँ मन्दिर आश्रम की सेवा करके काट लूँगी किन्तु मेरा दुर्भाग्य मेरा पीछा कहाँ छोड़ेगा?

—ऐसी बातें क्यों सोचती है सावित्री? तुम यहाँ आराम से रहो। तब तक अन्य महात्मा भी जमा हो गये।

—आख़िर क्या बात है? तुम्हें क्या कष्ट है?

—मैं आप लोगों से क्या कहूँ बाबा शंखदासजी से पूछ लीजिए कल रात मेरे कमरे में जगतबन्धुदास छुप कर बैठा था, उनको मेरे साथ आते देखकर भागा।

—आपने जगतबन्धु को देखा? महात्माओं ने पूछा।

—मैंने यह तो नहीं पहचाना कि कौन है किन्तु एक परछाईं अवश्य देखी थी। शंखदास ने कहा।

—वाह महात्माजी, आपलोग भी ख़ूब हैं एक तुच्छ औरत की बात को इतना बढ़ा रहे हैं। त्रिया चरित्र को बड़े-बड़े ऋषि-मुनि यहाँ तक कि ब्रह्मा भी पार नहीं पा सके हैं, तो आप लोग क्या समझ पाएँगे? पता नहीं किसे बुलाकर अपने कमरे में छुपाकर रखा था? शंखदास को देखकर भाग गया और दोष मेरे माथे मढ़ रही है।

—यदि इसने छुपा कर रखा होता तो मुझे साथ लेकर क्यों आयी? शंखदास ने कहा।

मैं रोपड़ी—देखिए बाबा...

बस और कुछ नहीं बोल पा रही थी।

—तुम्हारा ही नाम क्यों ले रही है और किसी के बारे में तो नहीं कह रही? प्रियादास ने कहा।

—मेरे बारे में इसलिए कह रही है कि एक दिन मेरे सिर में बहुत दर्द था, मैंने इसे थोड़ा तेल लगाने कहा।

—क्यों कहा? तुम्हें शरम नहीं आयी? बेचारी अकेली औरत दुखी है।

—क्या किसी से तकलीफ़ में थोड़ी सेवा करा लेने में शरम नहीं आनी चाहिए? किस-किस को शरम आती है, सेवा कराने में? आपलोगों ने सावित्री से नहीं कराई जयदास बाबा की सेवा? तब कहाँ था आपका यह सिद्धान्त।

—बेशरम हो गये हो तुम। शरम नहीं आती जयदास बाबा का नाम लेने में। नब्बे वर्ष के लकवाग्रस्त व्यक्ति से तुम अपनी तुलना कर रहे हो?

—सावित्री तो नब्बे साल की नहीं है।

—जगतबन्धुदास...चिल्ला पड़े प्रियादास बाबा, उनका दम फूलने लगा।

—छोड़ दीजिए बाबा आपकी तबीयत ख़ुद ख़राब है, मेरे नसीब में जो लिखा होगा वही होगा।

—वाह रे त्रिया चरित, सती-साध्वी बन रही है। क्या जानना चाहते हैं आपलोग? तो सुनिए इस सती-साध्वी औरत को मैं पिछले ग्यारह महीने से भोग रहा हूँ। हाँ, लेकिन उस दिन मैं नहीं कोई और था।

वो निर्लज्ज की तरह अपनी छाती ठोक कर मुस्कुरा रहा था। उसने मेरे वस्त्रों को स्पर्श किये बिना सरे आम मुझे नंगा कर दिया। वह पुरुष था इसी से मुझ जीती जागती इन्सान को भोग्य पदार्थ बनाकर भोगने की बात कर रहा था। मुझे भोग्या बनाकर अपनी मर्दानगी पर इतरा रहा था। मेरा दिमाग़ सुन्न होता जा रहा था।

सिर्फ़ एक ही पंक्ति सुनाई पड़ रही थी, "ग्यारह महीने इसे भोगा किन्तु उस दिन दूसरा व्यक्ति था।"

मैंने अपना सुध-बुध खो दिया। जिस इज़्ज़त को मैंने आजतक बचाकर रखा, मैं अभी तक सारे अत्याचार सहती रही किन्तु यह सोचकर सारे दुख कम हो जाते थे कि मैं ने अपनी इज़्ज़त को सही सलामत बचाकर रखा है, किन्तु आज मेरी एक मात्र पूँजी को उसने सरे आम नीलाम कर दिया। आवेश में आते ही अन्दर के सारे भय, समस्त लज्जा जीवन-मृत्यु कुछ का ध्यान नहीं रहा। समस्त आवरणों को भेदती हुई मानो मेरे अन्दर से काली प्रकट हो गयी किन्तु बिना खड्ग की काली। मेरे अन्दर उस समय कहाँ से इतनी शक्ति आ गयी कि मैंने उस जानवर को धक्के मारकर नीचे गिरा दिया और कूदकर उसकी छाती पर बैठकर अपनी पूरी ताक़त से उसके गले को दबाने लगी। उसका जीभ बित्ते भर निकल आया तब सभी साधुओं ने मिलकर उसे छुड़ाया। जब वह मेरे हाथों छूट गया तब जाकर मुझे होश आया। क्यों होश आया इससे अच्छा था कभी होश आता ही नहीं, होश आते ही हताशा से घिर गयी। हताशा से ग्रसित होकर मैंने अपने सिर को पत्थरों से मार-मारकर लहू लुहान कर लिया। मुझे दूसरा कोई विकल्प नज़र ही नहीं आ रहा था। मैं उस पाप का प्रायश्चित्त कैसे करती जो मैंने किया ही नहीं।

महात्माओं ने दौड़कर मुझे पकड़ा। मेरी आँखों से आँसू नहीं अग्नि निकल रही थी तभी तो मेरी आँखे दग्ध हो रही थीं।

—बाबा! मेरा सबसे बड़ा अपराध यही है न—स्त्री होना। मैं स्त्री क्यों हूँ बाबा? यह तो ईश्वर की मर्जी है फिर इसकी सजा मुझे क्यों? आपलोग महात्मा हैं, विद्वान हैं, बताइए मेरे दुखों के क्या कारण हैं ?

—प्रारब्ध बेटी।

—नहीं महाराज सिर्फ़ प्रारब्ध नहीं, सबसे बड़ा कारण तो यही है मेरा स्त्री होना और दूसरा कारण हमारे शास्त्र और स्मृति ग्रन्थ हैं, जिनमें नारी को विघ्न मान लिया गया। उसे नरक का द्वार बना दिया तो हमलोग के पास क्या उपाय है? सिर्फ़ यही न कि इस धर्म-समाज की कुत्सित वेदी पर तिल-तिलकर अपने आपको होम कर दें। पर अब मैं तिल-तिल होम नहीं होना चाहती। अब शरीर त्यागने के सिवा और कोई विकल्प नहीं बचा।

—"नहीं सावित्री सिर्फ़ स्मृति ग्रन्थकारों को दोष देना सही नहीं है। ग़लती तो उन लोगों की है जो सैकड़ों और हज़ारों वर्ष पीछे के विधानों और नियमों पर चलने

के लिए लोगों को विवश करते हैं और इससे समाज आगे बढ़ने के बजाय बहुत पीछे चला जाता है। पुराने शास्त्रों को समझने के लिए उस स्थिति को भी समझना होगा जिसमें उसकी रचना हुई। फिर सावित्री नारी तो अनमोल रत्न है।" विद्वान गोपालदास बाबा ने कहा।

—और इस रत्न से बढ़कर संसार में किस की दुर्दशा है? नारी और रत्न! इससे बढ़कर और क्रूर मजाक क्या हो सकता है?

—नारी की दुर्दशा है तो समाज की भी दुर्दशा है। पुरुष स्त्री को शक्ति समझ कर ही पूर्ण हो सकता है। भोग्या और अस्पृश्य समझकर गर्त में मिल जायेगा। गोपालदास बाबा ने कहा।

मेरी दृष्टि उठी तो देखा जगतबन्धुदास ढीठ की तरह अपनी छाती को और चौड़ी करके, सीना ताने विद्रूप मुस्कान लिए खड़ा था। गोपालदास बाबा मेरे ललाट पर बहते लहू पोंछकर गेंदे के पत्ते का रस निकालकर लगा रहे थे। वह उन्हें व्यंग्यपरक दृष्टि से देख रहा था। मैं उसकी दृष्टि दोष को समझ रही थी। मेरा निश्चय दृढ़तर होता जा रहा था, "अब और नहीं।" मेरे कारण कितने महात्माओं को लाँछन झेलना पड़ेगा। जो महात्मा दीन-हीन अबला मानकर मुझसे सहानुभूति के दो शब्द भी बोलेंगे। जगतबन्धुदास उन्हीं के चरित्र पर लाँछन लगायेगा। बस अब एक ही रास्ता है यमुना में शरीर का त्याग।

और मैं यमुना मैया की शरण में चली गयी। मैंने उनसे कहा—

माँ अब मुझे अपनी गोद में स्थान दें। परित्यक्ता सीता को तो उनकी धरती माँ ने अपने को फाड़कर अंक में समेट लिया था, मुझे भी अपने में बहा ले चल। माँ तुम्हारी यह पुत्री पूरी दुनिया से तिरस्कृत होकर तुम्हारी शरण में आयी है। तुम स्वयं एक स्त्री हो, मेरी पीड़ा तुम्हारे सिवा भला और कौन समझ सकता है। माँ यमुने! तू मेरी समस्त सुख-दुखों की साक्षी रही है, कितनी ही बार मेरी आँखों से गिरे आँसुओं को अपने में समाकर ले गयी हो। तुम्हारी कल-कल बहती हुई धारा ने मुझे हमेशा सान्त्वना दी है किन्तु अब मैं सान्त्वना नहीं चाहती माँ। मेरी आँखों के आँसू भी सूख गये हैं, जो तेरे साथ प्रवाहित होकर तुममें समाहित होते थे। बस अब तो एक ही प्रार्थना है मुझे अपने अँकर में समेट लो।

किन्तु मेरा दुर्भाग्य! मेरे प्रारब्ध के पाप इतने कम नहीं थे जो यमुना मैया मुझे बहा ले जाती। मैं यमुना में जाकर बैठ गयी, वहाँ सिर्फ़ घुटने भर पानी था। मैं अपनी आँखें बन्द कर धीरे-धीरे आगे बढ़ने लगी। मैं सोच रही थी अब पानी बढ़ेगा

पहले कमर तक, फिर कन्धे और फिर नाक से ऊपर और सारी कहानी समाप्त। मैं श्रीकृष्ण का ध्यान करने लगी, उस श्रीकृष्ण का ध्यान जो अकेले हँसते हुए, लीला करते हुए जीवन की सारी विधाओं को स्वीकार करते हैं? वे जो जीवन के सभी रंगों को स्वीकार करते हैं। वे करुणा और प्रेम से भरे होकर भी युद्ध के क्षेत्र में उतर आते हैं अहिंसक चित्त होकर भी दावानल में उतर आते हैं। अमृत की स्वीकृति हैं किन्तु विष से भय नहीं।

किन्तु मैं विषपान कर ख़ुश नहीं रह सकती। तुम परमात्मा हो कृष्ण फिर विष और अमृत में तुम्हारे लिए क्या अन्तर है, सब तुम्हीं से हैं और तुम्हीं में हैं। बस आज तुम्हारा ध्यान करते-करते मुझे जल समाधि मिल जाये।

किन्तु इन्दु वो राधा का प्रियतम मेरी प्रार्थना सुनकर मन्द-मन्द मुस्कुराता रहा। मेरे समस्त दुखों का मानो हरण करता हुआ शान्ति और शीतलता पहुँचाता रहा। मेरा अशान्त मन शान्त होता जा रहा था। जल में रहने से तन तो पहले ही शीतल हो चुका था। जब आँखें खुलीं तो मैं मध्य यमुना में थी किन्तु जल बस वही कमर भर।

बौरा गयी मैं, आख़िर क्या है यह सब? चमत्कार या मेरा भयंकर प्रारब्ध जो मुझे छुटकारा देना नहीं चाहता या यमुना मैया की कृपा जो यह चाहती हैं कि उनकी पुत्री अपने समस्त प्रारब्ध को भोगकर मुक्त हो। आज यही मानकर सारे दुखों को प्रसन्नता के साथ भोगती हूँ कि प्रारब्ध के सारे भोग कट रहे हैं।

घण्टों पानी में बैठे रहने से सारा शरीर सफ़ेद हो गया और चमड़े सिकुड़ गये। भीगे कपड़े में ही आश्रम आ गयी। उस घटना के बाद कुछ दिनों तक आश्रम में सन्नाटा छाया रहा लेकिन जल्दी ही स्थिति सामान्य हो गयी। अन्य सभी महात्माओं की मेरे प्रति सहानुभूति बढ़ गयी। सभी मेरे ऊपर स्नेह और करुणा भरे व्यवहार करने लगे। मेरे जीवन में भी शान्ति और सुकून लौटने लगे। लेकिन शान्ति और सुकून मेरे नसीब में थे कहाँ? जब भी मैं किसी से बातें करती तो दूर से ही जगतबन्धु मेरी ओर हिकारत और व्यंग्य भरी उपहास दृष्टि से देखते हुए बुदबुदाता रहता। ख़ासकर जब गोपालदासजी से बातें करती।

जबसे वृन्दावन आयी थी रोज़ परिक्रमा करती। पंचकोसी परिक्रमा करने से परलोक में क्या प्राप्ति होती मैं नहीं जानती किन्तु इतना ज़रूर था कि अच्छा शारीरिक व्यायाम हो जाता। उस दिन भी जब परिक्रमा देकर लौट रही थी कि सुरेश्वरी ने रास्ते में पकड़ लिया—

"सावित्री बहन परिक्रमा के लिए जा रही हो और वो नासपीटा बोल रहा था कि अब परिक्रमा कैसे जायेगी तीन महीने का गर्भ है।

—क्या...

—हाँ सावित्री बहन, बहुत लोगों के बीच वह बकवास कर रहा था।

—हे भगवान अब मैं क्या करूँ?

—"हिम्मत रखो। बहुत मुश्किल है समाज में औरतों को अकेले जीना। औरत पति और परिवार के अत्याचार सहकर, मार-पिटाई खाकर भी घर में नहीं रहे तो क्या करे? बाहर की दुनिया ही उनके लिए कहाँ आसान है।

जिस पवित्र कोख से सारी सृष्टि की उत्पत्ति हुई है यहाँ तक परमात्मा भी दुनिया में आने के लिए इसी कोख का आश्रय लेते हैं और इसी कोख का सहारा लेकर लोग हम औरतों को डराते और बदनाम करते हैं।"

मैं चुपचाप आश्रम चली आयी। सवेरे उठी तो सिर फटा जा रहा था। मन ने शरीर को भी इतना कमज़ोर कर दिया था कि लगता था एक पग भी नहीं चल सकूँगी। नहीं, ये कैसे हो सकता? मुझे तो हर हाल में परिक्रमा करने जाना होगा नहीं तो सभी लोग क्या सोचेंगे? सब उस राक्षस की बात को सच मान लेंगे। कहाँ गया मेरा दर्द? लोक-लज्जा के भय ने मुझे परिक्रमा मार्ग पर खड़ा कर दिया।

रास्ते में वयोवद्ध सन्त सीताराम बाबा मिल गये। प्रणाम करते वक़्त मेरी आँखें नम हो गयीं।

—बेटी घबड़ा मत, ठाकुरजी सब ठीक करेंगे।

सामने लगी एक लता, जिसे वे अपनी जड़ी-बूटी की औषधि तैयार करने में इस्तेमाल करते थे दिखाकर कहा—पेट में यदि कुछ गड़बड़ी रहे तो इसे पीसकर खा लेना पेट की सब आधि-व्याधि समाप्त।

—किन्तु बाबा, मेरे पेट में तो दर्द है ही नहीं। न पेट में बदहजमी, न गैस फिर मैं क्यों खाऊँ?

—खाने में कोई हर्ज नहीं, खा लेने से आगे गैस बदहजमी नहीं होगी।

तभी सामने से आते हुए जगत बन्धुदास ने चलते-चलते कहा—"मैं तोड़कर दे दूँगा बाबा आख़िर इन्सान ही तो इन्सान के काम आता है भले ही औरत है किन्तु जीव तो है।"

उसके उपहास भरे सहानुभूति के शब्द मेरे कानों में हथौड़े की तरह बज रहे थे। सामने ही सुरेश्वरी के घर दौड़कर चली गयी।

—सुरेश्वरी, सीताराम बाबा मुझे इस जड़ी को पीसकर खाने क्यों कह रहे हैं?

—अरी बाबली, इस जड़ी को खाने से गर्भपात हो जाता है इसी से बाबा ने कहा होगा। तेरे आने के दस मिनट पहले ही तो जगतबन्धुदास बाबा से कह रहा था—"मैंने उसे उल्टी करते देखा। बहुत कष्ट में है बेचारी, मुझे दया भी आती है किन्तु क्रोध भी आता है। मैंने ज़रा सा सिर दबाने क्या कह दिया वह तो त्रिया चरित दिखाकर मुझे बदनाम करके ख़ुद सती-सावित्री बनने लगी। अब उतना बड़ा कलंक का टीका जो माथे पर लगा है, उसे कैसे धोयेगी? भगवान के घर में देर है किन्तु अँधेर नहीं है, महात्मा के चरित्र पर कीचड़ उछालती है तो भुगते अब, कैसे छुपायेगी पाप? जैसा किया है भुगतेगी।" सीतासम बाबा ने तुम्हारा पक्ष लिया था—बेचारी औरत है अकेली क्या करेगी?

—कौन बतायेगा कि क्या करेगी, यमुना में डूबने के सिवा क्या करेगी। उसने कहा—नहीं जान क्यों देगी भला। मनुष्य जन्म बहुत दुर्लभ है जगतबन्धु, इससे ही तो व्यक्ति मोक्ष प्राप्त करता है या भगवान का भजन करता है। जीवन में भी ग़लती का परिणाम आत्महत्या नहीं है।

मैं काँप गयी। जगतबन्धुदास अपनी बात प्रमाणित करने के लिए ऐसी चाल चल रहा है। अब तो बाबा को भी यक़ीन हो गया होगा। अब कल से सभी को बतायेगा कि सीताराम बाबा ने उसे गर्भपात की जड़ी बतलायी है।

मैं भला उससे अकेले कैसे लड़ू सोचकर निराश हो गयी।

शाम को गोविन्ददेवजी के मन्दिर में भी मन इन्हीं बातों में उलझा रहा। सामने गोविन्दजी थे किन्तु मैं भावशून्य थी। न भाव, न कुभाव, जड़वत्। गर्भगृह से बाहर प्रांगण में आते ही मन पश्चात्ताप से भर उठा। अपने ही मन को धिक्कारने लगी। साक्षात गोविन्द के पास आकर भी मन गन्दी और बेकार बातों में क्यों भटक रहा है? अपने आपको धिक्कारने लगी। बस मन निर्मल हो गया अचानक दुख तिरोहित हो गये। मेरी आँखों में गोविन्द समाने लगे और लगा कि मैं चेतना शून्य होती जा रही थी और मैं गिर पड़ी।

होश आया तो दो लड़के मुझे सँभाल रहे थे। होश में आते ही पूछा—

माताजी ये जगतबन्धु कौन हैं?

—मैं काँप गयी। क्या ये लोग भी सबकुछ जानते हैं? क्या पूरे वृन्दावन में इस बात की चर्चा है? फिर मैंने हिम्मत जुटाकर पूछा—"क्यों क्या बात है?"

—"कुछ नहीं आप बेहोशी में बड़बड़ा रही थीं गोविन्द मुझे जगतबन्धु से बचा।" आप मुझे बताएँ क्या बात है? समझिए गोविन्द ने ही हमें भेजा है।

मैं अर्द्धबेहोशी हालत में बताते रही, क्या बताई यह भी ठीक से याद नहीं किन्तु मेरा मन हल्का हो गया। लोग कहते हैं दुख मत कहो, सुनि इठ लैहें लोग सब बाँट न लैहें कोय। ये बातें बिल्कुल ग़लत है। सहृदय व्यक्ति से अपनी दुख की बातें ज़रूर कहनी चाहिए। सहृदय व्यक्ति के केवल दुख-दर्द सुन लेने मात्र से दुख कम हो जाता है।

मैं आश्रम आयी तो देखा मेरे कुटीर के आगे ढेर सारी जड़ी-बूटी औषधि रखी थी। जो मेरे गर्भवती होने का पुष्ट प्रमाण दे रहा था।

मैं चुप-चाप जाकर कमरे में बन्द हो गयी और सोचने लगी इस काल्पनिक गर्भ के बच्चे का पिता कौन है? जगतबुन्धु मुझे ईसा मसीह की माँ मेरी की जगह तो नहीं बैठायेगा? कौन है वह व्यक्ति जिसके साथ मुझे लाँछन लगाया गया?

पता चल गया। वे गोपालदास बाबा थे, जिन्होंने उस दिन मेरा पक्ष लिया था। पक्ष लेने के कारण उस दुष्ट ने उन्हें भी बदनाम कर दिया। वह एक ही तीर चलाकर कितने शिकार कर रहा था। मुझे, कुल्टा और व्याभिचारिणी तो बना ही दिया और गोपालदास से भी उस दिन का बदला ले लिया और उन्हें बदनाम करके अन्य सभी साधुओं को डरा दिया कि कोई मेरा पक्ष नहीं ले।

मैं गोपालदास बाबा से आँखें नहीं मिला पा रही थी। वे भी अनमने और उदास थे। उन्होंने दुख भरे स्वर में कहा—सावित्री कल मैं बरसाना चला जाऊँगा। मेरे कारण बेकार तुम्हारी भी बदनामी होगी।

मैंने मना नहीं किया। मैं समझ रही थी गोपालदास बाबा मेरी बदनामी के डर से नहीं बल्कि अपनी सफ़ेद चादर पर पड़े हुए छींटे की वजह से परेशान हो रहे हैं। बरसाना जाकर उसे धोना चाह रहे थे। मैं बदनामी से कहाँ बचने वाली थी, वे चले जायेंगे तो किसी और का नाम जोड़ देगा।

—ठीक है बाबा आप जाइए। आप अपने आपको बचाइए। बस मुझे एकमात्र भरोसा गोविन्द पर है, वे ही मुझे इससे बचायेंगे। आप लोग मेरी रक्षा क्या करेंगे? आप लोगों का चरित्र ख़ुद इतना कमज़ोर है कि जब चाहे कोई भी दाँव पर लगा सकता है। मैं आपकी ऋणी हूँ कि उस दिन दुख भरे क्षणों में आपने मुझे सहारा दिया था किन्तु आज दुखी भी हूँ कि आप भी अन्य पुरुषों की तरह कायर ही निकले।

और गोपालदास बरसाना चले गये। मैंने अब किसी से भी सहायता की थोड़ी-सी भी आशा का त्याग कर दिया। बस अपने आपको ईश्वर के सहारे छोड़ दिया।

क्या-क्या बताऊँ, कितनी छोटी-छोटी बातें हैं, जो आज कोई मायने नहीं रखतीं, किन्तु उस समय! आज ख़ुद उन बातों पर हँसी आती है, लेकिन उस समय कितना कठिन थी। टॉर्च—कोई सोच भी सकता है। टॉर्च रखना औरतों के लिए अपराध हो सकता है। जगतबन्धुदास मेरे चरित्र पर लाँछन लगाता था, उसके प्रमाण में टॉर्च का उदाहरण देता था। मैंने सुना वह शंखदास से कह रहा था—"आप ही बोलिए उसे टॉर्च की क्या ज़रूरत है? किसी औरत को टॉर्च लेकर इस तरह कूदते-फाँदते आपने घर-देहात से लेकर वृन्दावन में देखा है? बेचारे गोपालदास मुँह छिपाकर चले गये। लेकिन यह तो इतनी ढीठ है कि शरम-हया सब ताक पर रख दिया है। औरत जात होकर टॉर्च लेकर चलती है यदि इसे ग़लत नहीं करना होता तो टॉर्च रखती ही क्यों? अरे सब सो जाते हैं तो टॉर्च लेकर रात में ज़रूर किसी से मिलने जाती है। नहीं तो आप ही बताइए टॉर्च का क्या काम?

उसी समय मैंने उसके चहेरे पर टॉर्च की रोशनी फेंकते हुए कहा—"काम है न तुम्हारे जैसे अँधेरे में छिपे हुए भेड़िये से बचने के लिए।"

इतना कहकर मैं अपनी कुटिया में आ गयी किन्तु दुख, क्षोभ और निराशा से भर गयी। क्यों जगतबन्धुदास की बातें सब इतनी गम्भीरता से सुन रहे थे जैसे टॉर्च रखना सच में अपराध हो। शेखदास ने कहा था—"अब छोड़िए न वह कुछ भी करे।" जैसे कुछ भी करे यानी कुलटा हो जाये, दुश्चरित्रा हो जाये या टॉर्च रखे, सभी बातें बराबर।

साथ में खड़े और दो सज्जन जगतबन्धुदास की बातों से सहमत होकर गर्दन हिला रहे थे, मानो औरतों के हाथ प्रकाश की मशाल क्यों और कैसे?

सवेरे नहा-धोकर तैयार ही हुई थी कि तेरह-चौदह साल का एक बालक आकर बोला—"माताजी केशीघाट पर एक व्यक्ति आपको बुला रहा है। अभी तुरन्त मेरे साथ ही चलिए कुछ दिखाना है।"

दो-तीन महात्मा भी आ गये आख़िर क्या बात है? कौन बुला रहा है? जल्दी- जल्दी हमलोग केशीघाट पहुँचे। वहाँ तो अजीब नज़ारा था। जगतबन्धुदास घुटनों के बल होकर अपने कान पकड़कर खड़ा था।

—तू औरतों की इज़्ज़त पर हाथ डालता है और उसे बदनाम करता है? शरम नहीं आती निष्कलंक औरत को कलंकित करते। पापी, साधु बनता है। तुझे मारकर इस धरती का भार हल्का कर देता हूँ। ऐसा कहकर उसके पीठ पर एक घूँसा जमाया। बिलबिला गया जगतबन्धुदास। हाथ-पैर जोड़ने लगा।

—"अब मैं कोई ग़लती नहीं करूँगा।"

—"फेंक अपना थूक और चाट।" वह बुरी तरह भयभीत था उसने थूक फेंका और चाटा।

सिहर गयी, मैं छुपकर उसे देख रही थी कि कहीं अपमानित अवस्था में मुझे देखकर और चिढ़ न जाये। अब उन दोनों लड़के की नज़रें मुझ पर पड़ीं तो उसने मुझे बुलाया।

—"आइए माताजी", मैं भयभीत हो गयी, सहमी-सी डरी हुई, हाथ-पैर काँपने लगे किन्तु अचानक ख़याल आया कि इसकी ये हालत तो गोविन्द ने करायी है फिर मैं क्यूँ डरूँ?

उन लड़कों ने कहा, "माताजी ये अधम आपका भी अपराधी है। मुझे बहुत सारे महात्माओं से पता चला है कि यह आपके चरित्र पर लाँछन लगाता है। माँग माफ़ी इनसे, बोल मेरी माता समान हैं आप।"

उसने दोनों हाथ जोड़कर कहा—"तुम मेरी माता समान हो मैंने तुम पर सभी झूठे आरोप लगाये किन्तु मुझे माफ़ कर दो।" उसके कपड़े में ही पेशाब हो गये थे। वो जो खूँखार पशु की तरह दहाड़ता था अभी दीन-हीन अवस्था में पड़ा हुआ था। सज्जन-महात्माओं के समझाने पर उन्हें ही दुश्चरित्र बनाकर अपनी छाती ठोंकता था, अभी आँखों में आँसू लिए दीन-हीन अवस्था में याचना की भीख माँग रहा था।

दया आ गयी। उसने मुझे माता समान कहा और सच मेरे अन्दर का मातृत्व जग गया। मैंने उन दोनों से कहा—"कृपया इन्हें माफ़ कर दीजिए।"

आश्रम आकर यही सोचती रही कि औरतें ऐसी क्यों होती हैं? क्या ईश्वर ने ही इसे ऐसा ही बनाया है? जिसने मुझे इतने दुख दिये उसे भी इस हालत में देखकर मेरा मन क्यों द्रवीभूत हो गया?

एक बार जब उसने मेरा हाथ पकड़ा था तो मैंने पुलिस से उसकी शिकायत की थी। दारोगा आश्रम आ गया था, किन्तु उस समय सभी महात्माओं ने आश्रम की बदनामी की दुहाई देकर मुझसे शिकायत वापस करा लिया था। यदि मैं शिकायत वापस नहीं करती और थाने में पिटाई खाकर यह कायर तो वही सरेंडर बोल देता। बात इतनी आगे बढ़ती ही नहीं। किन्तु होनी को कौन रोक सकता है? मेरी इतनी बदनामी होनी थी। गोपालदास जैसे शुभचिन्तक को भी खो दिया। ख़ैर मंगलमय प्रभु जो करता है मंगल ही करता है।

कितनी जिल्लतों को झेला। जिस बात से सबसे अधिक डरती थी कि कहीं कोई भी मेरे चरित्र पर उँगली न उठा दे यहाँ उँगली उठाना तो दूर मेरी इज़्ज़त की चादर को तार-तार कर दिया गया। इतने छेद कर दिये कि उसकी मरम्मत करना

भी मेरे वश में नहीं था। मुँह दिखाने लायक नहीं रही। लोगों ने मुझसे तो कुछ नहीं कहा किन्तु मुझे क्या पता लोग क्या सोचते होंगे। कुछ लोग कहते हैं बिना आग के धुआँ नहीं होता किन्तु उस धुएँ में कहाँ आग थी? कुछ लोग कहते हैं दोनों हाथों से ताली बजती है तो दूसरा हाथ कहाँ था? मुझे तो आज भी पता नहीं कि मेरे सिर जो कलंक लगा था वो धुला है या नहीं।

कैसी बातें करती हैं अम्मा? कल मैं आपके आश्रम की ओर गयी थी सभी आपके चरित्र की प्रशंसा करते थकते नहीं कि कितनी बहादुरी और धैर्य के साथ पवित्र जीवन जीते हुए आपने वृन्दावन वास किया है। इन्दिरा ने कहा।

ठहाका मारकर ज़ोर से हँस पड़ी सावित्री माँ, अब क्या फ़र्क़ पड़ता है? किन्तु उनकी हँसी में निश्चिन्तता देखकर लगा कि अभी भी फ़र्क़ पड़ता है। वे कह रही थीं—यश हो या अपयश सब उस विधाता के हाथ में है किन्तु अज्ञानतावश हम अपयश में दुखी और यश में सुखी हो जाते हैं। पुरानी स्मृतियों के आधार पर ही तो अभी किसी की निन्दा कर रही हूँ तो मन धिक्कारता भी है। क्यों मन गोविन्द को छोड़कर दूसरे की निन्दा करने में रस लेता है। किन्तु क्या करूँ? कितने जन्मों का संस्कार है। सावित्री माँ अपने को कोस रही थी।

—फिर क्या हुआ अम्मा उसके बाद तो उसने आपको परेशान नहीं किया न? ममता घोब ने पूछा।

—नहीं। जब पाप का घड़ा भर जाता है तब बड़े-बड़े सूरमाओं की हेकड़ी निकल जाती है और यह तो कायर था। हाँ, कायर था तभी तो अपने से कमज़ोर को सताकर ख़ुश होता था। उसका हृदय तो क्या परिवर्तित हुआ होगा लेकिन मुझसे अब कोई मतलब नहीं रखता। उसी समय जनकपुर से शची आ गयी जयनन्दनदास के साथ। जयनन्दनदास गुरुदेव का आदेश भी लाये कि "जगतबन्धुदास अभी तुरन्त आश्रम को छोड़ दें, अब वह इस आश्रम में रहने लायक नहीं हैं।

जगतबन्धुदास ने पैतरा दिया—"मैंने इस आश्रम में तीन हज़ार रुपये लगाये हैं कमरे बनवाने में। हालाँकि यह बात पूरी सच नहीं थी किन्तु शंखदास जो आश्रम का प्रमुख था और उसके उपद्रव से आतंकित भी था, क़र्ज़ लेकर उसे तीन हज़ार रुपये दिये और आश्रम को उससे मुक्त किया।

सावित्री माँ ने भी निश्चिन्तता की साँस ली, जैसे अभी-अभी उसके क्रूर पंजों से अपनी जान बचाई हो।"

इन्दु उनके चेहरे की निश्चिन्तता और सुकून देखकर ख़ुश हो रही थी किन्तु उसके मुँह से निकल गया—"उसके बाद तो आपको फिर किसी ने तंग नहीं किया न।"

हँस पड़ीं सावित्री माँ।

—"औरत का शरीर मिला है तो तंग तो होना ही पड़ेगा। इतना तो मैं मानकर जी रही थी कि मैं सिर्फ़ मनुष्यों की दुनिया में नहीं रह रही बल्कि मनुष्य के रूप में कुछ भेड़िये भी मेरे इर्द-गिर्द हैं। जिन्हें मानव का शरीर तो मिल गया है किन्तु मन और चेतना नहीं मिली।

एक दिन मैं भजनाश्रम से भजन करके लौट रही थी। रास्ते में एक व्यक्ति मेरा रास्ता रोक कर खड़ा हो गया और कहने लगा—तुम संन्यासिनी हो, पूरे समाज के लिए हो, किसी एक घर और व्यक्ति की वधू तो हो नहीं। जो व्यक्ति समाज का हो गया, उसके ऊपर सभी का हक़ है। तुम्हारा कर्तव्य है तुम सब को सुख पहुँचाओ।

शायद उसने भाँग या गाँजा पी रखा था। मैं उससे अपने को बचाते हुए तेज़ी से दौड़ी, वो मेरे पीछे-पीछे, गिरते-सम्हलते दौड़ा। मैं दौड़ते-दौड़ते श्याम बाबा की कुटिया में घुस गयी। वे बाहर निकले तो वह भागा।

मैं हिंसक पशुओं से घिरी हिरणी की तरह काँप रही थी। एक अकेली औरत कैसे ज़िन्दगी काटे? श्याम बाबा मुझे बहुत अच्छे लगते थे। उनसे बातें करना मुझे बहुत अच्छा लगता। वे भी मुझसे बहुत स्नेह करते। कभी-कभी मुझे डर भी लगता कि कहीं मेरे पवित्र स्नेह प्रेम को लोग कलंकित न कर दें। श्याम बाबा ने मुझे उस दिन बहुत समझाया—"सावित्री तुम मनुष्य हो, फिर इतना क्यों डरती हो? यह समाज ऐसा ही है। जितना तुम डरोगी लोग तुम्हें उतना डरायेंगे। तुम डरना छोड़ो। परिस्थितियों का सामना करो। भगवत् भक्त की सबसे बड़ी शक्ति है उसकी निर्भयता। तुम्हें क्या लगता है तुम हिंसक पशुओं से घिरे जंगल में रह रही हो, यहाँ चारों ओर खुले हिंसक पशु घूम रहे हैं। तुम्हारी नज़र में सभी पुरुष क्या जंगली पशु हैं?

मैं शरमा गयी किन्तु मेरे मुँह से निकल गया—"बाबा आपने मेरे मन की बात को कैसे जान लिया?"

श्याम बाबा उदास हो गये—"आज मुझे अपने पुरुष होने के ऊपर शरम आ रही है।"

—नहीं बाबा आप ऐसे नहीं हैं। मेरा मतलब आपसे नहीं था। आपने तो कितनी बार मेरी रक्षा की है।

—"सावित्री, तुम समस्त पुरुष समाज को माफ़ कर दो। मैं सबों की ओर से तुमसे क्षमा माँगता हूँ। तुम अपने मन से समस्त द्वेष को मिटा दो नहीं तो तुम्हारा चित्त हमेशा अशान्त और उद्वेलित रहेगा। किन्तु एक बात और किसी से डरो मत,

प्रत्येक परिस्थिति का डट कर मुकाबला करो, निर्भीक बनो। पुरुषों में थोड़ा पशुबल ज़्यादा रहता है बस, किन्तु ऐसे लोग भीतर से भारी डरपोक होते हैं।" हँसते हुए श्याम बाबा ने कहा।

इन्दु, श्याम बाबा ने मेरी बहुत मदद की। उन्होंने मेरे मन के बहुत सारे भ्रमों को तोड़ा। उन्होंने मुझसे कहा—"सावित्री ये ज़िन्दगी तुम्हारी है। इसे तुम अपने तरीक़े से जीओ। अपने को कष्ट देना तपस्या नहीं मूढ़ता है। गीता में भगवान श्रीकृष्ण ने अर्जुन से क्या कहा है—"जो मूढ़ व्यक्ति अपने आपको कष्ट देता है समझो मुझ वासुदेव परमात्मा को ही कष्ट दे रहा है।"

छोटी-छोटी बातों से घबड़ाना, भयभीत रहना, अनजानी अशंकाओं को लेकर परेशान होना, उदास रहना ये सामान्य व्यक्ति के भी लक्षण नहीं हैं तो भला तुम विशेष और श्रीकृष्ण भक्त कैसे बन सकती हो?

देखो अपने गोविन्द को तुम, वे प्रत्येक परिस्थिति में आनन्दित रहते हैं, तुम उनकी उपासक हो। भला फिर तुम्हें इस तरह मर-मरकर जीने की क्या आवश्यकता है? तुम्हारा जिससे मन करे बातें करो, हँसो। फिर तुम्हारे जीवन में स्वत: ही आनन्द आ जायेगा और विषाद समाप्त हो जायेगा।

—बाबा मुझे किसी व्यक्ति से ख़ासकर किसी पुरुष से बातें करने में बहुत डर लगता है। पता नहीं किस के साथ हमारे नाम को जोड़कर बदनाम कर दे। मेरी जो बदनामी होगी सो तो होगी ही उस व्यक्ति की भी बदनामी अकारण हो जायेगी।

—कोई क्या कहेगा, इससे क्या होता है? क्या तुम्हें एक सामान्य जीवन नहीं जीनी चाहिए। तुमने शिवजी की कहानी सुनी है न जब शिवजी पार्वती को बैल पर चढ़ाकर ख़ुद पैदल चलते हैं, तो लोग कहते हैं देखो स्त्री-भक्त, जब पार्वती को नीचे कर ख़ुद बैल पर बैठते हैं तो लोग कहते देखो इस पुरुष को सुकोमल पत्नी पैदल और हट्ठा-कट्ठा जवान सवारी पर, जब महादेव और पार्वती दोनों सवारी करते हैं तो लोग कहते हैं हद है क्रूरता की, बेचारा कमज़ोर जानवर और उस पर दो-दो व्यक्ति की सवारी, तो कभी चैन नहीं। क्या करोगी लोगों की बात सुनकर? समाज जब तक सुसंस्कृत और सभ्य नहीं हो जाता है,तब तक ऐसी बातें होती रहेंगी। यहाँ तो ज़्यादातर पुरुष ही हैं, महात्माओं में स्त्रियों की संख्या अभी भी नगण्य है, फिर तुम किनसे बातें करोगी? जीना सीखो सावित्री।

उन्होंने व्रज के गाँव की एक घटना सुनायी कि पहले वे वृन्दावन में नहीं, चकसौली गाँव में रहकर भजन करते थे। प्रत्येक दिन शाम को दूध लेने एक पण्डितजी के घर जाया करते। बाबा जब जाते तभी उस घर की बहू उसी समय

दूध निकालती और ताजे दूध उन्हें देती। दूध निकालकर उसे अच्छी तरह फेटती ताकि झाग कम हो जाये। उसे इन कार्यों को करने में काफ़ी वक़्त लग जाता। बहुत आराम से धीरे-धीरे काम करती और बाबा से बातें करती रहती। उसकी सास गुस्सा भी होती—"बाबा तब से बैठे हैं तुझे इतनी देर क्यों लगती है!" लेकिन वो अपनी धुन में काम करती और बातें करती। बहुत थोड़ी पढ़ी लिखी थी और ससुराल वाले अनपढ़, श्यामदास विद्वान थे। उनसे बातें करना उसे अच्छा लगता था। बाबा को भी जल्दी रहती कि झटपट दूध निकाल दे।

कुछ दिनों बाद वे वृन्दावन आकर रहने लगे। लगभग पाँच-छह साल बाद जब एक बार चकसौली गये तो उनकी कानों में एक आवाज़ आयी—बाबा, आप मुझे देखकर भी कितने अनजाने बने चले जा रहे हो? आपको पता है आपके कारण मैंने न जाने कितनी बार पिटाई खायी है।

बाबा तो सन्न रह गये। "मेरे कारण पिटाई? भला क्यों?"

—क्योंकि जब आप दूध लेने आते थे तो मैं आपसे बातें किया करती और मेरी सास इन बातों को मेरे पति को बताती और वह गुस्सा होकर मुझे मारता। श्याम बाबा ने कहा—तुमने मुझे बताया क्यों नहीं? मैं दूध लेने नहीं आता या किसी और को भेज देता। हे भगवान तुम बेकार ही मेरे कारण पिटती रही। फिर तुम्हारे पति पण्डितजी ने भी मुझे कुछ नहीं कहा।

—कहने के लिए था क्या बाबा? बस उसे मेरा आपसे बातें करना पसन्द नहीं था और मुझे पिटाई खाकर भी आपसे बातें करना अच्छा लगता था। मुझे पता था उसे दूध बेचना है, इसी से आपको मना नहीं करेगा। मुझपर ही ज़ुल्म ढायेगा। पिटाई कम पीड़ादायक थी वनिस्बत आपसे बातें नहीं करने के। उस समय मेरे पास आपसे बातें करने के सिवा मन लगाने का कोई साधन नहीं था।

कहानी समाप्त करके सावित्री माँ हँसती हुई बोलीं—"तब मैंने श्याम बाबा से कहा—"आपका मतलब है कि मैं भी गाली-मार खाकर भी अपना मनोरंजन करूँ। नहीं बाबा यह मुझसे नहीं होगा।"

—सावित्री मन को कुण्ठाग्रस्त मत बनाओ, यदि दुनिया में ईश्वर की दी हुई सबसे अनमोल निधि कुछ है तो वह है 'मनुष्य की हँसी' और कुण्ठाग्रस्त व्यक्ति हँस नहीं सकता। हँसी भी कैसी, ऊपरी ठहाका नहीं बल्कि अन्तर्मन से निकली हुई निश्छल हँसी। कल-कल झरनों-सी बहती हँसी।

मैंने यह कहानी इसलिए सुनाई कि औरतों को सिर्फ़ बातें करने के लिए भी अपने घरों से बग़ावत करनी पड़ती है, पिटना पड़ता है। फिर भी वे अपनी ज़िन्दगी जीना चाहती हैं। यही तो संघर्ष है और इस संघर्ष से ही कोई समाज प्रगतिशील हो पाता है।"

इन्दु ने कहा—श्याम बाबा ने बिल्कुल सच कहा है सावित्री माँ। दूध देने वाली औरत ब्रजगोपी ही तो है। ब्रजगोपियों ने भी तो यही किया था—अपने घर से बग़ावत, पति से बग़ावत और साथ ही श्रीकृष्ण की सान्निध्यता की प्राप्ति। रोबीले पति या यों कहे कि पति का मतलब ही रोबीला होता है। ससुराल में अन्य किसी व्यक्ति के मन में बहू के प्रति संवेदना होती नहीं और इसी बीच इन गोपियों को श्रीकृष्ण जैसा संवेदनशील सखा मिल गया तो क्यों न सारी मर्यादाओं को लाँघकर दहलीज पार कर जाती।

—अरे-अरे इन्दु यह क्या कह रही हो? श्रीकृष्ण कोई पुरुष नहीं हैं, बेटा वे साक्षात परब्रह्म है। उनसे मिलने, बातें करने, और उनसे प्रेम करने से तो मोक्ष मिलता है।

—सावित्री माँ, श्रीकृष्ण, वही परब्रह्म तो बताकर गये हैं कि स्त्रियाँ पवित्रता और पतिव्रत्य के नाम पर घुट-घुट कर नहीं जीयें। एक सामान्य ज़िन्दगी जीये। किसी से भी हँसना-बोलना क्या अपराध है?

—यह सच है कि बेटी यह अपराध नहीं है, किन्तु क्या करती मैं? अपने को कितना बचा कर रखती, तब भी कहाँ बची? कौन-सा कलंक था जो मुझपर नहीं लगाया गया। यदि हँसती, बोलती तो न जाने क्या होता?

—कुछ नहीं होता, अम्मा। जब ख़ुद काँच के बने रहेंगे तो लोग कंकड़ मारकर फोड़ेंगे ही। यदि हम इस्पात के बन जायेंगे तो कोई कुछ नहीं कहेगा। समाज ने हम औरतों के हाथ में काँच से निर्मित पवित्रता का लड्डू थमा रखा है जिसके टूटने के डर से हम चौबीसो घण्टे डरी रहती हैं।

लम्बी साँसें खींचते हुए सावित्री माँ ने कहा—तुम ठीक कहती हो, शची के साथ भी ऐसा ही हुआ था।

—कौन शची?

—वही शची जिसके कम्बल से भी कोई पुरुष स्पर्श कर जाता तो उसे धोती थी। लेकिन समाज ने उसे ही कहाँ छोड़ा? एक अच्छी-भली औरत को पागल बनाकर छोड़ा।

—कैसे सावित्री माँ, क्या हुआ था?

—होना क्या है? यही तो हमलोगों की नियति है। औरतों की कोई उम्र नहीं होती बदनाम होने के लिए, तभी तो शची पचास साल की उम्र में बदनाम हो गयी। क्योंकि पचास साल तक पुरुष स्पर्श से कम्बल धोने वाली शची के कम्बल पर एक दिन राघवदास बैठ गया और उसने कम्बल नहीं धोया। फिर क्या था उसका सतीत्व कहाँ रहा? कहाँ रही उसकी पवित्रता? जितनी मुँह उतनी बातें। यह कैसे हो गया?

इस उम्र में आकर शची बहक गयी, भ्रष्ट हो गयी। जब तक औरत चिता पर नहीं चली जाये, तब तक कुछ भी कहना मुश्किल है।

रामदास ने हथेली पर से तम्बाकू मुँह में डालते हुए कहा—"इससे बढ़कर अब शची के भ्रष्ट होने का क्या प्रमाण हो सकता है कि राधवदास के कम्बल पर बैठने पर भी उसने उसे धोया नहीं और वह सब दिन ऐसी होती, कभी भी कम्बल नहीं धोया होता तो भला, आज उसे कोई कुछ क्यों कहता?"

पवित्रता की जाल में शची को फंसाकर समाज फिर उसी फाँस से उसे जीते जी बेघ रहा था।

आश्रम के कठोर अनुशासन और नियम में एक मात्र कोई औरत माताजी की नज़रों में पास हुई थी तो वह शची थी। यह सब करते-करते वह जीती-जागती प्रस्तर की मूर्ति बन गयी थी। उसे देखकर लगता था,जैसे वह बेहद, कठोर, मानवीय संवेदनाओं से दूर रहने वाली कोई प्राणी हो। न उसे अपनी प्रशंसा से मतलब था न निन्दा से। रंग साँवला था किन्तु उसने अपने रूप-रंग की इतनी उपेक्षा की कि साँवला रंग काला हो गया और त्वचा कठोर। सिर के बाल मुँडवा कर तो उसने अपने रूप-रंग को जला ही डाला। न कभी हँसती, न मुस्कुराती। दोनों होंठ सिले हुए शिला की तरह प्रतीत होते।

अन्दर-ही-अन्दर घुटती शची को तपेदिक हो गया। मुँह से ख़ून की उल्टी होने लगी। अभी वृन्दावन आये हुए मात्र तीन महीने ही हुए थे। अपनी ससुराल से ज़मीन-जायदाद बेचकर कुछ रुपये लायी थी, उसी में से कुछ रुपये से आश्रम में ही एक कमरा बनवा लिया और कुछ रुपये को बैंक में जमाकर दिया। उन्हीं पैसे के सूद से जीवन-यापन कर रही थी। किन्तु अचानक इस भयंकर बीमारी ने उसे दबोच लिया। वह किसी से कुछ नहीं कहती, चुपचाप अपने कमरे में पड़ी रहती।

गुरुदेव के शरीर छूटने के बाद मैं आश्रम छोड़कर भजनाश्रम के बगल में एक महिलाश्रम था, उसी में चली गयी थी। मेरे पैरों में भी तकलीफ़ रहने लगी थी। कभी-कभी शची ही मिलने आ जाती। जब बहुत दिनों तक नहीं आयी तब उससे मिलने आश्रम में गयी, देखा अपने कमरे में चुपचाप पड़ी थी। ज्वर से उसका शरीर तप रहा था। कमरे में दुर्गन्ध भी हो रही थी। हमेशा साफ़ और स्वच्छ रहने वाली शची के कमरे में दुर्गन्ध। मुझे आश्चर्य हो रहा था।

—क्या हुआ शची? कबसे बुख़ार है? तुमने कुछ लिया या नहीं?

—हाँ, रामकृष्णमिशन से होम्योपैथी दवा ली है किन्तु कुछ लाभ नहीं हो रहा है। लगता है अब अन्तिम समय आ गया है। अच्छा है वृन्दावन में शरीर छूट जाये।

—शची हम औरतें इतनी आसानी से कहाँ मरती हैं? विधाता कहाँ हम पर इतना मेहरबान है कि जल्दी बुलाकर कष्टों से मुक्ति दे दें। जितना अधिक हमलोग संघर्ष करती हैं, उतनी ही ताक़त बढ़ती है। जितना ही भोजन कम करते हैं, उतना ही बल बढ़ता है। तू मत घबड़ा, अभी मरेगी नहीं।

—मैं मरने से कहाँ घबड़ाती हूँ। सिर्फ़ बुख़ार रहता तो कोई बात नहीं किन्तु जब भी थूक फेंकती हूँ, ख़ून के धब्बे भी साथ आते हैं।

—ज़्यादा मत सोच, तुझे कोई ख़ास बीमारी नहीं हुई होगी। खाँसी में गला छिल गया होगा। दो-चार दिन में ठीक हो जायेगा। कल तुझे मैं आकर मिशन ले जाऊँगी। अंग्रेज़ी दवा खाते ही ठीक हो जायेगी।

किन्तु कहाँ जा सकी मैं। आश्रम से लौटते समय रास्ते में एक बन्दर तेज़ी से मेरी ओर झपटा और मैं दौड़ पड़ी, एक पाँव गढ़े में पड़ा और मैं औंधे मुँह गिरी। खड़ी होने की कोशिश की, तो हो न सकी। मेरे दाहिने पैर के घुटने की हड्डी टूट चुकी थी।

दो महीने पैर पर प्लास्टर चढ़ा रहा। अपनी ही पीड़ा से परेशान रही। उस समय मुझे सिर्फ़ शारीरिक पीड़ा ही झेलनी पड़ी। उस समय वृन्दावन के सन्त-महात्मा, स्त्री-पुरुष सभी ने मेरी बहुत मदद और सेवा की। उन लोगों के साथ मेरे बहुत अच्छे सम्पर्क और सम्बन्ध बन चुके थे। तन-मन-धन तीनों से मेरी मदद की।

हाँ, शची के प्रति मैं थोड़ी नाराज़ चल रही कि वह मुझे एक दिन भी देखने नहीं आयी। लगभग छह महीने बाद जब थोड़ी चलने-फिरने लायक हुई तो आश्रम गयी। उस समय शची के प्रति मन में कड़वाहट भरी थी। वहाँ प्राय: सभी लोग शची के ख़िलाफ़ थे, लेकिन मुझसे बहुत प्यार से बातें कर रहे थे। मैं भूल गयी कि यह शिकारियों का वही दल है जिनकी शिकार मैं ख़ुद रह चुकी हूँ, किन्तु हाय रे मन की गाँठे कहाँ जड़ जमाकर बैठ जाती है, पता ही नहीं चलता।

मैं भी शची के कम्बल नहीं धोने की बात पर आश्चर्य प्रकट करने लगी।

जब मैं उसके कमरे में गयी, वह गुमसुम बैठी थी। मुझे देखते ही आँखें भर आयीं।

—आइए सावित्री दीदी कैसी हैं आप? उसने कहा।

—आज तुम्हें सुध आयी है कि मैं कैसी हूँ। छह महीने तक बिछावन पर पड़ी रही। कभी ख़याल नहीं आया कि ज़िन्दा हूँ या मर गयी, एक नज़र ही देख आऊँ।

—कितनी बार मन किया किन्तु राधवदासजी ने मना कर दिया।

—अच्छा राधवदास! क्यों वह तुम्हें जो कहता है, तुम वही करती हो। इसका मतलब लोग जो कहते हैं...

—हाँ, बिल्कुल सही कहते हैं कि मैंने उनके बैठने के बाद अपना कम्बल नहीं, धोया किन्तु यह नहीं जानना चाहेंगी, क्यों?

और उसने जो बताया इन्दु, मैं शर्मिंदा हो गयी, आँखें नहीं मिला पा रही थी। कैसी औरत हूँ मैं? मुझे सिर्फ़ अपने ही दुख दिखाई देते हैं, दूसरों के दुख को महसूस करना तो दूर उससे ईर्ष्या करती हूँ। शायद हमलोग सिर्फ़ अपने लिए लोगों से संवेदनाएँ खोजते हैं। दुनिया के तमाम लोग हमारे लिए क्यों संवेदनशील नहीं हैं और हम किसके लिए संवेदनशील हैं?

सच यही था कि मुझे भी शची के अपना कमरा बना लेने से ईर्ष्या हो गयी थी। मैंने आजतक अपना कमरा क्यों नहीं बनवाया। इसका ख़याल ही कभी नहीं आया। किन्तु 'अपना कमरा' और अपने ब्याज की कमाई से अपना ख़र्च चलाने वाली शची से मैं ईर्ष्या कर बैठी। यह ईर्ष्या ऊपर से तो नहीं पता चल रही थी किन्तु सच्चाई यही है कि अन्तर्मन में थी। शची के इस छोटे-से सुख को भी मैं अभागिन सहन नहीं कर पायी थी। मुझे अपने आपसे भी घृणा हो रही थी।

सन्त-महात्मा कहते हैं कि दुख झेलने से मनुष्य कसौटी पर कसा जाता है और दुख रूपी तप से उसका हृदय और मन निर्मल हो जाता है। किन्तु कहाँ हुआ मेरा मन निर्मल? मुझे लगता है, यह पूर्ण सत्य नहीं है। इतने दुख झेलते-झेलते शायद मेरा मन कुण्ठाओं का शिकार हो गया था, नहीं-नहीं आज भी है। किसी को दुखी देखती हूँ तो मन में तकलीफ़ होती है किन्तु अपनी तरह किसी औरत की ख़ुशी और ख़ुश देखकर मन आनन्दित नहीं हो पाता है। क्यों नहीं मन सोचता है—हे दयालु प्रभु! तुमने जो कष्ट मुझे दिया, सो दिया और किसी स्त्री को मत देना और सारी प्रसन्न औरतों को देखकर मैं प्रसन्नता से भर जाती।

—सावित्री माँ, शची ने क्या बताया? टुम्पा चौधरी ने पूछा।

शची ने बताया—हाँ, सावित्री दीदी, मैंने राघवदास के बैठने पर कम्बल नहीं धोया और मुझे इस बात की शर्मिन्दगी है, क्यों इतने सालों तक कम्बल धोती रही? पहले यदि कम्बल धोने का पागलपन नहीं किया होता तो आज ये ताने नहीं सुनने पड़ते।

मैं जीवनभर पागलपन करती रही और मन-ही-मन अपने को सती नारी समझती रही। समाज मेरे पागलपन को बढ़ावा देता रहा और सच मैं एक असामान्य महिला बन गयी। मन की सारी संवेदनाओं को कुचल दिया। हांड़-मांस की औरत पत्थर में बदल गयी। किन्तु इस पत्थर की औरत को भी क्या मिला। पचास साल की उम्र में चरित्रहीनता का कलंक।

उस दिन जब आप चली गयीं। मेरी तबीयत और बिगड़ती चली गयी। बुख़ार तेज़ होता गया। पूरा शरीर जल रहा था। शरीर में इतनी शक्ति नहीं थी कि उठकर पानी पी लूँ। प्यास से गला सूख रहा था। कोई व्यक्ति मेरे कमरे के आगे से गुज़र रहा था। मैंने इशारे से पानी माँगा। उसने अपनी नाक को कपड़े से ढककर मेरे गिलास में पानी लाकर दे दिया। मैं अपना भोजन कहाँ से बना पाती, आश्रम से ही दो रोटी और सब्ज़ी लाकर किसी ने मेरे दरबाज़े पर रख दिया। मैं उसे अन्दर खींच पाती, उसके पहले ही बन्दरों ने उसे अपना आहार बना लिया। मैं भूखी पड़ी रही, खाने की इच्छा तो नहीं थी किन्तु जबरन मुँह के अन्दर निवाला डालना चाहती थी ताकि शरीर में कुछ शक्ति लौटे और मैं चल सकूँ। शाम को मोहनदास आये। दरवाज़ पर से ही पूछा—शची बहन तबीयत ठीक है न?

—नहीं...बुख़ार से देह तप रहा है, मैं किसी तरह बोल पायी।

—ठीक हो जायेगा। वृन्दावन में जो नवागन्तुक आते हैं, उन्हें मलेरिया प्रसाद मिलता ही है। एक बार मलेरिया हो जायेगा तो आप वृन्दावन रहने के लिए बिल्कुल फिट हो जायेंगी। ठण्ड भी लगती है न?

—हाँ, ठण्ड तो बहुत लगती है।

—बस-बस मलेरिया है। वार्ली पीजिए, सब ठीक हो जायेगा। राघवदासजी सब तरह की दवा रखते हैं, आते ही कुनैन की गोली दे देंगे। पूरे आश्रम का इलाज वही करते हैं होम्योपैथी, आयुर्वेदिक, एलोपेथी।

—किन्तु मेरे थूक में ख़ून भी आता है।

मोहनदास के क़दम चार पग पीछे चले गये। उन्होंने अपनी नाक पर रुमाल रखते हुए कहा—“तब तो डॉक्टर को दिखाना होगा।”

—कौन दिखायेगा? मोहनदासजी आप चलेंगे मेरे साथ?

—मैं? मुझे बीमारी कहाँ समझ में आती है।

मोहनदास अभी तक डॉक्टर बने हुए थे, मेरी बीमारी को पहचान लेने का दाबा कर रहे थे, मेरे लिए कुनैन की दवा फ़ायदेमंद होगी, बता चुके थे किन्तु अब वे बीमारी के बारे में कुछ नहीं समझ रहे थे।

यही सही है सावित्री दीदी कि सबको अपनी ज़िन्दगी प्यारी है। भला टी.बी. की भयंकर बीमारी से कौन नहीं डरे। मुझे तो ओपेन टी.बी. है। इस बीमारी में तो घर-परिवार, रिश्तेदार सभी साथ छोड़ देते हैं तो भला यहाँ मेरे लिए कोई जान जोख़िम में क्यों डालता?

कोई मुझे डॉक्टर के पास नहीं ले गया। मैंने सोच लिया अब मरना ही मेरी नियति है। किन्तु उस भयंकर पीड़ा का क्या करती जिसे सहन करना मेरी शक्ति से बाहर होता जा रहा था। शरीर ने जवाब दे दिया। मेरा माथा घूमने लगा। मैं सोच रही थी किसी तरह उठकर अपनी चौकी पर लेट जाऊँ किन्तु उठते के साथ ही आँखों के सामने अँधेरा छा गया और मैं चक्कर खाकर गिर पड़ी। उसके बाद क्या हुआ मैं नहीं जानती। होश आया तो तुलसी बहन सामने थोड़ी दूरी पर बैठी थी और राघवदास मेरे चेहरे पर पानी के छींटे मार रहे थे।

जब आँख खुली तब मैं हड़बड़ा कर उठना चाही किन्तु राघवदास ने कहा "आप लेटे रहिए।" मुझमें उठने की शक्ति भी नहीं थी। आँखें बन्दकर लेटी रही। राघवदास ने वार्ली बनाकर मुझे पीने के लिए दिया तथा बिस्किट खिलाकर बुख़ार उतरने की दवा दी और वहीं पर रखी एक कुर्सी पर बैठ गये जिस पर मेरा कम्बल रखा था। उन्होंने कम्बल उठाकर मेरे शरीर पर डाल दिया क्योंकि उस समय मुझे तेज़ बुख़ार था। सारा शरीर ठण्ड से काँप रहा था। उसके बाद मेरी आँखें मुँदती चली गयीं।

जब आँखें खुलीं तो पूरा शरीर पसीने से तर-बतर था, जैसे पानी में स्नान किया हो। बुख़ार उतरने से मन तो हल्का लग रहा था किन्तु कमज़ोरी के कारण उठ नहीं पा रही थी। आँखों को बन्द करके चुपचाप पड़ी रही किन्तु उस समय पूरी तरह चैतन्य थी।

मेरी खिड़की के पास ही तुलसी दीदी कह रही थी—"अब सेवेरे उठते ही कम्बल धोयेगी, जबकि कम्बल कभी अपवित्र नहीं होता किन्तु इसको कौन समझाये? अति पवित्र बनने की होड़ में किसी की सुनती भी तो नहीं।"

"इसी से तो मैं अस्पताल जाने के लिए तैयार नहीं हुई। मुझसे कह रही थी, साथ चलने के लिए। जब पुरुष से कम्बल स्पर्श करता है, तो उसे धो देती है। साथ रिक्श पर बैठकर जाने पर पता नहीं क्या करेगी? नहीं भई, मैं इन सब तरह की औरतों के चक्कर में नहीं पड़ता।" मोहनदास ने हँसते हुए कहा।

लेटे-लेटे मेरी दोनों आँखों से आँसू गिर रहे थे। मोहनदास जनकपरु आश्रम में मेरे साथ रहे थे मेरे उस पागलपन को देखा था जिसपर मुझे गौरव था। जिस के कारण माता जी भी मुझे आदर देती थी किन्तु क्या इसी बात को लेकर मेरी पीठ

पीछे लोग मेरा मजाक उड़ाते थे ? क्या लोग मेरी पवित्रता को आदर की दृष्टि से नहीं देखते?

मैं ने पहली बार इसतरह की बातों को अपने बारे में सुना था। सन्न रह गयी मैं। क्या आजतक की मेरी तपस्या व्यर्थ है? क्या वह एक पागलपन था? नहीं-नहीं चाहे कुछ भी हो जाये मैं अपने पचपन साल की तपस्या को योंही व्यर्थ न जाने दूँगी। चाहे जो कुछ भी हो जाये, लोग मुझे कुछ भी समझें, मैं इस पवित्रता की रक्षा करूंगी। जीवन भर की मेहनत बेकार नहीं जाने दूँगी।

सवेरे नींद खुली तो राघवदास पर ही नज़र पड़ी। वे बार्ली घोल रहे थे। मैं हड़बड़ा कर बैठ गयी।

—मैं ख़ुद बना लूँगी, मेरी तबीयत अब ठीक लग रही है।

—आप ख़ुद तो कर ही लेंगी किन्तु अभी नहीं, पहले बिस्किट वार्ली लेकर दवा ले लें। बुख़ार हो जायेगा तो अस्पताल ले जाकर दिखा दूँगा।

राघवदास जब मेरे कमरे से निकलने लगे तो उनकी नज़र मेरे फेंके थूकों पर गयी, उनके पैर ठिठके और फिर आगे बढ़ गये। पुनः लौटे तो हाथ में मिट्टी का एक पात्र था, जिसमें राख भरी थी, उन्होंने उसे कमरे में रखते हुए कहा—"शची दीदी अब इसी बर्तन में थूकेंगी।" पानी लेकर मेरे थूकों को साफ़ करने लगे। मैं मना करती रही—"आप छोड़ दीजिए।" किन्तु नहीं माने। वे मुझसे दस-पन्द्रह साल छोटे हैं, छोटे भाई की तरह। मैं उन्हें ग़ौर से देख रही थी, उनके चेहरे पर कोई भाव नहीं था बिल्कुल निर्विकार, न सेवा करने की गुरूता और न गन्दगी से घृणा।

मैं लगभग छह महीने से आश्रम में रह रही थी, राघवदास भी आश्रम में थे किन्तु मैं उन्हें ठीक से जानती भी नहीं थी। हालाँकि वे मेरे गुरु भाई हैं। एक तो अपने में सिमटकर रहना मेरा स्वाभाव, तो दूसरी ओर राघवदासजी के बारे में सुना था कि वे पढ़ाई में अपने विश्वविद्यालय में प्रथम आते थे और विद्वान् हैं तो भला मैं उनसे क्या बातें करती? मैं मूर्ख महिला जिसे अक्षर ज्ञान भी आश्रम की कृपा से हुई थी जो आज भागवत और भक्तमाल पढ़ लेती हूँ।

हालाँकि वे पहले भी मुझे दण्डवत शची दीदी कहते हँसकर बातें करने की कोशिश करते, किन्तु मैं जल्दी से दण्डवत कहकर अपने कमरे में चली जाती क्योंकि मेरे जीवनभर का पाठ तो यही था कि 'जो पुरुष स्त्री से हँसकर बात करे उस पर विश्वास मत करो, भले ही वह तुमसे छोटा हो या बड़ा।' कभी-कभी उन्हें अति गम्भीर भी देखती। प्रायः आश्रम में लोगों को दवा देते देखती, किन्तु मुझे इन बातों से क्या लेना-देना था।

सच कहें सावित्री दीदी हमलोग अति आत्म केन्द्रित लोग हैं; यह हमारी महानता नहीं, बल्कि संकीर्णता है।

हाँ, तो मेरी तबीयत ख़राब होती जा रही थी। खाँसते-खाँसते दम फूलने लगता। कलेजे में भयंकर दर्द होने लगा। मेरी कमज़ोरी बढ़ती जा रही थी। बुख़ार थोड़ी देर के लिए छूटता, दवा का असर जाते ही बैताल फिर पेड़ पर। बुख़ार नहीं छूटा तब राघवदास मुझे रामकृष्ण मिशन ले गये।

क्या कहूँ सावित्री दी, जब राघवदास के साथ रिक्शे पर बैठी तब यही सोच रही थी, इससे अच्छा मर जाती यह पाप तो नहीं होता किन्तु सच कहूँ तो अन्दर से जीने की अदम्य लालसा भी थी। जिजीविषा—बस एक यही सत्य है और इसी शब्द ने दुनिया को चलायमान कर रखा है।

मैंने भी अपने पाप को समाप्त करने के लिए गुरुदेव का सहारा लिया। वे कहा करते थे, तुम सभी गुरु भाई-बहन आध्यात्मिक भाई-बहन हो, अपने सगे भाई-बहन से भी बढ़कर, यह एक अत्यन्त पवित्र रिश्ता है। फिर राघवदास तो मेरे छोटे गुरु भाई हैं।

पहली बार इतने बड़े अस्पताल को देखा। चारों ओर मरीज—औरत और मर्द। सफ़ेद कपड़ों में घुटनों तक स्कर्ट और शर्ट पहने और बालों को समेटकर सिर पर टोपी लगाई नर्सें बड़ी ही सुन्दर दिखाई दे रही थीं। कभी कोई इधर कराहता कभी, उधर। वे नर्सें हँसती हुई कभी एक मरीज के पास जातीं, कभी दूसरे के पास। कभी किसी का कन्धा थपथपातीं तो कभी किसी का हाथ पकड़कर सान्त्वना देतीं, हमेशा मुस्कुराकर।

मैं आश्चर्यचकित थी, यह कैसा सत्य है? क्या इन्हें कोई पाप नहीं लगता है? तीस मिनट में तीस पुरुषों का स्पर्श किया होगा, सिर्फ़ स्पर्श ही नहीं किया। सबके साथ हँसीं और मुस्कुराईं भी। यदि यह सत्य है तो मेरे पूरे जीवन की तपस्या! क्या वह असत्य है? मेरे जीवनभर की तपस्या का फल यही था कि मैंने किसी पुरुष से मुस्कुरा कर बात करने का पाप नहीं किया है किन्तु मुझे ये सारी औरतें पवित्रता की मूर्ति लग रही थीं।

वे मुझसे कुछ बता रही थीं किन्तु मैं एकटक उन्हें देख रही थी, क्यों इतना फ़र्क़ है मुझमें और इनमें। मैं मुस्कुराती सेवा की मूर्तियों को देखती जा रही थी कि उन्होंने मेरे हाथ में एक पर्ची थमाकर कहा कि आप पाँच नम्बर काउंटर पर जाकर ख़ून, पेशाब जाँच होने के लिए दे दीजिए और छह नम्बर काउंटर पर जाकर एक्सरे करा लें, पैसे यहीं जमा कर दें।

मिशन में ग़रीबों की नि:शुल्क सेवा भी होती है और पैसे वाले से शुल्क लिए जाते हैं। राघवदासजी ने मिशन के स्वामी से कहकर मेरी जाँच की फ़ीस माफ़ करा दी।

डॉक्टर ने मेरी छाती पर स्टेथोस्कोप लगाते ही कहा—टी.बी. के लक्षण हैं। एक्सरे रिपोर्ट देखकर तो उछल ही पड़ा—ये जीवित है, चल फिर रही हैं, यह तो चमत्कार है। फेफड़ा पूरी तरह जर्जर हो चुका है। थूक में ख़ून भी आता है?

—हाँ, डॉक्टर साहब प्राय: आता है। एक-दो बार कुल्ले की तरह मुँह से ख़ून भी गिरा है।

—आपको ओपेन टी.बी. है। आप इधर-उधर मत थूकें। दवाई नियमित रूप लें।

—डॉक्टर साहब अब दवा खाकर क्या होगा? क्षयरोग से कौन बचा है, जो मैं बचूँगी। इस जन्म में तो कोई पाप नहीं किया, न जाने किन जन्मों के पाप हैं।

—माताजी अब टी.बी. से कोई नहीं मरता। इस रोग की बहुत अच्छी दवा निकल चुकी है, सिर्फ़ सालभर खाना पड़ेगा अधिक-से-अधिक तीन साल तक। आप पूरी तरह ठीक हो जायेंगी। दवा के साथ-साथ सूखे फल, ताज़े फल और दूध का सेवन अवश्य करेंगी। अंडा और मछली तो नहीं ही खायेंगी? डॉक्टर ने हँसते हुए कहा।

अस्पताल से आश्रम आयी तो सभी लोग मेरे पास आये—डॉक्टर ने क्या कहा।

मैंने सारी बात बता दी, सभी के पाँव पीछे की ओर खिसक गये। इधर, राघवदास मेरे मल-मूत्र को अपने हाथों से उठाकर जाँच कराने ले गये। मैं नहीं जानती थी कि वे स्वयं ले जायेंगे, मुझे लगा था मेहतर ले जायेगा। मैंने उनसे कहा—राघवदासजी आप स्वयं क्यों उन गन्दी चीज़ों को लेकर गये। मुझे साथ ले चलते, मैं ख़ुद ले जाती, मैंने सोचा मेहतर ले जायेगा।

—क्यों शची दीदी जब मेहतर ले जा सकता है तो मैं क्यों नहीं। क्या मेरी योग्यता उससे कम है? आप मेरे एक बार टट्टी ले जाने से इतनी परेशान हो रही हैं और बेचारा मेहतर रोज़ हमारी माँ की तरह गन्दगी को साफ़ करता है किन्तु क्या बदले में उसके प्रति थोड़ी-सी भी कृतज्ञता रखते हैं, उल्टे नीची नज़र से देखते हैं और फिर डॉक्टर? वह भी हमारी गन्दगी को छूता है। वही तो जाँच करेगा। समाज इसी तरह चलता है। इसी से हमें पूरे समाज के प्रति कृतज्ञ होना चाहिए। जाने-अनजाने कितने ही लोग हमारी सेवा कर रहे हैं और बदले में हम क्या दे रहे हैं, कुछ भी नहीं।"

और सावित्री बहन, मैंने उस दिन कम्बल नहीं धोया। जब समस्त आश्रमवासी मेरी ओर आने वक़्त नाक पर कपड़े रखते और ये राघवदास मेरे थूक के बर्तन के राख बदलते। जब ज़रूरत होती हॉस्पीटल ले जाते। लोगों से कहकर मेरे लिए दबाइयों का इन्तज़ाम कराते। ऐसा नहीं कि दवाइयों का इन्तज़ाम सिर्फ़ मेरे लिए करते। अन्य आश्रमवासियों के लिए भी करते हैं, किन्तु मैं नहीं जानती कि वे लोग इन बातों का क्या अर्थ निकालते हैं—शायद राघवदास का कर्तव्य। किन्तु मैं उनकी कृतज्ञता के बोझ से दब गयी। वे आते, हँसकर मेरा हाल-चाल पूछते। मैं भी मुस्कुराने का प्रयास करती, किन्तु बरसों से सिकुड़े मेरे जबड़े इस तरह से कस गये हैं कि मैं चाहकर भी नहीं मुस्कुरा पायी। एक जीती-जागती पत्थर की मूर्ति भला कैसे मुस्कुरा सकती? यह सच है, सावित्री बहन? हमलोग क्या हैं? पत्थर ही तो। अहल्या को उसके पति ने पत्थर बना दिया। ये पुरुष प्रधान समाज जिसे चाहे पत्थर बना सकता है। चाहे वह विवाहिता हो या कुँवारी, विधवा हो या परित्यक्तता।

आज भले ही मैं पत्थर हूँ, एक विधवा नारी जिसकी समस्त कोमल भावनाओं को कुचल दिया गया, किन्तु सब दिन मैं ऐसी ही नहीं थी। हालाँकि आपने मुझे पत्थर के ही रूप में देखा है, किन्तु उसके पहले मैं भी एक सामान्य लड़की थी। मैं भी तितलियों के पीछे दौड़ती थी, मैं भी फूलों की तरह खिलती थी, मैं भी चंचल नदी-सी इठलाती थी, मैं भी भौंरों के संग गुन-गुनाती थी। मैंने भी कभी सोलह श्रृंगार किये थे किन्तु जैसे ही पति की मृत्यु हुई मेरी समस्त कोमल भावनाओं को कुचल दिया गया।

मेरे विधवा बनने के बाद पहली बार मेरे पिताजी मेरे पास आये। उसके पहले मुझे याद नहीं कि कभी उन्होंने मुझसे बात की हो। सिर्फ़ मेरे पिताजी नहीं, उस समय किसी लड़की से भी उसके पिता कहाँ बातें करते थे। क्या आपके पिता आपसे बातें करते थे?

—हाँ, मेरे पिता बातें करते थे पर बहुत कम, किन्तु विधवा होने के बाद मुझे पढ़ाया और माँ के मरने के बाद घर की गृहस्थी की ज़िम्मेदारी को तो मैंने ही उठाया था न।

—हाँ, तो मेरे पिताजी मेरे पास आये। उनकी आँखें भरी हुई थीं और हाथ प्रार्थना करने की मुद्रा में जुड़ी थी। उन्होंने कहा—"बेटी जो होना था हो गया। तुम्हारे पूर्वजन्मों के पापों के फल की सजा तुम्हें मिली और तुम्हारे साथ हमलोगों को भी मिली। किन्तु इतना याद रखना इस जन्म में कोई पाप नहीं करना कि अगले जन्म में तुझे फिर भुगतना पड़े। मैं तुम्हारे ऊपर पड़े एक कलंक के छीटे को भी बर्दास्त नहीं कर पाऊँगा, तुम्हें मारकर ख़ुद भी मर जाऊँगा।"

बस उनका कर्तव्य पूरा हो गया। सान्त्वना के दो शब्द नहीं, प्रेम के दो बोल नहीं। उस समय ठीक से समझ भी नहीं पाई कि उन्होंने क्या कहा। किन्तु समय के क्रूर थपेड़े और समाज के कठोर और अमानवीय नियमों ने जो हम औरतों के लिए बनाये गये हैं, सब कुछ समझा दिया।

सबसे पहले हँसना छोड़ा, वही हँसी जो ईश्वर की अमूल्य देन है।

प्रारम्भ में मुझे भी हँसी आ जाती, हँसने का मन भी करता किन्तु आती हुई हँसी को इतनी जल्दी रोकती, जैसे कोई बड़ा अपराध होते-होते बच गया।

जीवनभर यही प्रक्रिया दुहराते-दुहराते मेरी समस्त कोमल भावनाएँ जल कर राख हो गयीं। अब ग़लती से भी हँसी नहीं आती। मेरा चेहरा तनावों के कारण कठोरता से भर गया। किन्तु सच्चाई यही है कि ये कृत्रिमतापूर्ण जीवन है। कोई मनुष्य ऐसा होता नहीं है, बल्कि बन जाता है समाज की खोखली और सड़ी-गली मान्यता मनुष्य के होंठों से मुस्कुराहट छीनकर शिला बना देता है।

माताजी हमेशा कहती थीं हँसी-तो-फँसी। तो क्या हुआ? क्या फँसी? कौन बेहतर ज़िन्दगी है, जीवन में प्रेम पाना या जड़ की तरह ज़िन्दगी गुज़ार देना। पेड़-पौधे तक प्रेम चाहते हैं। जिन पौधों को मनुष्यों या प्रकृति द्वारा ज़्यादा प्रेम मिलता है वे ज़्यादा फलते-फूलते हैं।

सावित्री माँ अवाक थी, यह शची बोल रही है।

हाँ, सावित्री बहन, मैंने कम्बल नहीं धोया। राघवदास मुझे पुरुष नहीं ईश्वर के भेजे हुए देवदूत लग रहे थे। एक भयंकर तपेदिक रोगी, जिसके कपड़े से दुर्गन्ध आती है, साठ साल की एक ऐसी बूढ़ी को जिसको अपना कहने वाला इस संसार में कोई नहीं है, उसे दूसरी ज़िन्दगी देता है, उसे औरत क्या समझे?

लेकिन हाय रे अजीब दुनिया! पहले तो कहती रही—"अब कम्बल धोयेगी या अब कुछ और पागलपन करेगी।" लोग मेरे पागलपन को देखने का इन्तज़ार बड़ी बेसब्री कर रहे थे किन्तु अचानक यह क्या हुआ गोविन्द की कृपा से मेरा पागलपन ठीक हो गया। मैंने कम्बल नहीं धोया, मैं एक सामान्य मनुष्य की तरह बातें करती रही तो दर्शक नाराज़ हो गये, उन्हें आशानुकूल तमाशा जो नहीं मिला।

किन्तु सावित्री दीदी! आशानुकूल तमाशा नहीं दिखाने की सजा मुझे समाज इस रूप में देगा, मैंने नहीं सोचा था।

मेरा एक ही अपराध है कि मैं राघवदास की कृतज्ञ हो गयी। जब मेरी तबीयत ठीक होने लगी तो कभी-कभार उनके लिए गर्म पानी कर देती, कभी कोई अच्छी सब्ज़ी बनाती तो उन्हें भी दे आती। कभी वे हँसकर बातें करते तो मैं भी मुस्कुरा देती।

अभी कुछ दिन पहले की तो बात है मैंने अन्नकूट उत्सव में चौसठ व्यंजन बनवाया। भोग लगाकर सभी साधु-सन्तों को खिलाकर आत्मा तृप्त हो गयी, किन्तु आश्रम के व्यवस्थापक को मेरा ख़र्च करना पसन्द नहीं आया। मैं बिना अनुमति के अपने ही पैसे को ख़र्च जो कर डाला था। भला एक विधवा अकेली औरत ऐसी गुस्ताख़ी कैसे कर सकती है? व्यवस्थापक का कहना था कि मैं एक औरत हूँ, मुझसे कोई भी बहला-फुसला कर पैसे ले सकता है। इसी से मुझे अपने पैसे का हिसाब देना ही होगा, औरत जात जो ठहरी।

डॉक्टर के कथनानुसार मैं सूखे मेवे और फल खाने लगी और लोगों की नज़रों में चटोरी हो गयी। कल तुलसी दीदी कह रही थी, "शची की जीभ एक हाथ की है, सब पैसे खा ही जायेगी, कुछ छोड़कर मरेगी ही नहीं तो कहाँ से होगा भण्डारा और भागवत सप्ताह।"

अब आप ही बताइए सावित्री बहन, मैं केवल सूद के पैसे से खाती हूँ, मूलधन वैसे ही जमा है। पूरी ज़िन्दगी मैंने अपनी जिह्वा पर अंगारा ही तो रखा है।

बस यही सब अपराध मैं कर रही हूँ। किन्तु मुझ पर जो लाँछन लगाये जा रहे हैं, ये सब सुनकर अब जीने की इच्छा समाप्त हो गयी। मेरी वर्षों की तपस्या व्यर्थ चली गयी। जबसे इस तरह की बातों को सुना है, बस एक ही इच्छा हो रही है कि किसी को मुँह न दिखाऊँ। अब शरीर से ही वितृष्णा हो गयी है।

जर्जर शरीरावस्था, रोगी, कुरूप इस बुढ़िया पर यह तोहमत लगाया जा रहा है कि मेरा सम्बन्ध राघवदास से है।

शची विलख-विलख कर रोती रही और मैं मन-ही-मन शर्मिन्दा होती रही।

—शची तुम पचपन साल की हो और राघवदास चालीस के तुम्हारे बेटे जैसा है, कौन विश्वास करेगा, इन फालतू बातों पर। जो बोलेगा उसी की जिह्वा और मुँह गन्दे होंगे।

शची को रोते देख तुलसी भी आ गयी।

—सावित्री बहन ठीक कहती है, शची इन बातों पर कौन विश्वास करेगा? जो बोले उसी का मुँह काला। लेकिन तुम एक काम करो, राघवदास से कोई मतलब नहीं रखो, हो गया, तुमने बहुत कृतज्ञता दिखाई। अब अपनी बदनामी लेकर तो कृतज्ञता का ऋण नहीं उतारोगी? और इसमें राघवदास की भी तो बदनामी हो रही है।

—मैं कैसे कृतज्ञ नहीं रहूँ तुलसी दीदी, आज मैं जीवित हूँ तो सिर्फ़ राघवदास के कारण, नहीं तो कब की सड़-गल कर समाप्त हो जाती। उन्होंने पुत्री की भाँति

मेरी सेवा की है। मैं एक लाश में परिवर्तित हो चुकी थी, मेरे इर्द-गिर्द एक भी ऐसा प्राणी नहीं था जो मुझे सहानुभूति की नज़रों से देखता हो। हाँ, बन्दर तक, वे भी मुझे कमज़ोर देखकर अपने दाँत किटकिटाते और ठीक वैसे ही इन्सान। इस घृणित जीव की एक इन्सान ने देखभाल करके उसे पुनर्जीवित दिया और मैं सिर्फ़ इसके लिए कृतज्ञ नहीं रहूँ, क्योंकि वह एक पुरुष है। मुझे राघवदास पर पूर्ण विश्वास है कि वे मृत्युपर्यन्त मेरी देख-रेख करेंगे। मुझे ईश्वर ने उन पर विश्वास रखने को कहा है। बताइए तुलसी दीदी क्या आप मुझे अस्पताल ले जायेंगी या और कौन है, जो मुझे अपने साथ अस्पताल तक भी ले जाये?

—"शची बहन, आप तुलसी दीदी की बात नहीं समझ रही हैं, वे आपके लिए ही कह रही हैं। आप पवित्र हैं, सारी बातें अफ़वाह हैं किन्तु जहाँ आग है, वहाँ धुआँ उठता ही है। आप आग को ही समाप्त कर दें। राघवदास से कोई मतलब ही नहीं रखें। ऐसी बात भी नहीं है कि राघवदास ने सिर्फ़ आपकी ही सेवा की है, वे तो सभी की करते हैं आदत है उनकी, दवा-दारू में मन भी लगता है। मोहनदास ने तम्बाकू रगड़ते हुए कहा।

—"लेकिन स्त्रियों का संग राघवदास को अच्छा तो लगता है, यह भी सच है।" तुलसी ने कहा, तो मोहनदास मुस्कुराया।

मैं विफर गयी। क्रोध से मेरी आँखें लाल हो गयीं।

—यह आप कह रही हैं, तुलसी बहन एक औरत होकर। आपका दिमाग़ ख़राब हो गया है? क्या सोच है आपकी? आप उन पुरुषों के लिए मन में ऐसे भाव रखती हैं जो हम औरतों की इज़्ज़त करते हैं, हमें भी मनुष्य समझते हैं। हम से भी एक व्यक्ति की तरह बातें करते हैं, हमारे सुख-दुख में शरीक होते हैं। मेरा मन तो ऐसे पुरुषों के प्रति श्रद्धा से भर जाता है जो हमें भी इन्सान समझते हैं, बराबरी का दर्जा देते हैं।

इसी से तो तुलसी बहन, पुरुष हमें हेय दृष्टि से देखते हैं, पद दलित करते हैं। वह ऐसे ही नहीं, आपकी जैसी औरतों से प्रोत्साहित होकर बहुत गौरवान्वित होकर कहती हो न वह व्यक्ति बहुत चरित्रवान है, क्योंकि औरतों से कोई मतलब नहीं रखता।

यह सम्भव ही नहीं कि व्यक्ति अच्छा हो और औरत की इज़्ज़त न करे। आदमी अच्छा बन ही नहीं सकता। यदि वह औरतों के प्रति संवेदनशील नहीं है। औरतों का मुँह नहीं देखने वाले व्यक्ति के प्रति औरतें कैसे श्रद्धा रखती हैं, यह मेरी समझ में न कभी नहीं आया और न जायेगा।

मैंने शची बहन को शान्त करते हुए कहा—शची बहन, ज़्यादा मत सोचो। तुम उम्र के इस पड़ाव पर हो कि प्रत्येक व्यक्ति इसे अफ़वाह और मजाक समझ रहा है। किन्तु मैं तो सिर्फ़ पैंतीस साल की थी और मेरे गर्भ ठहरने तक का अफ़वाह फैलाया गया। अकेली औरत को इस तरह की बातों को सुनने के लिए तैयार रहना चाहिए, किन्तु घबड़ा नहीं, सब ठीक हो जायेगा।

मैं शची को समझा-बुझाकर चली आयी, किन्तु मन-ही-मन यही सोचती रही कि क्या हम औरतें इतनी घृणित हैं कि जो हमसे थोड़ा भी सम्पर्क रखता है, वही बदनाम हो जाता है।

औरतें घृणित नहीं हैं अम्मा, इन्दु ने कहा। सारी ग़लती हम औरतों की है। क्यों वे इन बातों को महत्त्व देती है, जिसका कोई महत्त्व नहीं है? इसी से न शची माँ दुखी थी कि जिसे मैंने बचाकर रखा वही समाप्त हो गया। क्या बचाकर रखा? क्या है वह? महिलाओं को पवित्रता की चाशनी में ऐसा डुबोया गया है कि वे एक कपोल-कल्पित दुनिया में जीने लग जाती हैं जिसका कोई अस्तित्व रहता ही नहीं। जितनी ही वह डरती है कि लोग क्या कहेंगे, लोग उसे उतना ही डराते हैं। पचास साल की मेहनत सिर्फ़ एक पंक्ति में समाप्त कि तुम्हारा उससे ग़लत सम्बन्ध है। यह तो हम जानेंगे कि हमारे किससे अच्छे सम्बन्ध हैं और किससे ग़लत। कौन होता है कोई हमारे अच्छे सम्बन्ध को ग़लत बताने वाला।

सावित्री माँ चुप हो गयीं। शायद बोलते-बोलते थक चुकी थीं या झंझावत भरे भूतकाल में विचरण करने से वे फिर मर्मांतक पीड़ा से गुज़र रही थीं। ममता घोष ने पानी का गिलास देते हुए पूछा—फिर क्या हुआ अम्मा?

—फिर क्या होना था? मैंने सोचा कि इस उम्र में यह लाँछन बस हास्यास्पद लाँछन बनकर रह जायेंगे। पर शची को सबसे अधिक यही ग़म परेशान कर रहा था कि इस उम्र में आकर भी कलंकिनी बना दी गयी।

राघवदास को मानो दुनिया की परवाह नहीं थी। दिनभर आश्रम से बाहर रहते। ऐसा लगता सबकुछ सुनकर भी जैसे उन्होंने कुछ भी नहीं सुना हो। कभी इन बातों की चर्चा भी नहीं करते।

एक दिन घनघोर बारिश हो रही थी। रात के दस बज चुके थे। आश्रम के रास्ते में बिजली के खम्भे से एक तार टूटकर गिर गया था। शची परेशान हो रही थी रात के घुप अँधेरे में राघवदास का कहीं तार से सम्पर्क न हो जाये। वैसे तुलसी दी, मोहनदास सभी लोग गेट पर खड़े थे कि जैसे ही राघवदास दिखेंगे उन्हें वहीं रोक देंगे।

किन्तु राघवदास इस अन्धकार में दिखेंगे कैसे? शची एक लालटेन और टॉर्च ले आयी। तब तक टॉर्च रखना औरतों के लिए भी एक आम बात हो चुकी थी। शची टॉर्च लेकर कभी गेट तक जाती तो कभी गेट से आगे बढ़कर भी टॉर्च जलाकर देख लेती। अन्दर-बाहर करते-करते शची परेशान हो चुकी थी।

मोहनदास ने कहा कि "आप क्यों परेशान हो रही हैं हमलोग है न" किन्तु शची कहाँ मानने वाली थी। वह अन्दर-बाहर करती रही। एक हाथ में टॉर्च दूसरे हाथ में छाता लेकर।

जैसे ही एक टॉर्च की रोशनी दिखाई दी शची ने मोहनदासजी को छाता देते हुए कहा—"लगता है राघवदास आ रहे हैं जाकर ले आइए, अँधेरे में तार दिखाई नहीं पड़ेगा।

—आपके सिवा और किसी को चिन्ता है कि नहीं? हमलोग क्यों खड़े हैं? नहीं जाना है मुझे, आप ही जाये।

—बेचारी शची घबड़ाकर एक हाथ में टॉर्च, दूसरे हाथ में छाता लेकर हड़बड़ाकर चली गयी कि कही कोई अमंगल न हो जाये। उसके गेट से निकलते ही राघवदास आ गये।

—लो राघवदास आ गये। शची कहाँ गयी? तुलसी बहन ने कहा।

—राघवदासजी कोई बच्चे तो हैं नहीं, आ ही जाते। बेचारी शची! बेकार परेशान होती है। बहरे अंगददास ने कहा।

सब लोग हँसने लगे। जैसे ही शची वापस आयी राघवदास बरस पड़े।

—क्या ज़रूरत है आपको ये सब नाटक करने की। शान्ति से रहिए और मुझे भी शान्ति से जीने दीजिए। बेकार का हो-हल्ला। क्या पहली बार तार टूटा है?

—वही तो मैं खड़ा था कि दूर से ही आपको देखकर आवाज़ दे दूँगा किन्तु शची बहन को कौन समझाए? मोहनदास ने कहा।

बेचारी शची! अश्रुपूरित नयनों से अपने कमरे में चली गयी। कोई शची के ह्रदय को कहाँ देख रहा था। एक कृतज्ञ स्त्री अपने स्नेह को नहीं रोक पा रही थी। राधवदास, जो उसे जीवन के आख़िरी पड़ाव के आधार नज़र आ रहे थे, "उन्हीं को कुछ हो न जाये" की आशंका से उसके ऊपर क्या गुज़र रही थी, उसे भला कौन समझ सकता था।

यहाँ तक कि राघवदास भी नहीं। उन्होंने तो बस कर्तव्य किया था, किन्तु शची किस तरह भावनात्मक रूप से उनसे जुड़ गयी थी, इसे वे भी नहीं समझ पाये। वे सिर्फ़ उससे बातें करते, हँसते, उसका हाल-चाल पूछते किन्तु वह बेचारी उन्हें

अपने बुढ़ापे की लाठी समझने लगी थी। वैसे भी नारी किसी से भावनात्मक स्तर पर ही जुड़ती है और पुरुष? पता नहीं कभी जुड़ता भी है या नहीं।

अब राघवदास को ही लो, नाराज़ होने की क्या ज़रूरत थी? इतने लोगों के सामने शची के स्नेहिल व्यवहार ने उन्हें शर्मिन्दा कर दिया।

भला तुम्हीं लोग बोलो, इसमें शर्मिन्दगी की क्या बात है? क्या राघवदास की माँ होती तब वह भी वही नहीं करती जो शची ने किया था। उसके निश्छल स्नेह पूर्ण व्यवहार का इससे बेहतर ढंग से भी उत्तर दे सकते थे। परन्तु राघवदास ने शची को डाँटकर लोगों के व्यंग्यात्मक मुस्कुराहट से अपने को बचाने की कोशिश की। किन्तु उसी मुस्कान ने और ज़्यादा विद्रुप होकर शची को ग्रसित कर लिया। बेचारी कमरे में जो घुसी तो सवेरे तभी निकली जब आश्रम के व्यवस्थापक की ओर से बुलाहट हुई।

—आपको क्या ज़रूरत थी राघवदास के लिए अपनी मान-मर्यादा नीलाम करने की?

—महाराज, जब मैं जीवन और मौत से, यक्ष्मा की भयंकर बीमारी से जूझ रही थी, तब इसी राघवदास ने मेरी जान बचाई थी।

—इसका मतलब! अब आप मान-मर्यादा, आश्रम की मर्यादा को उसके ऊपर न्योछावर कर देंगी।

—मेरे गुरुदेव कहते थे, "कृतघ्नता दुनिया में सबसे बड़ा पाप है।"

—अच्छा कृतज्ञतावश तो आप कुछ भी कर सकती हैं, कुछ भी।

—हाँ...

—अपना शरीर...

बस शची पागलों की भाँति चिल्ला उठी। मेरा यह जर्जर शरीर, दुर्गन्धयुक्त शरीर भी अभी तक सिर्फ़ एक नारी शरीर है? आपलोग इसी दृष्टि से मुझे देखते हैं?, मैं सोचती थी मैं असामाजिक हूँ, पागल हूँ। किन्तु आप सब लोग क्या हैं? एक ही आश्रम में रहते हैं, किन्हीं-का-किन्हीं से कोई सम्बन्ध नहीं। कोई मर रहा है तो भी किसी को कोई मतलब नहीं। यह आप लोगों का वैराग्य नहीं है, यदि वैराग्य होता तो फिर अपने शरीर के प्रति इतनी आसक्ति क्यों? आप सब लोग संवेदनहीन प्राणी हैं। बाड़ में रहने वाले जानवरों से भी गये-गुज़रे, कैसे इन्सान हैं यहाँ? जानवरों में भी किसी की मृत्यु होती है, तो सभी जानवर हुंकार भरते हैं।

शची ने आवेश में आकर बोल तो दिया किन्तु उसके बाद फूट-फूटकर रोने लगी और अचानक रोते-रोते हँसने लगी।

हाँ, उसका दिमाग़ ख़राब हो गया। बस एक ही बात बोलती—मैंने बाप के कुल में कलंक लगा दिया। अब क्या होगा? मेरे पिताजी... नहीं, नहीं वे क्यों मारेंगे, मैं ख़ुद मर जाऊँगी।

एक दिन सड़क वह पर दौड़ती हुई जा रही थी कि यमुना में कूद जाऊँगी तो पूनम उसे पकड़कर अपनी कुटिया पर ले गयी।

कौन पूनम सावित्री माँ? ममता घोष ने पूछा। उसमें सबकुछ जल्दी सुन लेने की इच्छा हमेशा बनी रहती।

—वही, सीतापुर आश्रम में वह भी रहती थी, अब वृन्दावन में अपना घर बना लिया है। उसकी भी कहानी है दुख-दर्द की कहानी, फिर कभी बताऊँगी।

उसने शची को अपने घर में लाकर रखा। पूनम बहुत ही स्नेहिल स्वाभाव की है, मेरी और शची की तरह कठोर नहीं। बहुत प्यार से बातें करती, इतने प्यार से कि सारे दुख-दर्द खींच लेती। उसने शची को बहुत समझाया—शची दी, आपके चरित्र पर लाँछन लगाने वाले, सुनने वाले, कहने वाले सभी सच्चाई जान रहे हैं, समझ रहे हैं। फिर भी उन लोगों ने जान-बूझकर आपको अपनी औक़ात में रखने के लिए कहा है। आपको ही नहीं, सभी औरतों को अपनी सीमा में रखने के लिए समाज उसे तुरन्त कलंकित बना देता है। औरतें डर जाती हैं। इससे उनका हौसला बढ़ता जाता है। अब देखिए न, आप पर अकेले तो चरित्रहीनता का आरोप नहीं लगा। राघवदास पर भी लगा है, वह क्या कर रहे हैं, वे यमुना में कूद रहे हैं? तब आप क्यों? वैसे भी क्या सब दिन यहीं रहेंगी? जाना तो है ही, कुछ दिन बचा है शान्त होकर सब भोग लीजिए। आपको कभी अपयश नहीं लगा। अब लगा है, इसके बाद मुक्ति। मोक्ष के पहले सारे प्रारब्ध भोगने होते हैं न शची दीदी।

पूनम ने शची को अपने घर में बहुत प्यार से रखा। हालाँकि उसके साथ एक साधु भी रहता है, जिसे पूनम दुर्वासा का अवतार कहती किन्तु अभी यहाँ नहीं था नेपाल गया था, सो पूनम एकदम स्वतन्त्र थी। 'परम स्वतन्त्र न सिर पर कोई।' उसने अपनी मधुर वाणी और व्यवहार से क्षत-विक्षत शची के घावों पर मलहम का लेप लगा दिया।

इधर आश्रम में व्यवस्थापक को शची से अधिक उसके पैसे की चिन्ता सता रही थी कि कहीं बैंक के पैसे राघवदास के नाम न कर दे।

सच पूछो, ममता तो यह सारा खेल पैसे का था। यहाँ अर्थ ही अनर्थ कर रहा था। जो शची मर्दों से इतनी नफ़रत करती थी, आज राघवदास से कृतज्ञतावश ही

इस कद्र जुड़ गयी है कि किभी भी भावुकता भरे क्षण में अपने पैसे तक उनके नाम कर सकती है। बस यही सोचकर आश्रम के व्यवस्थापक मण्डल ने सोचा कि इसका बहुत ही सरल और सुगम उपाय है—'शची को चरित्र का भय दिखाना।' बस शची राघवदास से उतनी ही दूर भागेगी, जितनी गर्म दूध से जली बिल्ली मट्ठे से।

किन्तु यहीं पर लोगों से चूक हो गयी। शची बिल्ली नहीं थी। वे लोग यह नहीं समझ पाये कि विश्वास में कितना दम है। हम ईश्वर पर विश्वास करके अपनी पूरी ज़िन्दगी निकाल देते हैं, जिसे हमने देखा भी नहीं है। यदि कोई व्यक्ति जीवन में ईश्वर का दूत बनकर आया तो शची कैसे विश्वास नहीं करती। यह सही था कि उसने एक असामान्य ज़िन्दगी जी थी, फिर भी थी तो मनुष्य।

भावनाएँ तो थीं ही, भले ही दबकर पत्थर बन गयी थीं। पत्थर भी पिघल जाता था, जब श्रीकृष्ण की बाँसुरी बजती थी यानी प्रेम की आवाज़। वह भी कैसा प्रेम, जो निश्छल और निस्स्वार्थ था। निश्छल और निःस्वार्थ प्रेम के आगे कौन है, जो पूर्ण समर्पित नहीं हो जायेगा, चाहे गोपी हो या स्वयं श्रीकृष्ण।

ठीक यही हाल शची का हुआ। उसके हृदय ने भी निःस्वार्थ राघवदास को पहचान लिया और वह उन पर पूर्ण विश्वास कर बैठी। उस दिन राघवदास भले ही ज़माने के भय से बिगड़ गया था। इस कारण शची बहुत दुखी भी हुई थी, आश्चर्य और दुख से उसके नेत्र फटे रह गये थे किन्तु चैतन्य होने पर उसे राघवदास का दोष नज़र नहीं आ रहा था। उसे इस समाज पर क्रोध और आश्चर्य दोनों हो रहा था कि एक निष्कलंक रिश्ते को ये लोग क्यों कलंकित बना रहे हैं? कोई भी क्या करेगा? आख़िर राघवदास का क्या दोष है? निर्दोष राघवदास का समाज की व्यंग्य भरी निगाहों और तानों से तिलमिला जाना स्वाभाविक है।

उस समय मुझे राघवदास गोपालदास की तरह लग रहा था। उन्हें भी जगतबन्धु ने मेरे साथ कलंकित किया तो वे अपने दामन बचाकर बरसाना चले गये। कहाँ हिम्मत थी, उसमें जो सामना करते इन बातों से और मुझे भी सान्त्वना देते एक मित्र की भाँति, एक बहन या माँ की भाँति। बस ये सारे पुरुष ऐसे ही होते हैं ग़ैरहिम्मती। अरे हिम्मती तो हम महिलाएँ होती हैं कितनी विपरीत परिस्थतियों में भी संघर्ष करती हैं। ज़माने भर की नफ़रत और हिकारत, तो कभी वासनामयी दृष्टि से नुंचती-खसूटती अपनी जीवन-यात्रा को खींचती हुई हँसती और मुस्कुराती हैं, हाँ कभी-कभी रोती भी हैं।

पर राघवदास थोड़ा कम कायर निकला या यों कहें कि विश्वास में बहुत शक्ति होती है। शची के उस पर पूर्ण विश्वास ने उसे पूनम के घर की चौखट पर लाकर खड़ा कर दिया। उसने शची से माफ़ी माँगी और आश्रम चलने को कहा। शची रोती रही, आँसुओं के साथ उसके दुख-दर्द भी बह गये।

आश्रम के व्यवस्थापक मण्डल को जब पता चला कि राघवदास शची के पास गया है, तो वे लोग उसे मान-मनौव्वल करके ले आये। उन्होंने कहा—हमलोग जानते हैं कि आप पवित्र हैं और पूरी ज़िन्दगी पवित्र रही हैं, इसी से ये भी चाहते हैं कि अब जब जीवन की सन्ध्या हो गयी है तब भी पवित्र ही बनी रहें।

—क्या किसी को टॉर्च दिखा देने से या किसी आश्रमवासी का दूध गर्म कर देने से मैं अपवित्र हो जाऊँगी। मुझे अब पता चल गया है कि कम्बल में स्पर्श होने से कोई अपवित्र नहीं होता।

—नहीं, अपवित्र तो नहीं होता। किन्तु हम ऐसा काम क्यों करें जिससे हमारी बदनामी हो, हमारे उजले चादर पर दाग़ लग जाये। हम उससे दूर ही क्यों न रहें?

—जीवन रहेगा तभी तो कोई बात होगी। मैं तो मर चुकी थी, बस राघवदास की कृपा से जीवित हूँ।

—देखो शची अपयश भी मौत ही है, बल्कि मौत से भी बढ़कर है। अच्छे लोगों की यही तो पहचान है। अपयश से बचने के लिए मौत को भी गले लगा लेना। हमारा देश नारियों के गौरवमय इतिहास से भरा पड़ा है, तभी तो देखो न एक साथ हज़ारों नारियों ने अपनी पवित्रता को बचाने के लिए जौहर व्रत स्वीकार किया। अपयश के कारण भगवान राम ने सीता का त्याग किया... प्रवचनकर्ता सन्तदास ने कहा।

—महाराज, मैं तो श्रीकृष्णदासी हूँ, मेरी आराध्या तो श्रीराधिका जी और गोपियाँ हैं, जिन्होंने अपयश को गले लगाया किन्तु श्रीकृष्ण को नहीं छोड़ा।

—जाने दो शची, इन बातों में क्या रखा है। तुमने बाहर की दुनिया देखी ही कहाँ है। राघवदास ने तुम्हारी सेवा की है, उसके प्रति तुम्हारा स्नेह स्वाभाविक है।

—उसने मेरी सेवा पुत्र की भाँति की है।

—बिल्कुल सही है किन्तु मेरी एक सलाह मानना कि भावना में बहकर अपने पैसे मत दे देना। आश्रम के नियम तो जानती ही हो शरीर गिरने पर आश्रम ही तुम्हारे खाने-पीने का प्रबन्ध करेगा और तुम्हारी तबीयत भी ठीक नहीं रहती, इसलिए तुम अपने बैंक एकाउंट को व्यवस्थापक के साथ ज्वाइंट कर लो। सूद के पैसे तुम स्वयं निकालोगी, सिर्फ़ मूल राशि तुम्हारे मरने के बाद व्यवस्थापक निकाल पायेंगे।

—हाँ, लेकिन यह भी नहीं कि सूद के सारे पैसे खा जाओ। पूरी ज़िन्दगी सादगी और संयम से बिताया है तो आगे बची हुई ज़िन्दगी, रसेन्द्रिय को बढ़ाकर पूरे जीवन की तपस्या को क्यों समाप्त करना? अंगददास ने कहा।

शची अब सबकुछ समझने लगी थी। इन लोगों के सारे खोखले सिद्धान्त को समझ रही थी। हाय रे यह धार्मिक दुनिया! जिसे तुम अबला कहते हो जो सूद के थोड़े-से पैसे से वह स्वयं रूखा-सूखा भोजन करती है। हाँ, अभ्यागतों को ज़रूर अच्छे पदार्थ बनाकर खिलाती है; विडम्बना है उसकी रसेन्द्रिय की भोग लिप्सा देखकर भटकने का डर हो रहा है।

—हाँ, शची बहन, आपको अपना खाता ज्वाइंट कर लेना चाहिए ज़िन्दगी का क्या ठीक? कब क्या हो? तब पैसे तो बैंक के पास ही रह जायेगा। वृन्दावन में यह आम बात है। उसी दिन बैंक मैनेजर बता रहा था कि करोड़ों की ऐसी राशि वृन्दावन के बैंकों में पड़ी हुई है, जिसका कोई लेनदार नहीं है। राघवदास ने हँसकर कहा।

शची इज़्ज़त के साथ आश्रम लायी गयी।

पाँच-छह साल शची ठीक रही, उसके बाद जब उसका शरीर गिरा, तब उसके विश्वास, नहीं, दृढ़ विश्वास की जीत हुई। प्रकृति का यह नियम है, तुम किसी पर विश्वास करोगे तो वह ज़रूर कामयाब होगा, सही साबित हुआ। विश्वास में यह शक्ति है कि वह उस मनुष्य को बदल देगा। वह बाध्य हो जायेगा कि तुम्हारे विश्वास पर खरा उतरे, यही शची के साथ भी हुआ।

राघवदास ने मरती हुई शची की इतनी सेवा की क्या बताऊँ? टट्टी-पेशाब फेंकने से लेकर सबकुछ। कभी गीता पढ़कर सुनाते तो कभी टट्टी फेंकते। राघवदास को जब मैंने देखा तब इच्छा यही हुई सभी पुरुषों को माफ़ कर दूँ। शची के मरने के बाद जिस तरह फूट-फूट कर रो रहा था, लगता था जैसे उसकी सगी माँ हो। किन्तु उस समय भी जाहिल गँवार अंगददास अपनी दाढ़ी हिलाते हुए बोला "पति होने का धर्म अदा कर दिया। वह ख़ुद जिसका पति है, उसके प्रति कभी कोई फ़र्ज़ अदा नहीं करता सिर्फ़ बच्चे पैदा करना छोड़कर।"

सालभर में छह महीने साधु का वेश धारण करता, जटा-जूट लगाकर, बड़ा-सा तिलक लगाकर महात्मा होने का अच्छा अभिनय करता। सुनाई कम पड़ता किन्तु बिना सुने ही कुछ ज़्यादा सुन लेता। मैंने सुना है कि जब वह पहली बार साधु का वेश धारण कर रात में पत्नी के पास गया तो पत्नी ने इसकी ख़ूब पिटाई की कि साधु का वेश धारण कर मेरे पास आया है, पेट रह जायेगा तो किसकी बदनामी होगी?

तब इसने पत्नी को बताया यह चार महीने का वेश है कमाने-धमाने के लिए सिर्फ़ ढोंग है, ऊपरी दिखावा है। उस समय घर पर कुछ खेती-बारी होती नहीं है, वृन्दावन में उत्सव और मेले के समय में दान-दक्षिणा से लेकर दुकानदारों के पास जब तीर्थयात्रियों को ले जाता हूँ तो कमीशन भी मिल जाता है, तब जाकर पत्नी ने उसकी दाढ़ी छोड़ी।

शची शान्त भाव से महानिद्रा की गोद में जाकर परमशान्त थी। सभी लोग उसे यमुना ले जाने की तैयारी कर रहे थे। सैकड़ों लोग जमा थे, राधे-राधे की जयकार से वातावरण गूंजायमान हो गया। राघवदास श्रीमद्भागवत पढ़ रहे थे। मैं भी बैठी सुन रही थी। मेरी आँखों के सामने शची चलचित्र की भाँति घूम रही थी। पहली बार जब देखा—कम्बल धोती शची, फिर पत्थर से व्यक्ति बनी शची, फिर जब पागलों की तरह यमुना में कूदने जा रही थी, मैं बात करने की कोशिश कर रही थी, किन्तु वह बात करने की स्थिति में कहाँ थी, वह तो किसी और से बातें कर रही थी। घबराई, डरी, सहमी शची और आज पूर्ण निद्रा में शान्त शची।

मेरी इच्छा हो रही थी कहूँ—शची देख सभी लोग तुझे कैसे प्रणाम कर रहे हैं। सब तेरी पवित्रता के गीत गा रहे हैं किन्तु अंगददास के विष से बुझे बाण सदृश बोल सुनकर जाती हुई शची को मैं यह भी नहीं कह पाई।

शची चली गयी। सारे दुख-सुख, ज़िन्दगी भर की तकलीफ़ें, सब साथ लेती गयी, नहीं-नहीं सब छोड़कर चली गयी। साथ गये हों सिर्फ़ उसके साथ आनन्द और वह गयी हो परमानन्द के पास, यही गोविन्द से प्रार्थना है।

शची के भण्डारे के बाद सभी कहने लगे, कौन शची के चरित्र पर सन्देह करता था, कोई नहीं। सबको पता था कि ये बेकार की बातें हैं। हमलोग तो इसके लिए बोलते थे कि वह राघवदास-राघवदास अधिक करती थी। हमलोग तो सिर्फ़ ऐसे ही मोहनदास ने कहा।

—आप लोगों के लिए सिर्फ़ ऐसे ही था और शची के लिए? उस पर क्या बीतती थी आप लोगों ने कभी नहीं सोचा। उस बेचारी का दिमाग़ ख़राब हो गया। मृत्यु सदृश मर्मांतक पीड़ा से गुज़री। पूनम ने थोड़ा गुस्से में कहा।

—अब औरत जात को कौन समझाये? सब बात में मर्मांतक पीड़ा होने लगती है, इसी से तो शास्त्रों में लिखा है कि औरतों को घर में ही रहना चाहिए। बाहर निकलेंगी तो लोग कुछ-न-कुछ बातें कहेंगे ही और वह जीवन भर मर्मांतक पीड़ा से गुज़रती रहेंगी। गोपीदास ने कहा।

—आप लोग नहीं समझेंगे, न औरतों को, न उनके दर्द को। केवल गोपीभाव कहने से और वेश बनाने से आप लोग गोपीभाव के अधिकारी नहीं हो जायेंगे। इसके लिए स्त्री बनकर दूसरा जन्म लेना होगा, तब प्राप्ति होगी गोपीभाव की, सिर्फ़ लहंगा-ओढ़नी पहनने से नहीं।

—'अच्छा अब तुमसे शिक्षा लेनी पड़ेगी गोपीभाव की।' माधवदास के चेहरे पर व्यंग्य एवं उपेक्षा के साथ अपनी विद्वता का दम्भ भी झलक रहा था।

—मुझसे शिक्षा लेने की आवश्यकता नहीं है किन्तु इतना अवश्य है कि उन्हें कभी गोपीभाव की प्राप्ति नहीं हो सकती जो स्त्री को उपेक्षिता और तिरस्कृता समझते हैं। मेरे विचार से वही व्यक्ति इस भाव को प्राप्त कर सकता है, जिसके मन में स्त्रियों के प्रति प्रेम, करुणा, श्रद्धा और आदर का भाव है। एक ही साथ रात्रि और दिवस नहीं हो सकता। कोई महात्मा कितना भी सिद्ध हो स्त्रियों के प्रति अच्छा भाव नहीं है तो उसका गोपीभाव पाने का दावा खोखला है।

—इतना अधिक मत बोलो पूनम, साधु अपराध से डरो।

—मैं किस की निन्दा कर रही हूँ, जो साधु अपराध से डरूँ। आप लोग दिन-रात नारी की निन्दा करते हैं, कभी डर लगता है? कभी लगा डर शची दीदी के दुख में डूबे हुए आँसुओं से? उनके हृदय से निकली हुई हाय से डर, उनके तन-मन से निकली ज्वालाओं से डर। पूनम ने रोषपूर्ण स्वर में कहा।

—चुप रहो पूनम अधिक बोलकर अपना अनिष्ट मत करो। औरतों को अधिक बोलना शोभा नहीं देता। क्या हुआ शची का? आज हम लोग ही बैठकर उसका गुणगान नहीं कर रहे हैं? कभी उसने इस तरह चपर-चपर किया! मानसिक व्याधि होने पर भी कभी व्यवहार में मर्यादा का उल्लंघन नहीं किया।

—कभी मुँह नहीं खोला, इसी से तो मानसिक असन्तुलन की शिकार हो गयी। मुझे नहीं खोना है अपना मानसिक सन्तुलन।

—तुम क्यों खोओगी? बेचारे देवकीदास की हालत देखी! क्या मानसिक स्थिति हो गयी है तुम्हारे कारण।

—मेरे कारण! बिल्कुल ग़लत। उनकी जो भी हालात हैं सिर्फ़ उनके क्रोध के कारण। चौबीस घण्टे क्रोध की ज्वाला में जलते रहेंगे तो उस दावाग्नि से कौन बचायेगा?

महाराज, मैं शची नहीं हूँ। मैं इन आरोपों से नहीं डरती और न आजतक अपने ऊपर पड़े हुए घिनौने आरोपों से घबराई हूँ। प्रत्येक झंझावात का सामना बहुत बहादुरी से किया है और आगे भी करूँगी। जितने आँसू बहने थे, बह चुके।

यमुना में हमारी जैसी कितनी औरतों के आँसू गिरे हैं, फिर भी यमुना सूखती जा रही है, इसी से मैंने अब अपने आँसुओं को रोक दिया है।

—"भले ही तेरे अन्दर समाये हों सिन्धु अनेक
सम्पुट में ही रख इसे मत खो विवेक
आते ही होंगे करुणाकर पथ देख
वे ही सिर्फ़ आँसुओं के मूल्य आंक सकेंगे।"

"बस अब सारे आँसू इन्हीं को समर्पित कर दिया है" कहकर पूनम चली गयी। सब ठगे से देखते रह गये।

—ये देवकीदास कौन है?, पूनम से उसका क्या रिश्ता है? श्रीमती पाल ने पूछा।

—क्या रिश्ता रहेगा। बचपन से पूनम यही सुनती आ रही थी कि नारी जाति कभी स्वतन्त्र नहीं रह सकती। स्त्री एक ऐसी लता है जो पुरुष रूपी पेड़ के सहारे के बिना नहीं रह सकती।

पूनम ने भी जब पहली बार वृन्दावन आने के लिए सोची तो सहारे के रूप में उसे मिले देवकीदास।

देवकीदास उसके गाँव आया। वह वृन्दावन में रहता था, किसी बड़े से आश्रम में। बदले में आश्रम की थोड़ी-बहुत सेवा कर देता था। वह अपनी छोटी-सी कुटिया अलग बनाना चाहता था।

चन्दा माँगने पूनम के गाँव गया था, वहीं पर इससे मुलाक़ात हुई।

पूनम, उस समय दुख के सागर में डूबकर धीरे-धीरे किनारे पर आ रही थी। मैंने जब उसे पहली बार देखा था, यही पैंतीस वर्ष की उम्र थी। गोल-मटोल चेहरा, शरीर भरा-पूरा कमर तक लटकते खुले बाल, शरीर पर सफ़ेद साड़ी सूनी कलाई, सूने माँग किन्तु चेहरे पर मुस्कुराहट। पूनम गुरु माता की कसौटी पर कसाने की उम्मीदवारी में कभी भाग लेने की होड़ में शामिल नहीं होती थी। न वह कम्बल धोती थी और न पुरुषों से बात करना बुरा समझती। हाँ, पुरुषों से बातें करते वक़्त सिर आँचल से ज़रूर ढका रहता।

वैसे तो पूनम भी पत्थर हो गयी थी। भला कौन-सी औरत इस हालत में सामान्यावस्था में रह सकेगी। जब पहली बार कोख उजड़ी उसका मासूम बेटा नौ वर्ष का था। गोरा-चिट्टा, मासूम ख़ूबसूरत। ब्राह्मण का बेटा था, यज्ञोपतीत तो होना ही था। यज्ञापवीत के गीत गाये जाने लगे। तेल, हल्दी और जौ के आटे से

बने उबटन को बेटे के शरीर पर लगाती पूनम ख़ुशी से इतराती फिरती। कमर तक चोटी, माँग में दम-दम करते सिन्दूर, गले में हार, भर-भर हाथ लाख की चूड़ियाँ पहने पूर्णता का अहसास लिए पूनम थककर बैठी ही थी कि लोगों के चिल्लाने की आवाज़ उसके कानों में पड़ी। उसे लगा कि शरीर से उसका कलेजा मानो निकल रहा है और सचमुच कलेजा ही तो निकल गया। उसका मासूम बच्चा, उसके कलेजे का टुकड़ा उसकी आँखों का एकलौता तारा जो अभी-अभी हल्दी-चन्दन लगाकर घर से बाहर निकला था, उसकी आँखें पथरा गयीं। उसे विश्वास ही नहीं हो रहा था कि यह क्या हो गया? साँप काटने से बच्चे का शरीर नीला हो रहा था। ओझा और वैद्य साँप के विष को निष्प्रभावी बनाने का प्रयास कर रहे थे किन्तु सारे प्रयास निष्फल जा रहे थे। डॉक्टर तो शहर में था गाँव से तीस किलोमीटर दूर। जब डॉक्टर के पास गयी तब बहुत देर हो चुकी थी। बच्चे का शरीर ठण्डा हो गया था। पूनम का आँचल खाली हो गया।

पूनम का पति भी टूट गया। लोगों की बातें सुन-सुनकर और दुखी होता। महीने-दो महीने भी नहीं बीते होंगे कि पूनम के साथ दहाड़े मारकर रोने वाली औरतों की काना-फूसी शुरू हो गयी।

—"अब दूसरा बच्चा तो होगा नहीं।"

—"कहाँ से होगा, यदि होना होता तो इन नौ सालों में नहीं होता।"

—तब क्या होगा? बेचारे त्रिवेणी मिश्र...

—"वे बेचारे क्यों रहेंगे? उन्हें क्या हुआ है? इस कोख से नहीं, किसी और से ही सही। औरतों की क्या कमी है।

बेचारी पूनम! अभी विधाता ने उसका कोख उजाड़ा था और समाज उसकी ज़िन्दगी उजाड़ना चाहता था। किन्तु उसके हाथ में क्या था? सिर्फ़ विवशता और आँसू। बेटा दोनों का मरा था, दुख दोनों को था या यों कहें कि माँ की ममता, पिता के पितृत्व से कहीं ज़्यादा आकुल-व्याकुल और दुखी था। दोनों अपने एकलौते बेटे के ग़म में जीते-जी लाश बन गये थे। किन्तु एक लाश को पुनर्जीवित होने का अधिकार समाज देता था, किन्तु दूसरे की यदि थोड़ी साँसें बाकी भी थीं, उसे कुचलकर समाप्त कर देना चाहता था। उसके हाथ से बची हुई ज़िन्दगी छीनने में प्रयत्नशील समाज कितना क्रूर लग रहा था, किन्तु क्या करती वह?

अचानक एक सुबह उसके लिए ख़ुशहाली लेकर आयी, उसे पता चला कि वह गर्भवती है। औरतों के ताने बंद हो गये, पति की उपेक्षा कम हो गयी।

बहुत दिनों बाद पति ने कहा—"तुम इतनी कमज़ोर क्यों दिखाई पड़ रही हो, खाने-पीने पर ध्यान दो। प्रत्येक दिन बादाम पीसकर दूध के साथ लिया करो।"

पूनम की आँखें भर आयीं, उसने अपने पेट पर हौले से हाथ फेरा। भगवान इसकी रक्षा करना। कितने दिनों बाद आज प्यार के दो बोल सुनने को मिले, भले ही वो उसके लिए नहीं थे, उसकी कोख के लिए था।

काश! उसका पति उसके दुख बाँट कर अपना दुख हल्का करता, किन्तु वह तो बेटा जाने के साथ इस औरत से भी पीछा छुड़ा रहा था, जैसे लोग भूत से पीछा छुड़वाते हैं। हाँ! सही बात यदि औरत बच्चा ही जन्म न दे सके तो वह भूत ही तो है, जीती-जागती भूत।

किन्तु इस कोख ने अचानक उसे भूत से आदमी बना दिया, जीती-जागती औरत। घर फिर से घर लगने लगा। आँगन में किलकारियाँ गूँजने के पहले ही उसकी गूँज महसूस करने लगी। सास बलैया लेने लगी। ढेकी में धान कूटते समय गीत गाये जाने लगे। चूड़ा कूटने की सुगन्ध से घर और मन दोनों भरने लगे।

धान की ढेकुली चलाती पूनम की सास अपने पोते की छठी के गीत गुनगुना रही थी। पूनम भी जब धान कूटने गयी तो बड़े प्यार से सास ने मना कर दिया—"जा चुपचाप जाकर बैठ, तेरे कोख में मेरे वंश की निशानी पल रही है।"

और फिर पूनम का घर किलकारियों से गूँज गया। उसे लगा मेरा बेटा पुनः लौट आया। जैसे वह कह रहा हो—"माँ मैं वही हूँ, देखो फिर तुम्हारे पास आ गया। पूनम उस आँख के तारे को अपनी आँखों में बन्द कर रखती। उसके पति और सास दोनों को जैसे नयी ज़िन्दगी मिल गयी।

दुख के घाव भर चुके थे और सुख से जीवन बीत रहा था। किन्तु प्रारब्ध में दुख लिखें हों तो सुख कहाँ से मिले।

पूनम के पति को कैंसर हो गया। पटना तक इलाज हुआ नतीजा कुछ नहीं निकला। छह महीने भी नहीं बचा, पूनम की रंगीन ज़िन्दगी को वैधव्य की सफ़ेद चादर ने चारों ओर से ढक दिया। बेटे के मरने का ग़म सास भी बर्दास्त नहीं कर सकी।

पूनम और उसका बेटा—ढबरू। हाँ, यही नाम उसकी सास ने रखा था। 'बच्चे का अच्छा नाम मत रखो, जीयेगा तब दूसरा नाम रखना। पहले पोते का प्रकाश नाम रखा था, अन्धकार करके चला गया।

तो बस अब दो ही बचे ढबरू और पूनम। दो माँ-बेटा, ज़मीन-जायदाद की कमी नहीं थी। अड़ोस-पड़ोस रिश्तेदार पूनम के हाल चाल लेते रहते। दुल्हन माँ, दुल्हन काकी कहकर बच्चे उसे बड़े प्रेम से पुकारते। पहले हमेशा दुल्हन की तरह

सजी जो रहती, बेचारी दुल्हन, अब बच्चे को मना करती—दुल्हन कहीं ऐसी होती है भूत जैसी सफ़ेद कपड़ों में, मुझे सिर्फ़ माँ कह या काकी। ईश्वर को यही मंजूर है, किन्तु बच्चे दुल्हन माँ कहकर लिपट जाते।

ढेर सारी पकौड़ियाँ तलती, सभी को ख़ूब खिलाती। गाँव भर में लोकप्रिय थी। ढबरू नौ साल का हो गया। चचिया ससुर ने कहा—'दुल्हन ढबरू का यज्ञोपवीत नहीं करना है।' पूनम ने पर्दे की ओट से कहा—काका बाबू अब हिम्मत नहीं होती। यज्ञोपवीत के नाम से ही मेरा मन घबड़ा जाता है।

—किन्तु ब्राह्मण का पुत्र है, यज्ञोपवीत तो करना ही पड़ेगा। तुम्हारी इच्छा घूमघाम से करने की नहीं है तो कोई बात नहीं सिर्फ़ विधि कर लिया जाये।

और यज्ञोपवीत के दिन तय हो गये। यज्ञोपवीत के दो दिन पहले पूनम की तबीयत खराब हो गयी। पूरा शरीर टूटने लगा ख़ासकर कमर और सिर तो लगता था दर्द से फट जायेगा, बुख़ार से पूरा शरीर तप रहा था।

पूनम सोच रही थी मेरे घर में यज्ञोपवीत नहीं धारता, बेकार ही झंझट मोल लिया, पता नहीं क्या हो? सामने खड़े ढबरू को देखकर मानो मुर्दे में जीवन लौट आया।

पूनम की हालत और गिरती जा रही थी। बुख़ार उतरने का नाम नहीं ले रहा था। यज्ञापवीत के दिन ढबरू की भी तबीयत ख़राब हो गयी। उसे दस्त होना शुरू हो गया। कुछ ही देर में पन्द्रह-बीस दस्त हो गये। मासूम ढबरू के हाथ-पैर खिंचने लगे। ढबरू की बुआ उसे लेकर डॉक्टर के पास भागी, किन्तु शाम को जब वापस आयी तो बेजान ढबरू को लेकर।

पर पूनम होश में कहाँ थी, जो इस दुख का मातम मनाती। जब होश आया तो वह सदा के लिए बेहोश होना चाहती थी किन्तु उसका ऐसा नसीब कहाँ?

वह न बेहोश हुई और न उसकी आँखों से आँसू ही निकले। वह पत्थर की प्रतिमा बन गयी। पति और पुत्रविहीन नारी अहल्या के सिवा क्या बन सकती है?

इन्दु की आँखों में आँसू भर आये—"मैंने उन्हें देखा है सावित्री माँ। कितनी प्यार से बातें की थी मेरी ठुड्डी पकड़ कर। ऐसे गले से लगाई जैसे मातृत्व को आँचल में समेट लिया हो। ऐसा लगता था, जैसे सारा वात्सल्य संजो कर अपने अन्दर छिपाकर रखा हो और अब वही परिपक्व होकर उनके स्वभाव में समा गया हो।" इन्दु ने अपनी आँखें पोंछते हुए कहा।

—कितने आँसू गिराओगी इन्दु? तुम्हारी आँखों के आँसू सूख जायेंगे किन्तु इनके दुख द्रौपदी की चीर की तरह बढ़ते जायेंगे। तुम क्या सोच रही हो, पूनम के

दुखों की सीमा समाप्त हो गयी। नहीं, विधाता की मार सहकर पत्थर बनी पूनम को समाज कैसे जीने देता। जिस पूनम के स्वाभाव की प्रशंसा पूरा गाँव करते नहीं अधाता था, उनके बीच अचानक पूनम डाइन हो गयी।

पुरुषों ने तुरूप का चाल चला और औरतों को भोंपू बना दिया।

—उसके पास अपने बच्चे को मत भेजना, कल ही मेरा पप्पू उसके आँगन गया था, जबसे लौटा है सिर दर्द से बेहाल है।

—ठीक कहती हो, मुझे भी पूरा विश्वास है कि झंझारपुर वाली डाइन है। वह भी कोई छोटी-मोटी नहीं, मजाक है, कोख और सुहाग दोनों देकर इस विद्या को सीखा है।

—हाँ, मैंने भी सुना है कि सुहाग या कोख दोनों में एक की बलि देने पर उतनी बड़ी डाइन नहीं बन सकती कि पेड़ को भी जला दे ऐसा तो तभी होता है, जब दोनों की बलि दे दे।

—"अब क्या होगा? हे भगवान, मेरे बच्चे की रक्षा करना।" उसके चचेरे देवर की पत्नी ने कहा।

—"किसी को घबड़ाने की कोई ज़रूरत नहीं है। न रहेगी बाँस, न बजेगी बाँसुरी।" पूनम के चचिया ससुर ने समस्या का समाधान मिनटों में कर दिया।

—हाँ, भरे-पूरे गाँव की ज़िन्दगी को तो ख़तरे में नहीं डाला जा सकता। एक व्यक्ति की कुर्बानी से पूरे गाँव की रक्षा हो सकती है तो यही शास्त्र सम्मत है।

निगोड़ा जैसे सम्पूर्ण शास्त्रों का ज्ञाता हो।

एक दुखिया, अबला नारी जिसकी आँखों के आँसू अभी सूखे भी नहीं हैं जो जीते-जी पत्थर बन चुकी है। उसके ही हाथों पूरे गाँव के बाहुबलियों और महाबलियों की ज़िन्दगी क़ैद है। यह दुनिया भी अजीब है औरतों को समाज मनुष्य मानता ही नहीं, तभी तो एक अकेली औरत के पास सम्पत्ति क्यों रहे, इसके लिए कितने षड्यन्त्र करने लगता है।

पूनम सन्न रह गयी। अपने घर में सिमट कर रह गयी, भयभीत सी, किसी से भी बातें करने में डरती। दिन-रात उसके घर के दरवाज़ बन्द रहते। गाँव में कोई भी बीमार पड़ता पूनम की हालत ख़राब। डर के मारे उसके हाथ-पैर फूल जाते। पता नहीं लोग अब इसका बदला उससे कैसे लेंगे? बेचारी भगवान से उसके अच्छे होने के लिए प्रार्थना करने लगती।

सभी के लिए प्रार्थना करते-करते उसका हृदय और भी निर्मल हो गया। कभी कोई दरवाज़ा खट-खटाता तो उसका कलेजा ज़ोरों से धड़कने लगता। जब से मुखिया जी की लड़की की मृत्यु हुई है, तब से तो चौबीसो घण्टे पत्ते की खड़खड़ाहट से भी काँप जाती। मुखिया जी की लड़की की मृत्यु से भला पूनम का क्या वास्ता हो सकता है। बस एक दिन शिव-मन्दिर में मिली थी, कुछ कमज़ोर दिख रही थी, थकी-थकी-सी। पूनम ने पूछ लिया—तबीयत ठीक नहीं है क्या? उसने कहा—"नहीं।"

और एक सप्ताह के अन्दर ही पता चल गया कि उसे कैंसर है और कैंसर होने का कारण उस दिन पूनम का उससे हाल-चाल पूछना है।

कैंसर के बारे में पता चलते ही मुखिया जी और उसकी पत्नी हाथ जोड़े पूनम के पास आये—"बस आप आशीर्वाद दीजिए कि शीला ठीक हो जाये। मुखिया सपत्नी अधीर हो रहे थे ब्याही बेटी थी गोद में एक नाती था। हज़ारों रुपये शादी में ख़र्च कर चुके थे।

पूनम लाचार, बेबस चुपचाप सिर झुकाकर आँसू बहा रही थी और मुखिया कह रहा था—"हाथ जोड़कर कह रहा हूँ मेरी बेटी की जान बचा लीजिए, यदि उसे कुछ हो गया तो पूरे गाँव में नंगे कर घुमाऊँगा।"

उतनी प्रार्थना शायद अपने बच्चे के लिए भी नहीं की होगी। किन्तु पूनम की क्या बिसात जो कैंसर के मरीज़ को ठीक कर देती। उसे ठीक होना नहीं था। शीला मर गयी और पूनम को चौबीसो घण्टे का दहशत देती गयी।

औरत सिर्फ़ औरत होती है चाहे वह किसी जाति, धर्म और देश में पैदा हुई हो। सिर्फ़ दलित महिलाओं को ही डाइन बनाकर नंगे नहीं घुमाया जाता। औरतों की कोई जाति नहीं होती। पूनम क्या थी ब्राह्मणी! मैं तो कहती हूँ कि भारत ही नहीं सारी दुनिया की औरतें एक हैं, भले ही और थोड़ी-सी सुख-सुविधा पाकर अपने को एक दूसरे से श्रेष्ठ समझ कर आपस में विभाजन खींच ले।

हाँ, तो पूनम ने अपने को घर में क़ैद कर लिया। किसी को नहीं टोकती, पता नहीं कौन कब और कहाँ बीमार पड़ जाये। मुखिया ने उसे नंगे तो नहीं घुमाया किन्तु अपने ही घर में नज़रबन्द हो जाने की परिस्थिति पैदा कर दी।

कितना अच्छा होता यदि सच में ऐसी औरतें होतीं। अभी आतंकवाद का सफ़ाया इन्हीं औरतों से करा लिया जाता। सिर्फ़ आँखों से तो बाण चलाना होता, क्या ज़रूरत थी बन्दूक और मिसाइल की। हाय रे दुनिया। एक कमज़ोर दुखी नारी पर इतनी भयंकर लाँछना।

एक दिन पूनम भी मेरी तरह किसी के साथ जनकपुर पहुँची, गुरुदेव के आश्रम में। मैं उस दिन वहीं थी। वहाँ की बहनों से मिलकर उसे ऐसा लगा जैसे जलते हुए नरक कुण्ड से निकलकर स्वर्ग के कानन में सांसें ले रही हो।

देखने में अच्छी थी, लम्बे-लम्बे बाल। लगता किसी ब्रह्मर्षि की कन्या हो। मुस्कुराहट चेहरे पर चौबीसो घण्टे आने की कोशिश करती रहती जिसे वह जबरन दबाती। कभी-कभी क्षोभ से चेहरा विदीर्ण और शून्य हो जाता।

उसने गुरुदेव से कहा—"गुरुदेव। मेरे दुखों का अन्त नहीं। मेरे जीवन में इतने दुख हैं कि मैं सुना ही नहीं सकती। किसमें धैर्य है जो मेरे दुखों को सुन सके।

गुरुदेव ने कहा—"मैं सूनूँगा तुम्हारे दुख। जहाँ तुम्हारे दुखों का अन्त होता है वहीं एक नया जीवन, नया सुख तुम्हें प्रदान करने की ईश्वर व्यवस्था करता है।"

तुम एक जीती-जागती इन्सान हो। एक आत्मा हो। किसी की बेटी, बहन, पत्नी, बहू और माँ होने के पहले तुम कृष्णदासी हो। जीवन स्वरूप है नित्य कृष्णदास।"

और पूनम कृष्णदासी बन गयी। अब वह मुस्कुराहट नहीं रोकती। सिर्फ़ मुस्कुराती नहीं, हँसने भी लगी।

उसका अपराध बढ़ता जा रहा था। हँसने के साथ-साथ अब वह अपने बारे में सोचने लगी। अपने जीवन के बारे में अपने बेहतर जीवन के बारे में, जिसका हक़ समाज ने उसे नहीं दिया था।

पूनम में आत्मबल आ रहा था। गुरुदेव के सम्बल का आत्मबल, ईश्वर के नाम जपने के कारण आत्मबल। अब वह चौबीसो घण्टे दरवाज़े बन्दकर नहीं रहती। वह श्रीकृष्ण की तस्वीर की आरती करती, ज़ोर-ज़ोर से घण्टा बजाती, जिसे सारा गाँव सुनता, किन्तु किसी को सामने आकर कुछ कहने की हिम्मत नहीं हुई।

पीठ पीछे कहने वालों की पूनम परवाह ही कहाँ करती। अपने में मस्त रहती। कभी-कभी कानों में आवाज़ आती "सौ-सौ चूहे खाकर बिल्ली चली हज को" तो कभी "जो जितना बड़ा पापी है, उतना ज़्यादा घण्टा बजाता है।"

पूनम मुस्कुराकर सब झेल लेती और मन-ही-मन इस गाँव से निकलने की योजना बनाती रहती।

तभी उसके गाँव में आया देवकीदास। अपनी छोटी-सी कुटिया बनाने के लिए चन्दा इकट्ठा करने। साधु को देखकर पूनम ने भी पाँच-दस रुपये दिये और उनसे कहा कि मैं भी अब यहाँ नहीं रहना चाहती, सबकुछ बेचकर वृन्दावन जाने की इच्छा होती है। मैं भी अपनी छोटी-सी कुटिया बनाकर रहूँगी।

—हाँ, तुम्हें तो अपनी कोठरी बनानी ही होगी, क्योंकि वृन्दावन में किसी भी आश्रम में स्थायी रूप से औरतों के रहने की व्यवस्था नहीं है। साधुओं का इसमें विरोध है। हाँ, तुम चाहो तो मेरे साथ ही पचास गज ज़मीन लेकर कमरा बना सकती हो।

बस, पूनम कल्पनालोक में विचरण करने लगी। वृन्दावन में अपना घर और वहाँ अपने मन की ज़िन्दगी होगी, स्वछन्द। बस श्रीकृष्ण का भजन करूँगी, यमुना में स्नान और देवदर्शन, सभी दुख-दर्द स्वतः समाप्त हो जायेंगे।

पूनम की कल्पना की तरह उसके शुभेच्छुओं भो की भी कल्पना चल रही थी कि कैसे पूनम को इस पापमय शरीर से मुक्ति दिलाकर उसे पाप से मुक्त करें और वही पूनम ज़मीन-जायदाद बेचकर जाने की बात करे, तो भला इतने बड़े अपराध को वे कैसे माफ़ कर दें।

और संघर्ष तेज़ हो गया। "इतनी हिम्मत! ज़मीन बेचेगी? जब तक जीवित है खाये-पीये इतना ही बहुत है" दूर के रिश्ते के ससुर ने कहा।

देवकीनन्दनदास की पहचान उस गाँव के सबसे दबंग व्यक्ति से थी। उसने चुपचाप उससे बात की। पूनम की एक लाख की सम्पत्ति को पचास हज़ार में ख़रीद लिया और पूनम देवकीनन्दन दास की मुरीद बन गयी। उसके अहसान तले दब गयी।

देवकीनन्दनदास के साथ वृन्दावन आ गयी। उसके गाँव में उसके सम्बन्धियों ने प्रचार कर दिया कि वह वैश्या बन गयी। यह सच है कि जब पुरुष घर छोड़ता है तो महाप्रभु और बुद्ध कहलाता है, कम-से-कम महापुरुष तो कहला ही जाता है। सोती हुई स्त्री को चुपचाप छोड़कर चले जाने वाले व्यक्ति की पूजा होती है और औरत! यदि वह समाज से निराश्रित होकर पति की मृत्यु के बाद भी उसी पथ पर चलती है, जिस पर चलकर पुरुष महापुरुष बन जाते हैं और स्त्री दुष्चरित्र

पूनम वृन्दावन आ गयी। उसकी एक छोटी-सी कुटिया भी बन गयी। देवकीदास ने पूरी ईमानदारी से उसके पैसे का उपयोग किया और बाकी बचे पैसे उसके नाम बैंक में जमा करा दिया।

अब वह अपने मन की ज़िन्दगी जी सकती थी। वैसे यहाँ का समाज ही कहाँ उन्नतिशील विचारों का था। धार्मिक जगत में रूढ़ियों की कहाँ कमी है और औरतों के प्रति रूढ़ियों की भरमार है।

अब एक नया बबाल प्रारम्भ हो गया। पूनम भ्रष्ट हो गयी। देवकीदास के साथ कैसे रह सकती है? यह भी अजीब बात है, देवकीदास के भ्रष्ट होने की कोई चर्चा नहीं, सिर्फ़ पूनम भ्रष्ट हो रही थी।

पुरुष तो पुरुष, औरतें और आगे बढ़कर अपने आपको, अपने पतियों के सामने पवित्र साबित करने के लिए पूनम से बोलना बन्द कर दिया, देखकर भी नहीं देखती, सुनकर भी नहीं सुनती।

किन्तु पूनम अब बेपरवाह हो चुकी थी। वह समाज को अच्छी तरह समझ चुकी थी। उसे कुछ भी परवाह नहीं थी कि कौन क्या बोल रहा है? लेकिन उसे एक व्यक्ति की परवाह थी, गुरुदेव की। गुरुदेव क्या सोचते होंगे? उन्होंने हम सबों को अपनी पुत्रियाँ माना था। ये सब अफ़वाहें उनकी कानों में भी तो जा रही थीं। पूनम डरते-डरते गुरुदेव के पास पहुँची।

—गुरुदेव क्या आप भी मुझसे नफ़रत करते हैं सभी लोगों की तरह?

—क्यों क्या किया हैं तुमने?

—गुरुदेव जब कोई आश्रय नहीं मिला तो देवकीदास ने मुझे ज़मीन बेचने में मदद की और उसी के साथ मैंने भी ज़मीन लेकर एक कमरा बनवा लिया है। मैं क्या करती गुरुदेव, मुझे कोई मदद करने वाला नहीं दिख रहा था। किन्तु आप जैसा कहें, यदि आप कहें तो मैं वहाँ नहीं रहूँगी।

—नहीं पूनम कौन कहता है मैं नाराज़ हूँ, तुम कहीं भी रहो, बस अपनी रक्षा स्वयं करना, ऐसा कोई काम नहीं करना जिससे तुम अपनी नज़रों में गिरो। आत्मा पर कोई बोझ न पड़े, बस इसका प्रयास रखना।

पुरुष और स्त्री का सम्बन्ध सिर्फ़ काम का ही नहीं है। स्त्री माँ, बहन और मित्र भी होती हैं।

तुम किसी पुरुष के साथ रहकर भी विषय का मन से भी चिन्तन नहीं करती है तो तू पवित्र है। मन-ही-मन वासना का चिन्तन करने वाला व्यक्ति भी व्यभिचारी है भले ही वह जंगल में अकेले रहता हो।

सदाचार का मतलब यह नहीं है कि स्त्री या पुरुष एक दूसरे से घृणा करें। सदाचारी की पहली सीढ़ी है सत्य पर चलना और यदि तुम्हें लगता है तुम सत्य के पथ पर हो तो तुम्हें न तो किसी से डरने की ज़रूरत है और न घबड़ाने की, यहाँ तक कि सत्य पर चलने वाले को गुरु से भी डरने की ज़रूरत नहीं है।

पूनम के मन का भय समाप्त हो गया। उसने सत्य का रास्ता पकड़ लिया। अब वह देवकीदास से भी नहीं दबती। जब कभी वह धौंस देने की कोशिश करता वह सीना तानकर खड़ी हो जाती।

—मैंने बराबरी के पैसे लगाये हैं, यह आधी कुटिया मेरी है और अपने मन की ज़िन्दगी यहाँ जीने आयी हूँ।

पूरे मन की ज़िन्दगी तो नहीं जी पा रही थी। पुरुष के साथ रहकर कोई कितना अपने मन की ज़िन्दगी जी सकती है। फिर भी संघर्ष करती रही, कभी उसकी स्वतन्त्रता देखकर देवकीदास ताने देता—"जिमि स्वतन्त्र भई बिगड़हि नारी।"

पूनम जबाब देती—"मैं स्वतन्त्र रहना चाहती हूँ और यदि इसके लिए बिगड़ना ज़रूरी है तो मुझे बिगड़ना स्वीकार्य है।

कभी-कभी पूनम बताती है—"क्या करूँ सावित्री दीदी मुझ पर क्रोधित होकर हाथ तक उठाने दौड़ता है और रामचरितमानस की चौपाई की दुहाई देता है—'ढोल गवांर शूद्र पशु नारी। सकल ताड़न के अधिकारी।।'

—शरीर बल में पुरुष मज़बूत पड़ जाता है, फिर देवकीदास पूनम से पन्द्रह साल छोटा भी तो है।

इन्दिरा ने पूछा—सावित्री माँ जब तुलसीदास ने इन पंक्तियों को लिखा होगा, तब सोचा भी नहीं होगा कि पुरुष इस हद तक इसे अपना हथियार बचायेंगे। तुलसीदासजी ने जब रामचरितमानस की रचना की तो वे सिर्फ़ धार्मिक जगत को सुधारने का प्रयत्न करते रहे। धार्मिक जगत में भी हिन्दू धर्म के अन्तर्गत आने वाले बैर-वैमनस्य को ही समाप्त करने की कोशिश करते रहे।

मुग़लकालीन व्यवस्था में जहाँ हिन्दुओं पर जजिया कर लगाया जाता था, वहीं शैवों शाक्तों और वैष्णवों में विभक्त समाज आपस में ख़ूनी होली खेल रहे थे, तुलसीदासजी उसी में समन्वय करते रह गये। वे सामाजिक व्यवस्था और सामाजिक कुरीतियाँ, ख़ासकर स्त्री जाति पर हो रहे अत्याचारों पर ध्यान ही नहीं दे पाये। तुलसीदासजी यहाँ पर चूक गये। काश! वे स्त्रियों को लेकर थोड़ी-सी भी संवेदनशीलता रखते या इस समस्या के प्रति सजग रहते तो यह भूल नहीं होती। किन्तु इसका तात्पर्य यह नहीं है कि किसी व्यक्ति से परिस्थितिवश कोई भूल हो जाये तो वह हमारे जीवन का सिद्धान्त बन जाये।

रामचरितमानस में औरतों के प्रति वक्तव्य पर एक और सच्चाई पर ग़ौर करनी होगा कि स्त्रियों की निन्दा सिर्फ़ मानस के खलनायकों से कराई गयी है।

सावित्री माँ शरीर बल में पुरुष मज़बूत नहीं है, बल्कि पशुबल में हैं। किन्तु एक दिन दुनिया जब सत्य और अहिंसा के मार्ग पर चलेगी, तब पशुबल की कोई पूछ नहीं होगी। तब इस समाज में फिर महिलाएँ ही अग्रनायिका की भूमिका निभायेंगी क्योंकि अहिंसा इनका स्वाभाविक गुण है। इन्दिरा ने कहा।

—कब ऐसा दिन जायेगा? इन्दु मैं तो अब प्लेटफार्म पर खड़ी हूँ बस गाड़ी आने की बाट जोह रही हूँ, गाड़ी का समय भी हो गया है, वह लेट हो रही है।

—तो क्या आप भगवान से प्रार्थना करती हैं कि गाड़ी जल्दी भेजें।

—नहीं बेटा, मैं भगवान से कुछ नहीं कहती। मैंने अपनी मर्जी रखी कहाँ है। मेरी समस्त मर्जी उन्हें समर्पित है।

आजतक जहाँ रही जैसी रही उसकी ही तो मर्जी थी और मैंने इसमें कभी शोक भी नहीं मनाया। हाँ, क्षणिक दुख हुआ किन्तु यही सोचा कि यदि उसके कार्यों में मुझे प्रतिकूलता दिखती है तो कहाँ है समर्पण!

बेटा! फिर मैं मरना क्या चाहूँगी? मुश्किल से यह मनुष्य जन्म मिला है और उससे भी मुश्किल से गोविन्द मिले हैं। साथ ही गोविन्द से मिलने का आनन्द मिला है।

न जाने कितनी बार अपने जीवन संघर्ष से थककर मैंने इसका अन्त करना चाहा था किन्तु अब अपनी नादानियों पर हँसी आती है। अब नहीं घबड़ाती।

जब तुम्हारे पास आयी थी, तब गुरुकृपा निवास में और उसी दिन यहाँ की व्यवस्था देखने वाली दोनों संन्यासिनी बहनें चली गयीं तो मुझे यह अवश्य महसूस हुआ था कि मेरे दुर्भाग्य की छाया पड़ते ही तुम लोगों को परेशानी हो गयी। किन्तु फिर अगले ही क्षण लगा—मैं क्यों फ़िक्र करूँ, जिसे करना है करेगा, हालाँकि मैं तो यह भी नहीं चाहती वह भी फ़िक्र करे किन्तु वह मानता कहाँ है। शरणापन्नों की फ़िक्र करना उसका स्वभाव जो है।

फिर मेरे साथ सिर्फ़ गोविन्द थोड़े हैं—"गुरु गोविन्द दोऊ खड़े काके लागू पाय।" गुरुदेव के शरीर शान्त होने के बाद कैसी बाबली हो गयी थी मैं। मुझे उनकी करुणामयी आँखें जिन्हें मैं अब नहीं देख पा रही थी, जो मेरी नज़रों से ओझल हो गया था, उसको मन स्वीकार नहीं कर पा रहा था किन्तु जैसे ही मैं बाह्य जगत से अन्तर्जगत में आयी, वे आँखें और भी करुणामयी होकर मुझे निहार रही थीं। मैं शान्त होकर सो गयी, स्वप्न में गुरुदेव ने कहा था–सावित्री बेटी, मैं सर्वदा तुम्हारे समीप हूँ।

यक़ीनन, वे हमेशा मेरे साथ होते हैं। सच मानिए आप लोग मेरे जीवन में कभी भी कोई कष्ट आया हो चाहे वह शारीरिक हो या सामाजिक या आर्थिक, उन्होंने ही उस समस्या का समाधान किया है। महीनेभर पहले की बात है, पेट दर्द से मैं तड़प रही थी। दर्द से लोट-पोटकर रही थी, असह्य पीड़ा और वेदना से बुरा हाल था। रात जल्दी कट भी नहीं रही थी। बेसब्री से सवेरे होने का इन्तज़ार कर रही थी ताकि कुछ दवा ले सकें, तभी दो क्षण के लिए आँखें लग गयीं और देखा सामने गुरुदेव खड़े हैं, वे कह रहे थे—सावित्री, दुख की छाया एक तरह की तपस्या ही है। उससे आत्मा शुद्ध होती है, इससे घबराना नहीं। प्रारब्ध कट रहा है तुम्हारी तपस्या अब बस पूरी होने ही वाली है।

इतना सुनते ही नींद टूट गयी और दर्द? लगा कभी था ही नहीं। इसी से लगता है अब ट्रेन आने ही वाली है।

—ट्रेन से चली जायेगी तो फिर आयेगी न सावित्री माँ, दुबारा इस दुनिया में जहाँ औरतों की ज़िन्दगी इतनी मुश्किल नहीं होगी।

—अब नहीं बेटा, अब तो गोविन्द से यही कहती हूँ "अब नाच्यौ बहुत गोपाल" कहकर सावित्री माँ चुप हो गयीं। इस वाक्य में उनके जीवनभर की पीड़ा छुपी थी।

किन्तु आज भी सावित्री माँ में वह दुर्दम जिजीविषा उसी रूप में जीवित है, जैसी यौवनावस्था में रही होगी। वैसे उनकी यौवनावस्था ही कौन-सा सुखकर रहा है। उनका पूरा जीवन ही संघर्ष का जीवन रहा है। कठोर संघर्ष के भीतर ही तो मिलन की भूमि तैयार होती है, इसी संघर्ष ने उन्हें अपने गिरिधारी से मिलाया था।

पचासी साल की उम्र में श्रीकृष्ण की तस्वीर दिखाने पर सावित्री माँ के मुँह से प्रेम में डूबी हुई यह आह्लादित आवाज़ निकलना—"अरे ये तो मेरे गिरिधारी हैं।" और पूरे चेहरे में रक्तिम आभा बिखर जाना इस बात का द्योतक है कि श्रीकृष्ण से उनका चिन्मय मिलन है स्थूल नहीं।

सावित्री माँ कह रही थीं—"प्रभु मिलेंगे या नहीं और मिलेंगे तो कब? बस अब इसी चिन्मय मिलन के दर्द में असीम आनन्द का अनुभव करती हूँ। यह चिन्मय मिलन, सूक्ष्ण मिलन, सूक्ष्म मानस संकल्प की अपेक्षा रखता है और यही संकल्प है जो प्रेम में भौतिक दूरियों को धो देता है।

□□